물살

최성배 지음

새미

차 례

물 살

그 시체 발견 보고는 주간 경계근무조가 4초소로 투입된 지 한참 후에야 중대본부에 전달되었다. 이미 철수한 야간 경계근무조는 분명히 '이상무'라고 보고했었다. 중대본부에서 보고를 처음 받은 사람은 간밤에 일직병 노릇을 하였던 김병장이었다. 김병장이 야식으로 라면을 끓였던 반합을 취사장에 갖다 두려고 막 상황실 문을 밀고 있을 때. EE-8 전화기의 발신음이 계속 까르륵 거렸다.

"다 끝났는데 이건 무어야 씨팔."

수화기를 잡은 김병장은 양미간을 찌푸리며 내뱉었다. 그의 양미간이 좁아지면서 짙은 눈썹끼리 한일자가 되었다.

"그래 여기는 황새다. 말해라. 크게 말해! 너 짱구지? 임마! 안 들려! 밥도 굶었냐…… 뭐? 정말이야? 확실하지? 알았어! 그래. 소대장님은? 나갔어? 어디로? 현장에?"

철책선을 순찰 중이던 중대장이 그때서야 연락을 받고 자전거로 달려왔다. 그는 상황실에 들어서더니 철모를 벗어서 책상 위에 올려놓았다. 철모의 둥근 면이 바닥에 닿자마자 자리를 못 잡고 이리저리 흔들거렸다. 그의 이마에는 땀이 번질거렸다. 바짝 치켜올려 깎은 머리를 손바닥으로 만지면서 중대장이 물었다.

"야 김병장! 어떻게 됐다고? 몇 초소 쪽이냐?"

그는 상대방의 답변도 듣기 전에 두꺼운 입술로 몇 마디의 물음만 던졌다. 문 옆에 서있던 김병장은 그의 네모난 긴장된 얼굴을 작은 눈으로 슬쩍 훔쳐보면서 일직 근무일지를 펴서 중대장 앞에 가져다 놓았다.

"4초솝니다. 시체가 발견되었답니다. 떠내려온 모양입니다."

"얼마나 됐어? 발견한 지가 말이야."

"제가 상황전화 받았을 때가…… 예 삼십 분쯤 된 것 같습니다. 4초소 전화 상태가 아주 감이 멀었습니다."

그제서야 중대장은 접었다 편 철제의자에 앉았다. 그는 푸른 전투복 오른쪽 윗주머니에서 은하수 한 개피를 꺼냈다.

"지금 소대장은 현장엘 갔겠지? 선임하사도?"

"예 그렇습니다."

김병장은 지포라이터를 바지 주머니에서 재빨리 꺼내어 담뱃불을 붙여 주었다. 깊이 빨아들인 연기를 내뿜으면서 중대장이 물었다.

"대대에는 상황보고가 되었나?"

중대장은 근심어린 눈으로 김병장을 흘깃 쳐다보았다.

"일단 장소하고 내용만 보고했습니다. 발견 시간은 일부러 뺐습니다. 중대장님께 보고 드린 후 다시 할려구요."

"잘했어! 소대장한테 추가로 보고 들어온 거 없지?"

"그렇습니다."

그들의 대화가 거기까지 진행되면서 중대장도 김병장도 바짝 굳었던 표정이 조금 부드러워졌다. 민통선 바깥 들녘에 서려 있는 아침

안개는 햇덩어리가 하늘로 올라갈수록 걷혀갔다. 바람이 둥그런 콘세트 막사로 불어왔다. 달구어지는 양철 지붕은 금새 중대본부 안을 후덥지근하게 데웠다. 담배를 두 대나 피울 동안 중대장은 상황판을 뚫어져라고 보았다. 번쩍거리는 비닐덮개 위로 빨간 화살표들과 청색 점들이 철책선을 따라서 지렁이와 파리똥처럼 죽 오려붙어 있었다.

"충서엉!"

경례 구호 소리가 들리자 중대장은 시선을 그 쪽으로 돌렸다. 누런 계급장을 붙인 늙은이가 서 있었다. 인사계였다. 인사계는 조심스럽게 중대장이 앉아있는 의자 옆으로 붙어섰다.

"연락은 받았습니다만, 오다가 자전거 바퀴에 펑크가 나서 늦었습니다."

"지금 4초소 쪽에서 시체 하날 발견한 것 같은데…… 갔다 와봐야겠소."

중대장은 필터만큼 타 들어간 담배를 깡통 재떨이에 꾹 눌러 껐다. 그리고 일어섰다.

"김병장 지프차 대기시켜!"

상급부대 검열을 받은 후 줄곧 깨끗하게 모셔놓은 치장차량에서 엔진소리와 덜 연소된 파란연기가 나기 시작했다. 콘세트 막사 밖으로 나온 중대장 옆에는 인사계가 바짝 따라 붙었다.

"별거 아닐 겁니다. 해마다 몇 구씩 떠내려 와도 처음에만 시끄럽고 요란합니다. 알고 보면 힘만 빠지고…… 애들만 고생시켜요 애들마안 ……."

인사계는 병사들만 고생시킨다는 것을 애써 강조하려 했다. 왼손에 든 철모를 머리에 쓴 중대장은 콘세트 막사 아래쪽으로 걸어갔다. 오른손으로 잡은 M16소총의 까만 총열덮개는 햇빛에 반짝였다. 누런 먼지가 풀썩이는 연병장 구석에서 지프가 그르릉 거리고 있었다. 앞 유리창과 천장 덮개만 달아놓은 지프 속에서 운전병이 중대장을 내다보고 있다가 운전대로 고개를 돌렸다.

"내가 말한 대로 대대상황실에 발견 시간을 바로 알려주시오."

인사계와 김병장이 경례를 붙였던 손을 내리자 벌써 지프는 연병장을 빠져나가고 있었다. 지프는 까만 점이 되어 철책선 둑 아랫길을 따라가면서 점점 작아졌다. 누런 흙먼지가 날리면서 따라가고 있었다. 철책선 둑과 맞닿는 질펀한 들녘은 그지없이 푸르기만 하였다.

"4초소 알지? 철책선 쪽이다. 거기다 대라."

중대장이 쓴 철모 속에서 나온 땀이 눈썹 사이로 흘러내렸다. 후덥지근한 더운 바람이 차 안으로 들어왔다.

철책선이 처진 둑 아랫길을 한참 달리던 지프가 조그마한 야산을 끼고 오른쪽으로 돌 무렵. 초소 옆에서 '받들어 총'을 하며 우뚝 서 있는 병사가.

"충서엉! 제5춋 근무주웅 이상 무!"

하고 큰 소리를 질렀다. 그는 손바닥이 약간 바깥으로 보이게 답례하면서 눈길을 주었으나 지프가 금방 야산 뒤쪽으로 휙 돌아서자 서로 볼 수 없게 되었다. 야산자락에서 직선으로 삼백 미터쯤 떨어진 곳이 4초소였다. 야트막한 콘크리트 구조물 위로 뗏장을 덮고 다시 그 위로 위장망을 씌운 초소는 얼른 보아서 둑의 일부분처럼 불거져 있을 뿐이었다. 하얀 밥풀떼기 하나와 노란 갈매기 두 개가 부동 자세로 서 있다가 흠칫 놀란 것 마냥 경례를 붙였다. 그들 소위와 중사는 구릿빛으로 그을렀다.

"어디냐? 박소위?"

지프에서 내려서면서 소총을 집어든 중대장이 물었다.

"물골지역 바로 옆입니다. 그전에 예상 침투로 답사 때 가보셨던……."

구릿빛으로 탄 소위가 철책선 넘어 갈대숲을 가리키면서 말했다. 철책선에 달려 있는 철문은 주먹만한 미제 열쇠통 세 개를 달고 있었다. 허리춤에서 열쇠꾸러미를 꺼낸 소위가 잠겨 있는 열쇠통을 열고 나서 문을 열었다. 밥풀떼기 하나, 갈매기 둘, 중대장 그리고 경계병까지 여덟 명이 사격 자세를 취하면서 철책선 안으로 들어갔다. 철책선에서 강 연안까지는 무성한 갈대밭이었다. 갈대숲이라고 해야 할 정도로 질펀하게 드러나 있는 삼각주는 푸른 갈대 대궁과 잎으로 가득 차 있었다. 그 끝에서부터는 강물이었다. 그들은 갈대숲 사이로 나 있는 오솔길을 따라 차츰 차츰 강쪽으로 들어가기 시작하였다. 오솔길 중간중간에는 작고 하얀 푯말이 박혀 있었다. 지뢰지대 표시였다. 밟으면 무엇이든 산산조각이 되어 날아가 버리게 하는 것들이 소리없이 숨어 있는 곳이었다.

강물이 가까이 보이고 있었다. 햇빛에 반짝이는 물결은 갈대 숲이 끝나는 연안까지 닿아 있었다. 강물이 흐르고 있었다. 강물의 흐름은 보이지 않았다. 그 힘은 물결 밑으로 힘차게 쏜살같이 달리고 있을 것이었다. 개펄에 가까이 닿아 있는 하류의 강물은 바랜 개펄마냥 흐렸다. 강물이라기보다는 흡사 썰물의 끄트머리 같았다. 강물은 준령이 깔린 동쪽에서 서쪽으로 달려오면서 냇물을 삼키고 지류들도 합하여 마지막에는 사천강과 문산천을 안으로 감고 오두산 왼쪽에서 흘러온 한강과 만나 북쪽의 관산반도와 김포반도의 여울을 지나 서해로 빠져나갈 것이었다. 장단까지 300미터를 유지하던 강폭은 만우리와 대동리 앞에 이르러 갑자기 10킬로미터나 넘게 벌어져 버렸다.

철책선은 강 연안 둑을 따라 나갔다. 철책선 중간중간의 하얀 나무표지판에는 '남방한계선', '비인가자 출입금지'라고 쓴 빨간 글씨가 보였다. 강 연안은 휴전선이 된 셈이고 강바닥은 비무장지대가 되어 버린 것이다. 155마일 중에서 유일하게 천혜의 지형조건을 지도의 인위적인 선에다 맞추고 있었다. 유유히 흐르는 강물을 사이에 두고 양쪽의 확성기들이 날마다 시도 때도 없이 똑같은 소리를 질러대고 있었다. 그들의 긴장은 고무줄 같았다. 수십 년 동안 비슷하게 되풀이되는 소규모의 충돌은 긴장을 팽팽하게 하기도 하고 그 틈틈이 늘어지기도 하였다.

썰물 때이면 하류의 강물이 줄어들어 철책선 둑 아래는 넓은 삼각주가 되어 있었다. 넉넉한 개펄의 자양분을 빨아들이며 사람 키만큼 웃자란 갈대밭은 넓게 펴져있었다. 갈대숲은 바람을 따라 강 건너편의 잡목과 잡초가 덮인 질퍼런 야산을 보기도 하고 때로는 멀리 김포반도 쪽으로 고개를 쳐들기도 하였다. 오두산 자락은 한강과 임진강이 시도 때도 없이 만나는 모서리였다. 두 물줄기는 서로 포효하듯 부딪치며 소용돌이의 파문을 만들면서 돌고 돌았다. 이럴 때면 한강에서 떠밀려 내려온 온갖 잡동사니 쓰레기들은 오두산을 지나 만우리 앞은 물론, 심지어 문산 천까지 밀려갔다가 물이 빠질 때는 다시 서해로 흘러가는 것이었다. 얼핏보면, 그것들은 임진강 상류에서 떠내려온 것처럼 보였다. 임진강 쪽에서 한강으로 거슬러 올라가는 일은 없었다. 한강의 물살이 더 세기 때문이었다. 그렇지만 언제나 물길은 다시 서해 바다로 향했다.

가끔 오두산 건너편인 북쪽의 관산포에서 한강 줄기를 거슬러 올라오는 움직이는 것들도 있었다. 개성 연락소에서 훈련을 받고 침투해 들어오는 무장간첩들이었다. 그들은 공능천과 심학산 앞의 넓은 갈대밭이나 김포 쪽으로 상륙하여 수도권으로 잠입하는 것이 통례였다. 중동부 전선 쪽으로는 철책선과 장애물로 계속 막아 놓아 육지로의 침투가 어려웠던 까닭에 침투한 흔적을 발견하기가 쉽지 않은 서쪽을 택한 것이었다. 특히 물골지역이라 일컫는 한강과 임진강의 수중침투는 실패확률이 적었거니와 서울로 들어가는 최단거리였는데 안전하고 경제적인 침투로였다.

"저깁니다. 저어기…… 중대장님."

밥풀떼기 하나가 앞으로 가다 말고 뒤돌아보면서 총구 끝을 저으며 갈대숲 사이에 난 오솔길 끝을 가리켰다.

"어느 쪽?"

총구 끝으로 한 곳을 가리키지 않고 포물선으로 그어버린 밥풀떼기를 주시하면서 중대장은 눈에 힘을 주고 물었다.

"길이 끝난 왼쪽 말입니다."

"이리 나오십쇼!"

얼굴이 시커먼 갈매기 두 개가 소대장을 밀치면서 앞으로 걸어갔다. 그때서야 일렬중대의 여덟 명은 경계총 자세를 유지하면서 강 가까이 바짝 다가갔다.

"또 나기 시작하네. 냄새. 냄새가."

밥풀떼기 하나는 조금 전 소대선임하사가 자신을 밀치며 앞으로 나갔을 적에 잠시 의기소침했던 표정을 풀면서 혼잣말처럼 큰 소리로 말했다.

그 욱한 냄새는 가까울수록 더 짙게 퍼져왔다. 물컹물컹한 쓰레기 따위에서 한참 부패되어버린 냄새 같기도 했고, 혹은 구질구질한 장마철의 공동변소에 가득 찬 똥통에서 솔솔 풍겨나는 역한 기운 같기도 했다. 갈대 대궁들이 바람에 흔들릴 때마다 냄새가 가까이 실려서 그들의 콧속으로 들어갔다.

분명히 사람이었다. 남자였다. 남자의 고추는 야구공만한 두 개의 덩어리 속에 끼여 있었다. 오뉴월 늘어진 황소의 것보다 더 크게 보인 그것들은 물 속에서 퉁퉁 불어 커진 것이 틀림없었다. 머리털은 스포츠형으로 짧았고 알몸에 붙어 있는 것이라고는 너덜해진 팬티의 허리부분 뿐이었다. 걸레도 안 되는 헝겊 조각이었다. 키는 큰 편이었고 골격도 떡 벌어진 데다가 물 속에서 불릴 대로 불려진 살덩이로 인해 일본 씨름선수 같았다.

하늘을 향하여 누워 있는 시체는 쭉 뻗어 있었다. 눈은 감겨 있었으나 한쪽이 이즈러져 있었다. 찰랑거리는 물결과 삼사미터 떨어져 물이 누워있는 시체의 아래쪽 개펄에는 시체를 질질 끌어온 듯한 흔적이 패여 있었다. 흔적과 맞닿아있는 발가락들이 해진 면장갑의 끝처럼 너덜너덜했다. 물 속에서 지느러미 달린 것들에게 뜯겨 먹혔음이 분명했다. 그 연약한 끝부분 말고도 물것들에게 시달린 부분들은 여러 곳에서 발견되었다. 그들이 못 볼 것을 본 얼굴로 엉거주춤 서 있을 때에 콩매미만한 쇠파리 떼들이 시체를 가운데 두고 엉겨붙거나 빙빙 돌면서 공격하고 있었다. 특히 눈. 코. 귀. 입 같은 부분이 집중타를 맞았다. 구멍이 있어 오장육부와 통하는 부분들이었기에 쉬이 문드러진 곳이었다. 쇠파리 떼들은 사람들이 가까이 다가서는데도 불구하고 가끔 사람들의 몸놀림에 짐짓 놀라는 척하며 쫓기듯 붕 붕 하고 잠시 떠 있다가 다시 잽싸게 시체의 살갗으로 붙어 기어갔다.

이미 시체는 뭍에 올려진 거대한 고래나 무기력한 상어의 모습처럼 썩어가는 고깃덩어리에 불과할 뿐이었다. 햇덩어리가 하늘 가운데로 올라갈수록 그 냄새는 오히려 모여있는 사람들에게까지 천천히 배어들었다. 쨍쨍 내리쬐는 햇볕조차도 냄새를 사그리 태워버리지 못하였다. 그 냄새는 마치 음흉한 웃음을 짓고 있는 시체의 그림자이기라도 한 것처럼 살덩어리의 주위를 맴돌고 있었다.

"오래되었겠지? 죽은 지가?"

머리부터 발끝까지 몇 번이고 살펴보고 있던 중대장이 시체에서 눈을 떼지 않고 말했다.

"일주일 이상은 된 것 같은데요. 공릉천 부근에서 발견된 것 보다 더 부패했어요."

시체를 사이에 두고 맞은편에 있던 갈매기 두 개가 손바닥으로 코를 막으며 대답했다.

"스포츠 가리를 한 대갈통을 보면 저쪽 놈들 같은데……뭐 식별이 될 만한 것도 없으니…… 중대장님? 이거 어떻게 처리하지요?"

밥풀떼기 하나가 끼여들었으나 뾰족한 해답은 없었다.

"……우리가 맘대로 처리할 수도 없을 거야."

중대장이 말했다.

"몇 시쯤이었지? 시체 발견한 지가?"

"해가 떠서 한참 되었으니까 일곱 시 반쯤이었을 겁니다. 초소에서 포대경으로 저쪽 상황관찰을 하고 나서 강 쪽을 보니까, 저게 갈대밭 쪽에 걸려 있더라구요. 아마 그때가 소대장님이 마악 순찰오신 그 시간과 거의 같은 시간이었습니다."

긴장되었던지 몇 번인가 철모를 벗었다 쓴 병사가 또랑또랑하게 말했다. 병사의 이마는 짱구라 불려도 될 만큼 앞과 뒤통수가 불거져 있었다. 멀리서 차량 엔진 소리가 들리기 시작했는데 적어도 몇 대 이상의 차량이 움직이고 있는 것 같았다. 그러나 성깃하게 자란 갈대숲에 가린 데다가 경사진 둔덕 아래쪽에 서 있던 그들에게는 아무것도 보이지 않았다. 그 소리는 점점 더 가까이서 들렸다.

"중대장님! 대대장님이 도착하셨답니다."

덜 잡힌 주파수의 잡음과 교신하던 무전병이 전했다.

"너희들은 그대로 있어! 갔다 올 테니."

중대장과 무전병은 아까 왔던 곳으로 뛰어 갔다. 철책선 너머로 세 대의 지프가 서있었고 대대장은 말똥 두 개가 붙은 철모 속에 파묻힌 채 걸어오고 있었다. 그 뒤로 여럿의 전투복들도 따라왔다. 다시 열린 철책문을 지나오던 대대장이 입을 열었다.

"보고는 받았다. 북괴군이 확실한가?"

"아직 식별하기가 곤란합니다. 죽은 지도 오래되었고. 휴대품 같은 것도……."

오른손에 쥐고 있던 지휘봉을 왼손으로 고쳐잡은 대대장이 고개를 옆으로 돌렸다.

"야! 유대위! 속단하는 게 아냐. 자세히 봐야지. 송장이라도 북쪽에서만 떠내려온 거면 괜찮은 거야. 대간첩대책본부에서 관심을 가지게 되면 조금은 시끄럽겠지만, 매스컴도 타게 되고 상부에서도 달려오게 되지 않겠어?"

그들은 갈대숲을 지나면서 현장에 가까이 올수록 손으로 코를 막거나 얼굴을 반쯤 돌리고 있었다. 받들어 총을 하고 있던 병사들에게 지휘봉을 쳐들어 답계하던 대대장이 시체 가까이 다가서더니 시커멓게 붙어있는 파리 떼를 보고 나서 뒤로 주춤 물러섰다.

"지독하군. 이거 얼마나 되었을까? 강 대자앙. 어떻소?"

철모를 벗어 들고 있던 장발머리는 갈매기가 두 개인 중사였다. 그의 군복에는 말똥과 밥풀떼기들이 어깻죽지에 달고 있던 부대마크도 없었다. 강대장이라 불리는 사내가 작은 목소리로 군의장교에게 슬쩍 말을 건넸다.

"나보다야 군의관이 잘 알고 있을 것 같으니까. 군의관 어때?"

"일주일 이상은 된 것 같습니다. 가운데 저것과 손과 발끝이 해진 것을 보면."

오자마자 시체를 들여다보고 있던 까만 뿔테안경을 쓴 군의관이 장발머리의 말을 받더니 대대장을 쳐다보면서 대답했다. 그러자 아까부터 대대장의 눈치를 살피던 중대장이 조심스럽게 말을 꺼냈다.

“대대장님. 지금으로서는 스포츠 머리 한 것 외에 저쪽이라고 단정할 만한 증거를 찾을 수가 없습니다.”

그러자 장발머리가 대뜸 반말과 명령조의 억양으로 소리를 질렀다.

“어허. 뭘 알고 말하는 거요! 뭐요! 보병학교 고등 군사반 교범에나 있는 소릴 막하고 있네. 조사해 봐야지 일단은.”

그는 딴띠에 매달린 권총집을 오른 손바닥으로 탁탁 치면서 중대장을 경멸 어린 눈초리로 흘낏 올려 보았다. 그가 신고있던 정글화는 빤질빤질하게 윤이 났다. 고개를 수그린 채 그것을 보고있던 중대장은 그때서야 자신의 군화 밑창에 두툼하게 묻어 있던 흙을 풀잎에 쓱쓱 비벼 떼었다.

“대대장님! 요 근방을 확실하게 수색해야 할 겝니다. 침투 장비라든가 함께 침투한 공작조의 흔적을 발견할 수 있을 테지. 그나저나 손발이 저 모양이니 지문 채취도 할 수 없고 야단인데.”

멀찌감치 서있던 대대장에게 장발머리, 한마디 해 놓고는 말끝을 흐렸다. 대대장은 부하들을 한번 휘 둘러보고는 장발머리 쪽으로 슬슬 다가왔다.

“어떻게 하는 것이 좋으까? 강 대자앙?”

“내 생각으로는 물골지역으로 침투한 예감이 드는 것이. 통상 재네들을 보면 수온이 높은 하절기에. 그것도 무월광기의 한밤중이면 최적기가 아닙니까? 대개 야간에는 이쪽에서 식별이 불가능한 것도 그렇고…….”

엄지와 검지 손가락으로 턱을 만지작거리던 장발머리는 강 건너

'위대한 주체사상탑'을 건너다보았다.

병사들은 삼삼오오로 끼리끼리 서 있었는데 경계총 자세가 상당히 풀어져 있었다.

"그건 그렇지만. 우리 쪽 써치라이트가 계속 비추면 조금은 침투하기가 힘들 것인데…… 그리고 며칠 전 탐조등 부대에 업무협조차 가봤더니 요즘은 지시가 떨어져 밤이면 켜놓고 살다시피 한답니다."

"대대장니임. 그건 그애들 말이지이 맘먹고 내려온 북쪽 놈들한테 물어보고 한 소립니까아? 난 몇년동안 재네들 침투전술을 분석해 봤지만. 이쪽이 무서워서 침투 도중에 되돌아간 놈은 없답디다."

'그럼 너는 저쪽에다 확실하게 물어나 보았냐'는 얼굴이 되려다만 대대장이 장발머리 쪽에 대고 큰 소리로 말했다.

"유대위! 수색중대장에게 연락해서 한번 훑어보라고 해라. 보안대장 말대로 우선 한번 뒤져봐야겠어. 침투장비 하나라도 나오면 한 건 하는 거다. 안 나와도 밑져야 본전이고."

부동자세가 된 중대장은 꽉 다물었던 입술을 열었다.

"잘못하면 사단작전이 되어버릴 수도 있습니다. 그리고 수색중대가 출동하려면 보고가 확실해야 됩니다. 우선 저희들이 한 번 뒤져보겠습니다."

"야 임마. 그러니까 확실하게 알아보겠다는 것 아냐! 넌 내가 한껀 하는 것이 싫어? 너 수색중대장하고 동기생이지?"

금방 붉으락한 대대장의 높은 언성으로 풀이 죽은 중대장이 부동자세를 흐트리지 않은 채,

"예 그렇습니다."

"한번 해봐! 병력이 부족하면 인접중대를 요청하고."

대대장은 조금 전의 말투를 누그러뜨리며 슬쩍 말을 던지면서 철책선 쪽으로 걸어갔다. 냉정하게 처리하자는 중대장의 의도가 작은 일도 크게 부풀리는 대대장의 성미를 잔뜩 건드리는 꼴이 되어버렸다.

사단 본부에서 명령하달된 대간첩작전 상황발령이 된 지는 그로부터 이십 분이 채 지나지 않아서였다. 수색중대와 지원병력까지 시체가 발견된 물골지역을 중심으로 철책선 안의 갈대밭은 물론 오두산 밑 연안까지 수색작전은 전개되었다. 송아지만한 군견 네 마리도 코를 킁킁거리며 갈대 사이를 돌아다녔다. 푸른 갈대밭 사이로 팔을 걷어올린 병사들의 그을린 팔뚝들이 스쳐지나갔다. 한 시간 이상의 수색작전으로도 이렇다할 공작 장비는 물론 휴대품 나부랭이조차 발견하지 못한 병력을 계속 진행시키려는 대대장의 의지를 꺾은 것은 점심 추진차량이었다. 야전중식을 가져온 차량에서 알루미늄 식깡과 노랑 합성수지 식기들이 내려졌다.

"아까 말한 써치라이트에 대해 한마디할까요? 저놈들이 그까짓것을 무서워할 것 같습니까? 안내조장만 반 잠수상태로 수시로 머리를 약간 쳐 올리고 사방을 감시하면서 나머지 공작원놈들은 이 내지 삼 미터 잠수상태로 이동하는데 누가 압니까? 귀신도 모르지. 더구나 강폭이 몇 킬로쯤 되다보니, 한강에서 바늘 찾기예요. 그 점을 아셔야지."

밥풀떼기 급들과 말똥들이 따로 점심을 먹는 자리에서 장발머리가 숟갈을 들어 휘저으며 말했다.

"누구 교육하는 거요. 그러니까 전문가가 필요해서 이렇게 초빙한 거 아니오."

밥을 뜨다 말고 대꾸하는 대대장의 얼굴에서 비굴한 웃음기가 지나갔다.

"내 말은 모르면 배우라 이겁니다. 내가 볼 때는 일개조가 침투하다가 한 놈만 떨어진 것 같은데…… 문제는 침투장비와 휴대품이오. 저놈이 휴대한 통신문건만 나오면 금방 해결되는 건데. 그거 찾으면 노동당 계열인지 인민무력부쪽인지도 알게 되고."

약간 목청을 올리면서 일동을 휘 돌아보며 연설을 늘어놓기 시작한 장발머리의 말 중간에 연대본부 정보주임인 말똥 한 개가 슬쩍 말을 거들었다.

"사 년 전 구월에도 38고지에서 출발한 공작조가 임진강으로 육 킬로를 한 시간 삼십 분 간이나 수중침투한 사실. 거 있잖습니까? 그때두 보면 장단벌 갈대밭에서 1차 숙영하고 문산읍으로 상륙해 가지고 오리발하구 잠수복은 땅속에 매몰하구 한바퀴 빙 돌구는 돌아갔다지 뭡니까. 하이구. 그때 인접 연대에서 중대장 할 땐데 몇 사람 혼났어요."

대대장의 얼굴이 잠시 굳어지는가 싶더니 다시 몇 순갈의 밥을 떠 넣었다. 분위기가 이상해진다 싶자, 정보주임은 갑자기 전혀 다른 이야기를 슬쩍 끼워 넣고 떠벌렸다. 대대장의 비위를 맞추기로 작정한 말이었다.

"순전히 운두 따르는 게 지휘관이니까 말할 것도 없지 뭐. 아. 월남에 있을 때 들으니깐 나트랑에서 작전하면서 베트콩들 시체 몇 구만 주워 갖구도 진급한 사람들이 쌔구 쌨데요. 베트콩 무기가 미군 꺼구 미군 게 베트콩 꺼니까 돈 주고 사 가지구도 노획품이라며 사진찍구 했다는데……."

둥글넓적한 대대장 얼굴의 양미간이 펴졌다. 아무 말 없이 부지런히 순갈질을 해대던 중대장이 일어섰다. 그는 대대장에게 가볍게 목례를 하고는 병사들이 식사를 하고 있는 초소 가까운 쪽으로 걸어갔다. 철모 속에 묻힌 그의 어깨는 왠지 힘이 없어 보였다. 식사를 빨리 끝낸 병사들은 몇 명씩 모여서 담배연기를 날리고 있었고 늦게야 밥을 탄 병사들은 철책선 밑 둑을 타고 앉아서 식기를 비우고 있는 중이었다. 어쨌든. 그 순간만은 한 사람 한 사람 얼굴마다 긴장감이란 전혀 볼 수가 없었다.

"김익수! 김병장 어딨나?"

중대장은 수색중대병력의 반대편에서 식사를 하고 있는 쪽에 대고 누군가를 불렀다. 그러자 식사를 끝내고 담배연기를 하늘로 뿜어 올리고 있던 측에서 궁시렁거리는 말소리가 들리더니 병사 한 명이 뛰어왔다.

"충서엉! 병장 김익ㅅ."

시옷 발음이 증발되는 듯한 구호를 외치고 나선 병사는 작은 키가 철모 속에 눌려 있는 것처럼 보였다. 그의 철모는 위장망도 없었다. 목소리도 컸고 부동자세도 꼿꼿했지만 어딘가 힘이 빠져 있는 듯한 모습이었다.

"추가로 들어온 상황 있나 확인해봐. 연대에서 온 거야. 알았어?"

"예!"

하고 무심결에 철모를 뒤로 젖힌 그는 중대본부에서 오늘 아침 처음으로 상황보고를 받았던 그 병사였다. 약간 유들유들한 표정이었다.

하늘은 파랬다. 구름이 듬성듬성 지나갔다. 구름은 강물 위에도 떠 있었다. 그리고 구름은 남쪽 철책선 위에 떠서 북쪽 강 연안을 지나 송악산 쪽으로 한없이 한없이 흘러갔다. 햇덩어리는 중간에서 한참을 떠 있다가 약간 기울어진 듯하였다. 햇덩어리에서 부서지는 빛살들이 강물 위에 혹은 갈대잎에 떨어져 빛났다. 가끔 바람이 불어와서 갈대밭을 일렁거리다가 어디론가 사라졌다.

수색 작전은 다시 전개되었다. 이번에는 철책선 안과 바깥에서 동시에 시작했는데 그것은 병력이 더 증원되었기 때문이었다. 샅샅이 뒤지라는 말똥의 명령처럼 모두들 등에 땀이 흥건하게 배이도록 열심이었다. 특별포상휴가가 걸려있는 것도 병사들에게는 좋은 당근이었다. 그러나 병력이 다시 투입되고 나서 세시간이 지났건만 휴대품은커녕. 그 비슷한 것조차 없었다. 갈대밭 속에는 기껏 해봐야 장마때 떠내려온 썩은 나뭇가지며 비닐조각과 지난번 철책선 보수 공사때 치우지 못한 녹슨 철책 따위가 발견될 뿐이었다. 그렇다고 적이 상륙했다면 이쪽의 동태를 살펴보기 위하여 파놓았을. 잠시 숨을 수 있는 은신처 같은 것도 없었다.

"비트 굴설 같은 흔적은 없습니다. 죽은 지가 하루이틀 된 것도 아닌데 연관된 증거를 찾는다는 것이 좀 어려운 일이 아닐지……."

중대장은 연대정보주임 옆으로 다가서며 말했다. 그는 어두운 얼굴이 되어 있었다.

“글쎄에 그런 것 같지? 아무튼 대대장은 알아줘야 해. 금년에 어떡허든지 간에 한 건 해 가지고 진급할려구 발악을 하는군 그래. 그런데 저 새끼가 더 설치는 것 같애.”

정보주임이 턱으로 가리키는 쪽은 장발머리와 대대장이 앉아 있는 곳이었다.

“일 년 열두어 달에두 몇 구씩 떠내려온 시체가 발견되는데, 그것이 전부 인민군이라면야 우린 총 한방 안 쏴보구 통일하겠네. 다른 생각 말구 시키는 대로 하다가 그만이면 그만이지 뭐……. 군대에서는 그냥 까라면 까는 게 제일 충성이야. 저 새낀 그전에두 보면 아닌 것두 막 만들어 버리더라구. 아니, 아닌 것은 아닌 것이어야지. 전부 다 같은 색깔이면 우린 로보트지 뭐야.”

학군장교 선후배간인 그들의 대화가 김이 빠진 것은 조금 후였다. 수색중대 작전지역에서 웅성거리는 소리가 나더니 병력들이 한곳으로 모이고 있었다. 장발머리와 함께 대대장도 그쪽으로 달려가고 있었다. 무슨 일이 일어났거나 증거물 비슷한 것이라도 찾았음이 분명했다. 그들도 빠른 걸음으로 그쪽을 향했다. 오두산 밑자락과 시체가 발견된 연안의 한 중간쯤 되는 위치였다. 갈대밭이 끝나고 강물이 밀어올린 듯한 야트막한 둑의 둔덕진 곳이었다. 세 겹의 비닐주머니 속에는 필름 2통이 들어있었다. 빛이 바래서 누런색을 띠고 있었지만 코닥회사 제품이었다. 물건은 대대장의 손을 거쳐 다시 장발머리에게 들어갔다.

“이놈들이 임무를 끝내고 귀환하다가 분실한 것 같은데…… 이것, 필름 현상이 될 수 있을는지 모르겠네.”

"사진병 부르까?"

장발의 행동을 세밀히 지켜보고 있던 대대장이 침을 꼴깍 삼키며 물었다. 그는 지휘관으로서 판단하기보다는 오로지 이 일에 대한 전문가의 견해가 지당한 것으로 맹신하고 있는 셈이었다.

"아뇨. 여기에서 습득된 것은 우리들 임의로 처리할 수가 없습니다. 대간첩작전 지침대로 해야지. 여하튼 더 수색해보면 또 뭔가 나올 겁니다. 다시 병력을 운용하는 것이 좋을 듯싶은데……. 가만, 일단 사진병에게 확인하도록 하지 머."

대대장은 중대장을 턱으로 가리키며 물었다.

"유대위 의견은 어때?"

"…… 제 생각으로는 시체가 오래되었고, 이 부근에 은신처 같은 것도 없는 것을 보면, 가까운 시일에 침투했을 가능성은 희박한 것 같습니다. 따라서 시체에 대한 확인은 정상 근무와 병행하고, 수색중대와 지원병력은 철수하는 것이 좋을 것 같습니다. 계속하다 보면 북쪽에서 관찰할 때 이상한 징후로 보여질 수도 있고 하니 말입니다."

중대장은 말을 마친 후 입을 꽉 다물고 있었다. 대대장의 오른쪽 가까운 위치에서 장발머리가 그를 째려보았다. 순간 빙 둘러서 있는 참모진들의 분위기는 딱 멈춰있는 듯했다. 중대장의 판단이 일목요연한 듯싶으나 말똥대대장이 작전을 시작한 분위기와 장발머리가 뒤에서 은근히 밀고 가는 방향은 그의 주장과는 완전하게 빗나가는 것이었기 때문이다.

다시 철책선 문 밖으로 나온 대대장은 자신을 뒤따라온 정보주임과 몇 마디를 쑥덕거리더니 해가 질 때까지 계속 작전을 하도록 지시하였다. 연대에서 정보주임과 통신이 교신되었다. 뒤늦게야 정보주임은 연대본부에서 사단본부로 보고된 시체 인양 보고가 군단상황실에도 보고되었을 것이라는 내용을 대대장과 장발머리에게 슬쩍 귀띔했다. 대대장은 약간 떨떠름한 표정으로 장발머리에게 고개를 돌렸다. 화가 잔뜩 난 듯한 장발머리는 들고 있던 까만 표지의 수첩을 오른손과 왼손으로 번갈아 바꿔잡으며 철책선 뒤편을 바라만 보고 있었다. 그쪽은 대대본부와 관측소가 있는 남쪽이었다. 상급부대들은 남쪽인 후방에 있었다.

"사단에서 이리로 떠났답니다. 오 분 전에 헬기로 떠났다는데 대간첩대책본부 요원들도 같이 탄 모양입니다."

김익수가 뛰어와 가쁜 숨을 삭이면서 말했다. 아침에 중대본부에서 차분하게 상황을 접수하여 보고하던 것과는 달리, 왠지 잔뜩 긴장된 김병장이 시체와 그다지 멀지 않은 곳에서 서 있는 중대장에게 추가로 전달한 내용이었다.

"그리고 또 다른 것은?"

"저녁식사 추진은 어떻게 하실 거냐고 인사계님의 연락이 있었습니다."

"알았어."

시뻘겋게 타오르던 햇덩어리는 더 낮게 기울었다. 갈대숲과 강 연안에 깔려있는 병력들의 수색은 계속되었지만, 처음보다는 긴박감이 훨씬 줄어들었고 간간이 여기저기서 웃음소리와 시끄러운 언성마저 들렸다. 시간이 지나면서 환경에 적응된 탓인지 긴장감마저 서서히 증발되는 모양이었다.

어디선가 가느다랗게 투투투거리는 헬리콥터 날개소리가 들렸다. 소리는 크게 나지 않은 채 멈췄다. 비행물체가 더 이상 날아갈 수 없는 T탑 부근까지 와서는 지프로 바꿔 타고 오는 것이 분명했다. T탑을 넘어서면 저쪽에서는 물론, 아군인 이쪽에서도 월북하는 것으로 판단하고 총을 쏘게 되어 있었다.

헬기에 탄 손님들이 금방 지프로 올 것을 알고 말똥들과 참모들이 철책선 쪽으로 바삐 걸었다.

"나 좀 봅시다."

맨 뒤에서 걷던 장발머리가 바로 앞서 가던 중대장의 옆구리를 툭 치며 불렀다.

"신중하게 생각하여 보고해야 합니다. 중대장 개인도 물론이지만, 대대장의 신상문제도 염두에 두어야 할거요. 부하가 직속상관이 진급하겠다는데 싫어할 사람은 없겠지만, 노파심에서 말해둡니다."

어느새 장발머리는 덥수룩한 머리털 위에 중사계급장의 작업 모자를 얹어 쓰고 있었다. 그는 나란히 걷게 된 중대장보다 목 하나가 짧은 키였다. 그러나 키도 작고 계급도 낮은 이 하사관의 말은 중대장에게 위압적이었다. 대위는 고개를 돌렸다. 그 순간 대위의 답변을 기대하면서 옆얼굴을 주시하고 있던 장발머리의 눈과 마주쳤다. 그들의 눈초리에는 서로 힘이 들어 있었다. 장발머리가 다시 앞을 보면서 걸음의 속도를 빨리 냈다.

"나는 현지 지휘관으로 평소 근무한 테두리 내에서 보고할 겁니다."

철책선 문 밖으로 빠져나간 일행들은 한 줄이 되어 횡대로 늘어섰다. 아까 그들이 지프를 타고 왔던 것처럼 빨간 별판을 단 두 대의 지프가 흙먼지를 일으키며 도착했다. 별 한 개를 붙인 철모가 앞차에서 먼저 내리자 그 뒤로 대령 한 명과 서넛의 위관장교가 따라 나왔다. 별 한 개짜리는 작전부사단장었고 대령은 대간첩대책본부에서 나온 사람이었다. 그들은 철책선 문 밖에서 대대장에게 작전상황을 보고 받았다. 그들에게 필름 2통을 보여준 뒤 장황한 설명을 늘어놓던 대대장은 마지막으로 덧붙였다.

"…… 따라서 제 판단으로는 무장공비 침투가 확실시됩니다."

대대장은 상황 설명의 결론까지 내리고 그들을 현장으로 안내했다.

시체에서 나는 냄새가 더 지독했다. 별짜리는 노골적으로 얼굴을 찌푸리고는 대여섯 걸음 뒤로 물러나 있었다. 철모를 쓰지 않았던 대령이 시체 가까이 다가섰다. 그는 풀을 빳빳하게 먹인 군복 칼라 속에서 목을 길게 뽑더니 쇠파리 떼들이 시커멓게 엉켜 붙어있는 시체를 찬찬히 들여다보았다. 대령이 시체를 들여다보고 있는 동안 이제까지 이곳에서 머물렀던 장교들은 그저 옆에서 수행하고 있는 시늉은 하고 있었지만 다시 시체 가까이 다가서는 이는 없었다. 시체 곁에서 심한 악취가 더 멀리 번지고 있었다. 대간첩대책본부에서 긴급히 출장 왔다던 대령이 시체 옆을 떠나 갈대밭 길 쪽으로 성큼성큼 걸어왔다. 중대장은 대령의 바로 뒤에 있었는데 다시 따라가고 있었다.

"이중령! 여기 중대장은 어딨소?"

하얀 피부의 훤칠한 대령이 바로 뒤에 따라가고 있는 중대장 뒤쪽에다 대고 물었다. 그러자 뒤에서 걷던 중대장이 옆으로 다가와서 정중하게 섰다.

“제가 중대장 대위 유성준입니다.”

키가 더 큰 대령이 뒤돌아서서 대위를 바라보았다.

“으음 그래. 현장보존하느라고 고생했어. 그런데 귀관은 이 지역을 매일 확인하는 지휘관인데 어떻게 생각하나?”

시체에서 나는 냄새를 잠시 피해 있었던 여럿이 대령을 중심으로 빙 둘러섰다. 장발머리도 그 틈에 섞여 있었다. 대대장이 대위의 맞은편에 서 있을 때 별짜리도 천천히 그들 쪽으로 걸어오고 있었다.

“저 시체는 일주일 이상 되었다는 군의관의 검사가 있었고 현장을 중심으로 정밀 수색을 하고 있는 중입니다만, 아직 별다른 증거물을 못 찾았습니다. 제 의견으로는 스포츠머리 한 것 빼놓고는 북괴군이나 군인이라고 단정 할 만한 것도 못되는 것 같습니다. 아까 찾은 필름 두 통도 병사들이 잘못 버린 것으로 확인이 된 것으로 압니다.”

“그러니깐 귀관은 민간인 혹은 우리 쪽일 확률이 많다 이건가?”

대대장과 장발머리가 중대장을 응시하던 중에 고개를 끄덕인 대령의 말을 듣고 나서 불쾌한 표정을 지었다.

“자, 그럼 우리 다시 갑시다. 나 역시 죽은 사람 만지는 것이 기분좋을 리야 없지만 확실하게 결론을 지어야 할 것이니까. 내가 우선 중대장과 의견을 같이하는 것은 일주일 전후로는 무월광기에 해당하니까 적 침투전술과 맞지가 않고. 두 달 전에 심학산 쪽으로 침투하다가 실패한 놈들이 곧바로 공작침투조를 보냈을 것 같지도 않고 말이야. 하여튼 주관적인 판단은 금물이오.”

시체 옆에는 다시 장교들이 모였다. 대령은 가지고 온 국방색 야전가방에서 가위를 꺼내 들었다. 그는 시체 한가운데 걸려있는 팬티의 끈과 살덩이 사이로 가위를 밀어넣고 두세 번 움직여 걸레 쪽처럼 남아 있는 끈을 잘랐다. 이제 시체는 처음 세상에 나왔을 때 그대로인 셈이었다. 오른손 집게손가락으로 쥔 헝겊 조각을 들고 대령은 이리저리 살펴보았다. 잠시 그의 얼굴에는 미소와 함께 안도의 빛이 지나갔다.

"부사단장님. 이걸 보십시오. 국산 제품입니다. 저놈들이 통상 입고 내려온 내의는 일제 아니면 자기네들이 만든 것이거든요. 아직까지 국산내의를 착용하고 왔다는 간첩은 보고 듣지 못했습니다."

주위에 서 있던 참모들이 술렁거리기 시작했다. 별짜리도 고개를 끄떡였다. 햇덩어리는 금방이라도 오두산 O.P를 지나서 서해 쪽으로 떨어질 것 같았다.

"부사단장님! 내일까지 작전을 계속하여 철저한 수색활동을 하는 것이 어떻습니까?"

어질러지는 분위기에서 대대장이 불쑥 말을 꺼냈다. 대간첩대책본부에서 온 대령이 구부정한 자세로 대대장을 노려보았다.

"아니야! 이중령? 귀관이 투철하게 업무수행하려는 노력은 알겠는데…… 전문가가 아니라는데 일단 병사들도 고생이니까 철수하는 것이 좋겠어. 안 그래?"

별짜리는 묵직하게 상대방도 격려하고 자신의 입장까지 고려한 몇 마디를 남기고 헬기장으로 지프를 몰았다. 잠시 후 투투투거리는 헬리콥터 소리가 들릴 무렵에 햇덩어리는 어디로 사라지고 없었다.

사위는 서서히 스며드는 땅거미에 젖어 들었다.

"유대위! 철수해! 일단은!"

대대장은 명령을 해놓고도 미련을 버리지 못한 표정으로 부르릉거리는 지프가 서있는 쪽으로 발걸음을 옮기고 있었다. 뒤따라왔던 장발머리는 어느 틈에 모자를 벗은 얼굴로 중대장 옆에 바짝 다가섰다.

"당신은 참 순진해. 어디 잘하나 두고 봅시다. 당신 때문에 대대장도 그렇고. 여러 사람 고생한 보람도 없어졌지만, 또 당신이 잘된 것은 뭐 있기나 해. 무에서 유를 창조한다는데. 내가 보기엔 당신은 유에서 무로 가고 있는 것 같아서 하는 말이오."

비꼬는 말투로 함께 걸어가면서 배알던 장발머리도, 대대장이 떠날 무렵에 자신이 타고 온 지프로 빠져나갔다. 차량들의 엔진소리가 멀어질 때마다 작전에 동원되었던 병력들도 줄어들었다. 중대장이 철책선 문을 나서자 밥풀떼기 하나가 누런 미제 놋쇠 자물통들을 다시 채웠다.

중대장이 아침에 지나왔던 4초소를 지나서 다시 중대본부에 도착했을 때에는 멀리 민통선 마을들은 전등불을 반짝거리고 있었다. 밤이었다. 그는 콘세트 막사의 모기장 문을 밀고 안으로 들어섰다. 그리고 상황실을 지나서 자신의 사무실로 들어왔다. 철제 책상 옆에 비스듬하게 서 있는 의자를 손으로 돌린 다음 풀썩 주저앉았다. 책상 위에 거꾸로 놓았던 철모가 주저앉으면서 그의 팔 뒤꿈치에 닿아서 떼구르르 구르더니 시멘트 바닥으로 툭 떨어졌다. 그는 철모를 잡지도 않은 채 주머니에서 담배 한 개피를 꺼내어 물었다. 담배 연기가 열려진 창문으로 빠져나갔다. 창문 옆에는 '초전박살' 네 글자가 서툴게 만든 나무액자 속에 들어 있었다. 중대전령이 신문지로 덮은 저녁밥을 쟁반에 받쳐들고 왔으나 군화끈도 풀지 않은 중대장이 야전침대에 쓰러져 잠들고 있는 것을 발견하였다. 중대전령 김병장은 한참 서 있다가 쟁반을 책상 위에 놓고 나갔다.

중대장은 콘세트 양철지붕을 요란하게 두들기고 있는 빗소리를 듣고 잠에서 깨었다. 그는 일어났다. 창문 밖에 있던 어둠이 밝아지려고 애쓰는 중이었다. 축축한 기운이 창문으로 들어왔다. 그가 사무실 문을 열고 상황실로 나서자 일직근무자는 책상 위에 머리를 대고 잠에서 빠져 있었다. 빗방울을 맞으며 소변을 마치고 다시 상황실로 들어온 중대장에게 어디서 나타났는지 김병장이 경례를 붙이며 걸어왔다.

"중대장님! 더 주무시겠습니까?"

"아니다. 그런데 비가 언제부터 왔지?"

"한 두어 시간쯤 되었을 것입니다."

김병장은 러닝 셔츠 차림이었다.

"이건 지나가는 소나기가 아니라 폭우다. 폭우."

중대장이 말했다. 하늘에는 무거운 검은 구름이 언뜻언뜻 스치고 있었으나 빗줄기는 그칠 줄 몰랐다.

"상황 들어온 것은 없었지?"

"네! 없었습니다."

"4초소에서도?"

"네! 중대장님? 그런데 비가 이렇게 오는데…… 그 시첸 괜찮을까요?"

중대장은 양철지붕에서 떨어진 빗방울들이 모여서 파놓은 도랑으로 흘러가는 것을 물끄러미 내려다보고 있었다.

"김병장! 가자!"

"네?"

의아한 얼굴로 중대장을 쳐다본 김병장이 우뚝 멈췄다.

"4초소 말이다."

"시체 말입니까? 이렇게 비가 오는데 덮어줄 판쵸우의라도 준비할까요?"

"그냥 가자."

지프 본네트 위로 빗줄기가 떨어지고 있었다. 그칠 줄 모르고 떨어지는 빗줄기는 한데 모이고 모여서 땅 위에 흘렀다. 신작로의 노면 중간과 갓길이 패이면서 작은 웅덩이를 만들었다. 지프는 웅덩이에 바퀴가 걸릴 때마다 좌우로 뒤뚱거렸다.

"얼마나 남았지?"

"네?"

중대장이 앞만 보면서 물었을 때 운전병은 핸들을 잡은 채 유리창을 훔치고 있는 윈도 브러시를 바라보고 있었고 김병장은 뒤에 앉아 있었다. 산등성이를 돌자 내리막길이었다. 기어를 이단으로 밀어넣고 브레이크를 밟아도 가속도가 붙어버리는 가파른 길이었다. 중대장의 표정은 여전히 그대로였다. 긴장감이 없는 무표정한 얼굴이었다. 내리막길에서 평지로 이어지자 달리던 지프는 또 흔들거렸다. 철모에 눌렸던 머리를 손가락으로 문지르던 중대장이 침묵을 깼다.

"제대가 얼마나 남았지?"

"일 개월 조금 못 남았습니다."

뒤에서 김병장이 기다리고 있었다는 듯이 곧 대답했다.

갑자기 차의 시동이 꺼졌다. 깊이 패인 웅덩이를 넘지 못하고 뒷바퀴가 걸렸다. 중대장과 김병장이 차에서 내려 뒤에서 밀자 멈칫멈칫거리던 지프는 다시 부르릉거렸다. 두 사람은 흠뻑 젖었다. 그들은 다시 차를 탔다.

연락을 받고 달려온 밥풀떼기 하나 소대장은 금방 잠을 깬 탓인지 충혈된 눈이었다.

"열어라! 박소위."

무슨 영문인지 갈피를 못 잡고 있던 소대장은 한참 동안을 뭉기적거리면서 초소 안에 있던 열쇠 꾸러미를 가지고 와서 자물통을 풀었다.

갈대밭은 비에 맞아서 푸른빛으로 한들거리고 있었다. 그들은 물을 머금어 무거워진 갈대 대궁들을 헤치며 강 쪽으로 걸어갔다. 냄새는 여전히 그곳에서 머물고 있었다. 역한 기운이 그들을 맞이했다. 시체는 그대로 누워 있었다. 다만 쇠파리 떼들은 전혀 보이지 않았다. 아무것도 걸치지 않은 그것은 하나의 동물 잔해일 뿐이었다. 중대장은 시체 곁으로 다가갔다.

"김병장은 발을 잡아라. 박소위도 같이!?"

그는 시체의 두 손목을 한 쪽씩 잡았다. 머무적거리던 두 사람은 중대장과 함께 시체의 무릎부분을 한쪽씩 잡아들었다. 그들은 강물이 있는 곳으로 퉁퉁 불어진 살덩어리를 옮기기 시작했다.

"강물로 멀리 던져야 한다."

땀과 빗줄기가 그들과 시체를 다 함께 적셔 들었다. 시체는 강물에 떨어지자 그대로 둥둥 떴다. 그러나 바로 멀리 떠가지 못했다. 중대장은 군화를 신은 채 첨벙첨벙 물 속으로 뛰어들어가 시체의 어깨를 더 깊은 곳으로 떠밀었다.

"어쩌실려고 이러십니까?"

뭍으로 나온 중대장에게 겁을 잔뜩 먹은 소대장이 물었다.

"걱정 마. 책임져도 내가 질 거니까……. 수고들 했어."

물에 뜬 시체를 바라보며 중대장이 천천히 말했다. 비뚤어진 철모를 고쳐 쓴 중대장의 눈에는 물기 같은 것이 번졌다. 그들은 떠내려가는 시체가 까만 점으로 멀어져 갈 무렵에야 다시 철책선 문을 나섰다.

비는 계속 내리고 있었다. 강물에 떨어지는 빗줄기는 물살 속으로 휩쓸렸다. 강 건너 야산등성이 위아래로 뿌연 안개가 자우룩하였다. 공장 굴뚝처럼 높이 솟아있는 '위대한 주체사상탑'도 빗줄기에 가려져 버렸다. 38고지의 확성기에서는 여전히 대남방송으로 빨치산 행진곡을 웅웅거리며 보냈다. (1994)

사격개시

녀석은 첫 휴가를 다녀오고 나서부터 달라져 있었다. 벌써 초점을 잃은 흐릿한 눈, 점호시간에도 무슨 생각에 잡혀 헤어나지 못하는 어정쩡함. 꺽다리 특유의 늘쩡함이 훨씬 도드라졌다. 갓 전입신고 할 때의 또렷한 눈빛은 이미 달아나고 없었다. 원래 숫기라고는 별로 없는 편이었지만, 이즈음 들어서 휴게실이건 내무반에서건 외톨이로 다니는 것조차 예사로운 일은 아니었다.

하늘이 희붐해지고 있었다. 마지막 병력을 실은 트럭이 움직이자 어수선한 분위기는 차츰 연병장 바닥으로 가라앉았다. 막사와 막사 사이를 뚫고 나온 불빛들이 흔들리면서 조그맣게 멀어졌다. 트럭은 정문 위병소를 갓 벗어나자마자 덜컹거렸다. 가속도가 붙은 트럭이 중간중간 패인 도로를 달렸기 때문이다. 뒤에 타고 있던 병사들이 웅성거렸다. 앞서가던 트럭들이 일으킨 뽀얀 흙먼지가 헤드라이트 불빛 속으로 감겨들었다.

왜 그랬을까? 짐작은 갔지만, 믿기는 싫었다. 아니 잘못된 추측이기를 바라고 있었다.

이길영. 이름처럼 백팔십 센티가 넘는 훤칠한 키였다. 4소대 소총수로 배치하기 전 작성시킨 신상기록부에다 입대 전 직업란을 기계

선반공으로 메웠던 녀석이다. 평범한 가정에서 순탄한 생활을 한 것 같지는 않았다. 그렇다고 가끔 속을 썩이는 문제 병사는 아니었다. 그러나 녀석은 마주칠 때마다 이상하게도 여느 병사 같지 않게 깊숙한 인상으로 들어왔다. 특별한 이유는 없었다.

순표는 운전병의 옆자리에 앉아서 어둑신한 바깥을 내다보았다. 운전병이 고개를 돌리다가 말았다. 산허리는 병풍처럼 연결되어 있었다. 연병장에 집합된 병력의 출동준비 때만 해도 저으기 긴장했다. 아직까지 이런 일은 처음이었다. 아군이 목표가 되어버린 작전은 뭐가 뭔지 혼란스럽기만 했다. 거무칙칙한 소나무들이 휙휙 뒤로 지나갔다. 담배 한 대가 타버릴 동안 긴장은 조금씩 옅어졌다. 모든 것들이 갑자기 낯설게 다가왔다. 운전병은 겁에 잔뜩 질린 노루의 눈을 하고 운전대를 움켜잡았다. 찬 기운이 야전잠바 속으로 틈입했다. 아직은 이월이었다.

하긴, 신상명세서를 모아서 철해놓은 것도 따지고 보면 완전한 신상을 파악해놓은. 일테면 사병 개개인에 관한 신변의 완전한 자료는 아니었다. 가족사항, 직업, 본인의 특기, 취미, 아버지 직업, 어머니 나이, 더 이상 물어볼 것도 말 것도 없는 평이함뿐이었다. 녀석의 어눌한 표정과 물어보는 말에만 단답형으로 답변하는 것을 종합하여 볼 때, 크게 관심을 가져야 할 점은 없을 것 같았다. 적어도 중대 인사계의 업무소관으로는.

"실탄 80발, 대검과 소총, 수류탄까지 휴대한 것 같습니다."

작전장교가 대대장에게 겁먹은 눈초리를 보내면서 말했다.

"아직 어두운데, 멀리 가진 않았을 거야……. 어때? 매복조를 운용하면.”

상기된 표정을 억지로 죽이면서 앉아 있는 참모들과 중대장들을 빙 둘러보던 대대장이 두툼한 입술을 달싹거렸다.

“요 근방 지형을 잘 아는 편도 아니고, 그 동안 지나간 시간을 어림잡아 봐서도 대대장님 말씀대로 하는 게 좋겠습니다.”

재빨리 작전장교가 받았다.

“인사계는?”

대대장의 쉰 목소리가 출입문 가까이 서 있는 순표를 찔렀다. 전체 분위기가 침묵으로 흐르며 순표를 주목하고 있었다. 숙였던 고개를 들면서 순표는 입을 열었다.

“어쩌면, 갈뫼 삼거리까지 갔을지도 모릅니다.”

기다렸다는 듯, 왜 그렇지, 하는 투로 대대장의 눈초리가 날아왔다.

“읍내에 도달하는 가장 빠른 지름길이고, 민간인들과 섞일 수 있기 때문입니다.”

“…… 그렇게 잘 아는 놈들이. 탈영병은 왜 생겨?”

분함을 삭이지 못하는 빈정거림이 나지막하게 들려왔다.

“어느 쪽으로 튀었을 것 같아? 중대장은.”

두 번째의 화살은 다시 중대장에게 날아갔다. 주눅이 든 중대장은 우물우물거렸다.

“병신 새끼들, 육갑하고 있네.”

중대장과 순표는 이미 과녁이 되어 있었다.

“사전에 어떤 놈인지 확실하게 파악이 되었어야지. 도대체 뭣들

했어! 인사계! 그러니까 당신은 맨날 쫄병들한테 똥싸개 소리나 듣지!"

그랬다. 병력이 출동하기 전에도 대대장실에서는 장교들끼리 그런 분위기였을 것이다. 이십 년 가까이 누런 갈매기 세 마리를 달고 부대 울타리나 빙빙 돌면서 오늘날까지 살아온 소갈머리 없는 푼수로는. 날이면 날마다 되풀이되고 되풀이되면 군복은 차츰 빛이 바랬으니까.

트럭이 멎었다. 앞서가던 차량들이 일으킨 한 무더기의 흙먼지가 달려들어 차장을 핥으면서 지나갔다. 옆에 기대 세웠던 소총이 무릎을 탁 치고는 자빠졌다.

"무슨 일이지?"

순표는 고개를 돌리면서 운전병에게 물었다. 그곳은 뒷구지에서 아랫배미 마을로 연결된 펀펀한 개활지였다. 차와 트럭들은 작전도로를 따라서 죽 섰다. 바로 앞에서 선탑하였던 중대장이 달려나갔다. 십여 명의 간부들이 대대장의 차가 있는 쪽으로 뛰어가고 있었다. 순표는 문손잡이를 돌리며 차에서 내려섰다. 찬바람이 얼굴을 할퀴며 지나갔다. 이미 사위의 어둠은 걷히고 여명이 한 겹 밀려왔다. 모든 것들이 드러나기 시작했다.

"아직 갈뫼 삼거린 못 갔어. 여기서부터 훑어봐!"

간부들 속에 둘러싸인 대대장이 스테인리스 지휘봉을 저으면서 능선을 대충 가리켰다.

"시간도 없는데 중대별로 수색하면서 통신을 유지해라. 김대위 뭐하고 있나? 빨리 병력분산 배치하지 않고서."

땅땅한 체구가 흔들리면서 짜증 섞인 소리는 바람과 함께 날아갔다. 작전장교인 김 대위의 옆에 얼어있던 중대장이 흠칫 놀란 듯, 순표에게 돌아가라는 눈짓을 했다. 모두 제정신이 아니었다.

"…… 되는 게 없어……."

거무데데한 이맛살을 오그리면서 대대장이 혼잣말처럼 중얼거렸다. 대대장 등뒤로 돌아가다가 바람에 섞여 지나가 버린 쉰 목소리를 얼핏 듣고서 순표가 부동자세로 물었다.

"예?"

"엉?…… 아니야!"

오늘뿐만이 아니었다. 그는 늘 부하들 앞에서 이런 식으로 중얼거려 놓고는, 그 일은 어찌되었냐고 따질 때가 많았다. 애매모호한 표정. 알아들을 수 없는 말투. 그러나 노상 그런 것만은 아니었다. 정확하게 똑똑 끊어서 말할 때도 있었다.

순표는 대대장의 중얼거림 속에는 고의적인 의도가 다분히 숨어 있음을 느꼈다. 희한하게도 동향이고 후배인 작전장교와 전입요청한 간부 두엇은, 대대장의 중얼거림은 물론 속마음까지 용케 잘 알아들었다.

"눈치지 뭐. 왜 저런 말씀을 하실까 하고 앞뒤로 맞춰보면 뻔한 거 아뇨?"

그럴 수도 있었다. 그때 그때의 분위기와 당사자의 표정을 더듬어서 찾아내는 해답. 일종의 퀴즈놀음 같은 것이었다. 대대장 자신에게는 편리하게, 부하들에게는 불리하게도 할 수 있는, 기가 막힌 용병술이었다. 부하를 부리는 기술에 대하여 이쪽 또한 그런 유의 상관을 수십 명쯤 보아온 닳고닳은 부하였다.

산등성이를 넘고 두메를 훑고 달려온 바람은 그들의 귀싸대기를 후려치면서 어디론가 사라졌다. 중대와 소대별로 나뉘어서 야산과 그 틈새에 간간이 흩어져 박혀있는 외딴 집들을 뒤졌다. 찬 기운을 머금은 바람이 빠른 속도로 지나면서 떠도는 잿빛구름을 밀쳐냈다. 흐릿한 하늘 뒤로 밍밍한 햇살이 졸린 듯 하품을 하였다. 이미 아침은 열렸다.

비상식량으로 몇백 명의 병력이 아침을 때우고 있을 때, 그들은 뒤늦게서야 헛시간만 잡아먹었다는 것을 알았다. 탈영병이 가겟집에서 아침밥을 먹고 있다는 제보가 입수되었기 때문이다. 지서에서 걸려온 경비전화였다.

3킬로미터 후방지점이 갈뫼 삼거리였다. 읍내로 가는 길목이었고, 인접사단의 작전경계선과 가까웠다. 거기서 차단하지 못하면 일판은 크게 벌어지는 것이다.

또 한 번의 회의가 야전에서 급히 열렸다. 순표는 제 가슴속의 맥동이 빨라졌다는 것을 의식하면서 은근히 질려 있는 대대장의 표정을 읽었다.

"위치가 확인된 상태이니 작전은 끝난 것이나 진배없습니다. 걱정 마십쇼. 제놈이 가면 어디로 가겠습니까. 일개 중대만 남아서 처리하고 나머진 복귀시키는 편이 낫겠습니다. 잘못하다간 희생자가 생길지 모르니……."

작전장교 김 대위가 대대장을 안심시키듯이 자신만만하게 말했을 때 대대장은 다소 얼떤 분위기에서 되살아나는 듯 했다.

"대대장님, 죄송합니다. 저희 중대가 현지로 들어가겠습니다. 우리 중대 애들이 저놈의 얼굴도 잘 알 뿐더러 설마하니 우리한테 총질이야 하겠습니……이까?"

기어들어가는 목소리로 중대장이 맞장구를 쳤다. 고개를 갸웃이 젖힌 대대장은 마지못해 결정했다는 듯이 일어섰다.

중대장과 작전장교의 제의에 따라 나머지 병력은 트럭을 타고 부대로 되돌아갔다.

순표는 다시 트럭운전석 반대편의 문손잡이를 틀었다. 운전병이 무슨 말을 할 듯 하다가 고개를 돌렸다. 잘 닦여진 도로 때문인지 아까보다는 덜 흔들거렸다.

이길영. 그 꺽다리에 대하여 무슨 생각인가 해야할 텐데 막막했다. 누구보다 더 병사들을 속속들이 알고 있어야 할 인사계가 아닌가. 모른다면 직무태만이다. 그렇다면, 직무유기이고 명령 불복종이다. 명령 불복종? 갑자기 쇠사슬 같은 육중한 무게가 지그시 눌러 오는 것 같았다. 명령 불복종? 불복종?

찌는 듯한 팔월의 무더위였다. 더위는 행군을 하던 대대병력 모두를 전염시키고 오장육부까지 가득 차있었다. 병사들의 얼굴은 시들어 있었다. 그런데도 중대장은 사격통제관으로 차출되어 긴장이 되었던지 병사들의 정신해이를 단속한답시고 군가를 부르게 했다. 병사들은 신도 나지 않은 채 군가를 고래고래 소리질렀다. 이미 구릿빛으로 반질거리는 그들의 머리 속에는 국가와 민족 그리고 명예 따위의 명령부호가 억지로 입력되었을 것이었다. 하나하나의 개성이 차츰 망가지면서 조직 속의 야무진 부속품이 되어야 강한 군대가 되는 것이니 만큼. 무식해야만 용감할 수 있는 것이니 만큼.

사격장에 도착하였다. 안전문제도 있고 따가운 햇볕이 내리쬐는 행군길의 끝이었던 터라 간부들의 신경은 날카로웠다. 사선에서 몇 개조의 사격이 끝나고 통제탑에서는 다음 차례의 사격조를 확성기로 불렀다. 녀석은 한 중간쯤에 있는 4번 사로였다. 엎드려쏴 자세를 하고 있었다. 영점사격이 끝나고 기록사격이 시작되었다. 누워있던 표지판들이 검은 모습으로 벌떡벌떡 일어났다. 준비된 사수에게 표적을 향하여 사격개시라는 구령이 떨어졌다. 따따닥 — 딱딱. 녀석은 조준선 정렬과 호흡을 멈춘 상태에서 처녀의 젖가슴을 만지듯 방아쇠를 당기고 있었다. 표지판들의 흔적이 없어지고 소리로 미루어 사수들이 가진 실탄들이 탄창에서 전부 날아갔으리라.

순표는 사선을 왔다갔다하면서 병사 한 사람씩 지켜보았다. '좌측 사선? 사격 끝. 우측 사서언? 사격 끝. 사수? 사격끄읕. 사격이 끝난 사수우는 약실검사!' 사격통제탑에서는 사격이 다 끝난 것으로 알고 안전검사 명령을 내린 것이다. 중대장의 목소리가 확성기를 타고 빨간 깃발이 꽂혀있는 능선너머로 퍼졌다. 3번 사수의 발끝에 서 있던 순표는 녀석을 훔쳐보았다. 그런데 녀석도 고개를 돌려서 이편을 보고 있는 것이 아닌가. 그것은 우연이었다. 씨익 웃는 듯한 곁눈질. 녀석의 오른손 검지손가락은 방아쇠 울 속에 그대로 들어가 있었다. 좌측 사로 끝에 서 있던 선임하사가 어슬렁어슬렁 걸어오고 있을 때였다.

"다 쐈으면 손 빼야지!"

그 순간이었다.

팡.

녀석은 표적이 눕혀진 사로에다 대고 덤으로 남아있던 한발을 허공에 쏘고 말았다.

"야! 개새끼야. 죽으려고 환장했냐?"

총소리가 나고 정적이 감돈 한참 후에야 핏대가 선 중대장의 붉어진 얼굴이 보였다. 녀석 덕분에 그날 사격훈련에 나선 병사들은 오리걸음과 원산폭격은 물론 선착순 따위의 기합으로 내내 시달렸다. 밤늦게까지 녀석은 중대장실에서 잔소리만 듣고 나왔다. 영창에 넣자는 것을 인사계인 순표가 반대했기 때문이었다.

사물함을 뒤져서 녀석의 수양록을 침칠해 가며 한 장씩 넘겨보았으나 이상한 것은 발견하지 못했다. 다만, 달력의 숫자를 X표로 하나씩 지워 나가는 것은 있었다. 그러나 날짜를 없애는 것은 병사들이면 누구나 낙서처럼 가지는 유일한 희망이었다.

산능선의 오목하게 응달진 곳은 아직 희끗희끗 잔설이 듬성듬성 웅크리고 있었다. 도로에 연한 논둑길은 짚불을 놓아 까맣게 태워져 얼룩얼룩했다. 논둑길들은 서로 설키면서 차츰 들녘으로 퍼졌다. 작은 평야지대의 성깃한 아카시아 나목들이 휙휙 뒤로 달아났다.

지금은 절망할 자신이 없었다. 오로지 군바리라고 불려진 이끼 낀 시간 속에서 또 한 순간을 넘어야 할 입장인 것이다. 왼손에 쥐고 있는 총열의 딱딱함이 느껴졌다. 쇠파이프의 이질감. 오랫동안 만졌던 물건이라면 자연스럽게 살갗처럼 닿아야 할 텐데도 이것은 언제나 그렇지 않았다. 쇠붙이야 정직한 물건이지. 손가락으로 꺼떡- 당기기만 하면 노리쇠는 정확하게 실탄을 때리고 실탄은 폭발하는 힘으로 독기 어린 파편을 목표물에 각인시킨다. 각인이 된 목표물은 변질되며 이미 자기가 아니다. 간단하면서도 냉정한 공식이었다.

"인사계님?"

운전병은 앞만 보고 있었다. 핸들을 잡고 있는 우악스런 손이 대대장 얼굴보다 더 검었다.

"이 상병이 탈영한 것은 여자문제일 거라고 합니다."

"누가?"

"내무반에서요"

누가 그랬는지 물어볼 필요가 없다. 아무래도 녀석의 형편은 즈이들끼리 수군거리면서 더 잘 알 테니까. 순표는 초점이 흐려진 채 앞을 보았다. 하늘과 도로가 부옇게 뒤로 지나갔다. 콘크리트 전봇대도 함께 뒤로 밀렸다. 꺾어진 길 못미처에서 차량들은 멎었다.

야산의 다복솔은 빼곡이 차 있었고, 뻘건 황토밭 가운데로 거뭇한 두엄더미가 듬성듬성 떨어져 있었다. 삼거리로 쪼개지는 야산 건너편으로는 공원묘지의 봉분들이 피조개껍질처럼 다닥다닥 엎어져 있었다. 여남은 채의 동네는 갈뫼 삼거리를 가운데 두고 연이어 있었는데. 슬레이트 지붕이 금방이라도 벗겨질 것처럼 갸우뚱하게 버티고 있는 가겟집은 미닫이문조차 닫혀져 있었다. 도로에 접한 가게 뒤쪽은 마루가 있는 살림집 구색이었다. 집 부근은 냉랭한 기운이 감돌았다. 가게 건너 논바닥의 볏짚가리 뒤에는 카빈소총을 맨 경찰관 서넛이 서성거리고 있었다. 다른 집 시멘트 블록담 위로 몇 개의 호박 같은 형체가 움직였다. 누렇게 뜬 동네사람들이었다.

경찰관들이 군병력 쪽으로 달려왔다. 집 안에는 주인여자와 아침을 먹고 학교에 가야할 아이 둘과 약간 모자라는 큰딸이 있다고 했다.

대대장은 간부들을 따로 불러 모아놓고 은근한 눈초리로 휘둘러보았다. 그 눈길 속에는 누군가 먼저 접근해주기를 바라는 초조함이 배어 있었다. 야박하게 명령하기 전에 스스로 알아서 행동해주면, 서로의 입장이 설 것이라는 묘한 이중성이 숨어 있었다. 순표와 중대장 앞에서 멎은 눈초리는 고정되었다. 이내 채근하듯 또 한차례의 침묵이 흘렀다.

야전잠바의 옷깃만 만지작거리던 중대장이 순표에게 고개를 돌렸다. 이제 목표물은 정해진 셈이었다. 군소리가 필요 없었다.

"갔다 오겠습니다."

"괜찮겠나?"

모처럼 염려해주는 듯한 대대장의 호기 어린 목소리는 순표의 것이 아니었다. 총을 가지고 접근하라는 중대장의 말이 건듯 불어오는 바람 속으로 사라졌다. 비무장이어야 한다. 부하와 상관을 가로막고 있는 장애물이 무엇인지도 모르는 상태에서 서로가 적의를 보이는 것은 바보짓이다.

순표는 가겟집의 미닫이 유리문을 향하여 정면으로 걸어갔다. 먼지 낀 유리창 속으로 철모를 쓴 한 사내가 다가서고 있었다. 유리문이 바람에 덜컹거릴 때마다 비치는 사내의 모습은 이즈러졌다가 이내 펴지곤 하였다.

갑자기 차량들의 엔진소리가 들렸다. 순표는 뒤통수에 닿아있는 근지러움을 떨쳐 버리려는 듯이 뒤를 돌아다보았다. 꺾어진 길 뒤에 숨어 있었던 트럭이 앞으로 나오고 있었다. 틀림없이 대대장은 또 다른 카드를 쓰려고 할 것이다. 어느새 지시가 되었는지 차량에서 쏟아져 나온 병력은 삼삼오오씩 갈라져 동네를 중심으로 포위하려는 듯 은폐물 속으로 파고들기 시작했다.

느끼지 못했던 오한이 갑자기 몸 속으로 쑥 들어왔다. 아주 미세한 어뜩함이 머릿속을 지나갔다. 그것은 외로움이었다. 사지에 버려져 버린 듯한 허탈감이었다. 인간들은 이렇게 서로 배신을 시작할 것이다.

유리창문 안으로는 통조림 깡통들이 알록달록 색색으로 선반에 놓여 있었다. 그 아래 과자봉지들은 라면 봉지들과 함께 널려 있었다. 호흡을 들이쉬고 숨을 멈췄다. 녀석은 자신이 온 것을 보았으리라.

"이길영이! 나 인사곈데…… 들어가도 되겠나?"

"안됩니다.!"

금방이라도 방아쇠 울 속에 들어있는 손가락이 움직일 것만 같은 녀석의 단호한 답변이었다. 유리문이 덜컹거렸다. 멈칫한 순표의 손은 한 뼘만큼 미닫이문을 열어놓고 있었다. 단답형으로 끝나서는 답변대신 총알이 날아올지도 모른다. 그러나 이미 한 순간은 넘어섰다.

"그럼……탈영한 이유가 뭐냐?"

"……."

"뭐냐 ? 조건이. 네 요구조건 같은 게 있을 게 아녀?"

침묵은 무섭다. 물음에 빗나간 대답일지라도 대화는 계속 되어야 한다. 순표는 침을 삼켰다. 드르륵 끼익. 시원찮은 유리 미닫이 바퀴가 문턱에 걸려 버렸다.

"문 열지 마십쇼 아무나 쏘아 버릴 겁니다.

열려진 가게문 사이로 빼꼼히 열려진 안방 창호문이 보였다. 열서너 살 가량의 아이가 서 있었다.

"중대장은 알 겁니다. 내가 왜 이랬는지……. 고무신 거꾸로 신은 계집의 편지를 마지막으로 중대장헌티 받었으니까."

"이길영이. 나한테는 왜 그런 말을 안 했지? 나는 처음 듣는 말인데."

"이제 다 끝난 일이니까. 그만 돌아가십쇼."

녀석의 말 속에도 틈은 있었다. 자신의 힘으로 해결할 수 없었던 쫄병의 사연이 있었다. 남들이 듣기에는 아무 일도 아닌 것이 자신에게는 해결하기 힘든 커다란 짐으로 작용하였던. 그랬었구나. 알 것 같았다. 혼이 나간 것 같은 녀석의 초점 없는 눈을.

"서울로 가게 해주십시오, 인사계님."

"어떻게 하려구?"

"왜 약속을 어겼는지 알고 싶어요. 그 계집애가 딴 맘 묵은 이유를 듣고 싶어요."

시계바늘이 돌아가면 다시 되돌리기 어려운 까닭을 설명할 필요는 없다. 지푸라기라도 잡으려는 사람에게는 그것도 낭비다.

"대대장님과 의논해서 조치해 보마. 우선 그집 아이들만은 내 보내줘라. 학교에 갈 시간이 넘었어."

"생각해 보겠습니다."

이제 녀석의 누그러진 말씨에서도 원래의 착한 본새가 엿보였다.

그러나 아직 문을 열고 들어갈 수는 없었다. 심경의 변화가 그토록 재빨리 회복될 수도 없을 뿐더러 자칫 잘못하면 방안의 아이들에게 위험할 수도 있었다.

안방에서 주고받는 말소리가 밖으로 들렸다. 울음 섞인 여인의 애원하는 듯한 목소리였다. 아이들이 울먹거리면서 창호문 밖으로 나와서 신발을 꿰었다.

"가! 빨리 나가!"

녀석이 아이들에게 급히 독촉하는 것이 흡사 순표에게 들으라고 말하는 것 같았다. 순표는 유리문 옆으로 비켜섰다. 녀석이 들고 있는 총신은 안방문 틈새에서 삐죽이 바깥으로 기어 나와 있었다. 길쭉한 옆모습이 잠깐 어른거리다가는 안쪽으로 사라졌다.

책가방을 들고 비실비실 유리문 밖으로 나온 아들은 국민 학생들이었다. 순표는 뒤를 돌아보았다. 볏짚가리 뒤에서 작전장교 김대위가 돌아오라는 손짓을 보내고 있었다. 대신 아이들을 먼저 그곳으로 보냈다. 녀석이 던져준 숙제를 받았다. 무엇인가를 일단은 들려 주어야 한다. 가는 것이 있으면 오는 것이 있어야 한다. 무엇을 줄 것인가? 머리가 무거웠다. 철모에 짓눌린 탓만이 아니다. 일단은 무엇을 주고 또 풀어나가야 한다.

"빨리 떠나쇼. 빨리요!"

"이길영!"

재촉하는 위압에 왜 녀석의 이름만 툭 튀어 나왔는지 알 수 없었다.

딱--탕. 쨍그랑 툭 탁.

순간. 두 발의 총성이 유리문 한 장을 박살냈다.

그들은 긴장하고 있었다. 총알 두 개가 흐릿한 하늘과 쌀쌀한 땅 위를 공명으로 뒤흔들었기 때문이었다.

"뭐래요? 탈영한 이유가."

작전장교가 먼저 입을 열었다. 대대장 이하 간부들이 순표의 얼굴을 빤히 바라보았다. 순표는 중대장이 대대장 옆에 있는 것을 얼추 느꼈다. 그래서 고개를 작전장교에게 돌렸다.

"서울로 가게 해달랍니다."

"아까 말씀드린 대로 여자 때문일 겁니다."

기어들어가는 목소리로 중대장이 거들었다. 그들 사이에는 생략된 이야기가 있을 법했다.

"으음…… 그러면?"

신음처럼 콧소리를 내면서 대대장이 혼잣말로 물음을 만들어 냈다. 답변과 물음이 한꺼번에 던져진 셈이었다. 어떤 답안지를 제출할 것인가 하는 것은 부하들의 일이었다. 몇 걸음 뒤쪽으로 물러나 있는 순표에게 소총을 건네주면서 운전병이 가만히 말했다.

"실탄이 들었습니다."

"전부다 지급되었나?"

"그렇습니다."

탄창이 꽂힌 소총 개머리가 허벅지에 닿았다. 순표는 노리쇠 밑의 안전장치를 흘깃 내려다보았다. 사수의 조정에 의하여 안전은 불안전으로 바뀔 수가 있었다.

대대장이 작달만한 체구를 흔들며 중대장과 장교 두엇을 데리고 블록담이 있는 민가 쪽으로 갔을 때 김 대위가 순표한테 다가왔다.

"단도직입적으로 말해서 인사계 생각은 어때요?"

작전장교가 눈웃음을 치며 억지로 여유를 부렸다.

"원래는 순진한 녀석입니다. 내무생활도 잘했고. 그랬는데……."

"중대장 말로는 그렇지 않다던데."

초록은 동색이고, 팔은 안으로 굽는다던가. 어떤 말인가를 끄집어내기 위한 의도일 것이다.

"무슨 말씀을 하셨는데요?"

"아, 아니오."

중대장은 단도직입적으로 말하지 않고 있었다.

벌써 지휘소는 블록담집 마당으로 옮겨져 있었다. 아까의 볏짚가리보다는 녀석에게 가까이 다가설 수 있었고, 무엇보다도 집 자체가 총알막이로서 적당했다. 총을 가진 녀석에게 직접 접근하지 않고도 병력을 지휘할 수 있는 장점을 누가 대대장에게 말해 주었을까? 그러니 누가 보아도 탈영병에 가깝게 접근한 지휘관을 용감하다고 할지언정, 잘못이라고 할 까닭은 없었다.

"어때? 자수할 것 같지가 않지?"

여전히 물음표투성이였다. 자신의 짐작을 강요하는 억지가 섞여 있는.

"계속 설득해 볼 필요가 있습니다."

순표는 다물었던 입술 사이로 대대장이 원하지 않는 답변을 내놓았다. 이들은 녀석을 어쩔 셈인가? 자수시킬 생각은 애당초 없이……. 그래서 실탄을 지급하여 장전시킨 것인가. 그랬을지도 모른다. 일단 적으로 간주한 이상, 타협은 없어야한다고 말했을 것이다.

'군대에서는 가만히만 있으면 중간이라도 끼어, 임마'. 귀가 따갑도록 들었던 말인데 누가 했는지 통 기억이 나지 않았다. 이제 자신은 씨름판 한가운데에 서 있는 자신 없는 선수가 되었다. 아니, 자신은 주어진 각본대로 움직인 것에 불과할 뿐이다.

"어째서?"

대대장의 얼굴이 성난 짐승의 머리로 다가왔다.

"아직은 민간인 두 사람이 잡혀있는 상태입니다. 그리고…… 우리가 이 상병과 조금 더 대화를 해본다면 그 애는 생각을 바꾸게 될지도 모릅니다."

"그 자식은 범죄형이라 쉽지 않을 거요."

가운데로 끼여든 것은 의외로 중대장이었다. 여지껏 숨죽이고 있던 죄인이 왜 나섰을까? 자신이 해야할 일을 대리인이 했다는 빌미를, 나중에라도 만회하겠다는 책임자의 자존심이 발동했음인가? 결정적일 때의 한 순간이 군인에게는 중요한 것이니 만큼.

무거운 기류를 약간 바꾸어 놓은 것은 작전장교였다. 그는 대대장이 담배 한 대를 입에 물자 재빨리 라이터 불을 갖다댔다. 연기를 길게 빨았다가 내뱉는 대대장이 크게 안심이라도 쓰듯이,

"야, 너네들도 한 대씩 피워라."

고 하자, 조금 후 몇 명 장교가 돌아서서 급하게 몇 모금씩 빨아삼켰다.

"이왕 시작한 것이니 한 번 더 접근을 시도해보는 것이 좋을 것 같습니다."

대대장이 담배 꽁초를 발로 비벼 끄는 것을 보면서 작전장교가 슬쩍 한 마디 붙였다.

"글쎄, 괜찮으까?"

"우선 민간인을 풀어주고나서 서울로 가는 조건을 보장하겠다고 하면 어떨까 싶습니다만은."

작전장교다운 발상이었다.

"안전판으로 인질을 하나라도 계속 잡고 있겠다고 하면?"

"군인을 대신할 수도 있습니다."

순표는 모래주머니라도 찬 듯 군화발이 무거웠다. 중대장은 서너 발치 뒤에서 따라왔다.

"인사계! 잘 될까요?"

중대장은 대대장 앞에서와는 전혀 다르게 걱정 어린 눈빛으로 물었다.

"해 봐야지요."

다시 가겟집 미닫이 유리문이 가까워졌다. 그러나 두 사나이의 모습은 조금 보이다가 없어졌다. 박살난 한쪽 문 안으로 찬 바람이 우우 몰려들어가 과자 비닐 봉지들을 때리고 있었다.

팡.

울찔 놀라는 중대장 뒤로 한 움큼의 흙먼지가 길바닥에 피어올랐다.

"중대장 새끼 넌 오지마."

이길영이 발악을 해댔다. 중대장의 얼굴은 하얗게 변색되었다. 녀석은 이쪽을 훤히 보고 있었음에도 이제껏 옴짝달싹하지 않고 버티었던 것이다. 포위되었다는 것도, 서울로 나간다는 보장에 희망을 반쯤 버린 지도 이미 오래 되었다는 말인가. 그런 절망은 모두에게 위험하다.

"이길영이, 나다 인사계다."

"알고 있어요. 어떻게 되었습니까?"

깨진 창 밖으로 녀석의 목소리가 나왔다. 순표의 목소리는 떨리고 있었다.

"우선…… 말이야. 주인 여자는 내보내라. 처녈 내보내든지."

"약속이 틀립니다."

"날 믿고 내보내면 된다. …… 대대장님이 차량을 준비하고 있어."

"정말이지요?"

"그래."

마흔 중반의 여인은 흡사 미친 사람처럼 초점을 잃고 몸빼바지 차림으로 혼자서 뛰쳐나왔다. 내 딸, 내 딸을 입으로 소리치면서도 혼자서 맨발로 내빼는 것이었다. 여인이 뛰어 나올 때 함께 나오려던 큰딸애가 녀석의 손에 잡혀 바둥대었다. 엄마 엄…… 반편이 같은 것은 입에 거품이 삐어져 나와 있었다. 열려진 안방으로 녀석과 반편이 딸애가 사라졌다.

"앞으로 삼십 분입니다아. 일 초라도 늦으면 다 죽여버릴 겁니다."

녀석이 순표에게 최후의 통첩처럼 한 말이었다.

사이렌 소리가 요란하게 들렸다. 붉은 비상등을 깜박 깜박이는 백차가 달려왔고, 그 뒤에 한 대의 트럭이 따라 들어왔다. 사단헌병대에서 저격수 일개소대가 현장에 도착한 것은 오후 네 시쯤이었다.

사단헌병대장은 녀석과 비슷한 큰 키였다. 그는 철모대신 말뚱 두 개가 하얗게 박힌 작업모를 쓰고 있었다. 헌병대장과 대대장은 가겟집 주변을 한 바퀴 돌아나왔다.

"칠십여 발이 남았구, 더구나 수류탄까지 있대며? 자수할 의사가 없을 것 같은데……."

헌병대장은 큰 키의 팔짱을 풀면서 대대장을 내려다보았다.

"진즉부터 그런 쪽으로 생각하고 있습니다.

"서푼어치도 안되는 인정머리가 일을 망쳤소."

이제 대대장은 체념한 듯 헌병대장에게 기대었다.

"시간은 걸렸지만, 일이 조금씩 잘 풀어지고 있습니다."

대대장에게 순표가 한 말이었지만, 헌병대장은 가소롭다는 듯 갈매기 셋이 누렇게 붙어 있는 철모를 내려다보며 타이르듯이 말했다.

"자식들, 살려둬서 뭘 어쩌겠다는 거야. 너희들은 군인이야. 소모품이야. 소모품을 반납해서 다시 쓰는 거 봤어!"

구름 뒤에 숨어있는 햇덩어리가 아래로 처질수록 날씨는 더욱 을씨년스러웠다. 꼭두새벽부터 몰이꾼으로 동원된 병사들의 얼굴에서도 피로한 기색이 역력했다.

"숨통 가까이 조여 왔는데. 저 새끼인들 도리가 없겠지. 문제는 인질인데 말씀이야. 저걸 어쩐다? 못 구하면 죄없는 민간인을 죽였다고 신문에 날 거구. 그럼 높은 분들 여럿 다치지……."

한층 긴장감이 감돌았다. 녀석이 어떤 자세로 있는지는 짐작할 수가 없었다. 우선 그 점 하나만으로도 녀석은 일당백이었다. 155밀리 포탄이나 대전차 토우미사일을 가져왔다고 하더라도 쏠 수는 없었다. 녀석에게도 안전판은 있다. 남아있는 인질은 녀석의 안전판이다. 안전판이 문제였다.

시간은 흐르고 있었다. 저격수들에게서. 외곽을 포위하고 있는 군경병력들도. 대치하고 있는 녀석 또한 마찬가지였다. 시간의 무게는 흐르는 만큼 무거워졌다. 물먹은 솜이불처럼 모두를 짓누르고 있었다. 조여오는 포위망 속에 순표도 섞여 있었다. 가겟집 뒤의 툇마루로 지휘부 축이 몰려 있었다.

“틈이 나면 바로 사살해!”

그런 헌병대장의 명령이 내려진 후 핸드마이크가 울렸다.

“너는 포위되었다. 지금 즉시 총을 버리고 나오면 살려준다.”

바퀴벌레 한 마리가 빵부스러기 속에 있으나 이미 갈 곳은 전부 차단되었다. 약속은 허접쓰레기에 불과했다. 약속은 강자의 마음대로 파기되었다. 심부름꾼의 수고는 원점으로 돌아갔다. 아니다. 아직은.

따따딱.

녀석의 응답이었다.

순간, 툇마루의 방문 양쪽에 붙어 있던 저격병 두 명이 발길질로 문을 차면서 방안에 대고 총을 난사했다. 주고받는 총소리는 파열음이었다. 발악하듯 총탄 몇 발이 밖으로 날아왔다.

무엇인가에 닿았을 때, 갑자기 힘이 빠지고 다리는 무너져 내렸다.

주위에 있던 병사들은 개미떼처럼 까무룩히 멀어졌다. 순표에게는 아무 소리도 들리지 않았다.(1995)

멀리서 부르는 소리

처음.

묘지로 가는 왕복 4차선 도로에는 차량들이 쏜살처럼 달렸다. 멀리 햇볕으로 달구어진 하늘 아래로 검푸른 산 능선 몇 겹이 앉아 있었고 산자락들은 질펀한 구릉으로 있었다. 전세버스는 도로표지판을 지나 오른쪽으로 꺾어 들었다. 정문을 들어서기 전, 다리 난간 양쪽 입구에 서 있는 두 마리의 짐승은 돌 그대로 승객들을 맞이하였다. 화강암을 붙인 정문 양쪽의 받들어 총 자세로 서 있는 의병들도 돌 짐승처럼 뻣뻣한 자세로 버스를 통과시켰다. 버스가 약간 경사진 오르막길을 지나는 동안 맥없이 앉아 있던 승객들은 의자 등받이에서 몸을 떼며 두런두런 소리를 냈다. 두어 시간동안 잠잠했던 버스 안이 갑자기 소란스러웠다. 바깥에서는 번쩍거린 헬멧을 쓴 헌병이 호각을 길게 불더니 흰 장갑 낀 손으로 주차장을 가리키고 있었다.

사람들은 통로를 지나 내려섰다. 그리고 나서 둘씩 셋씩 앞사람을 따라 천천히 걸었다. 뜨거운 햇살이 사람들의 등허리에 내리 꽂혔다. 분수를 뿜어오르는 중앙광장을 지나자 여기 저기에서 더 많은 사람들이 모여들었다. 그들은 우리들이 내린 주차장의 반대편에서 걸어왔다. 안장식장은 까만 오지기와 지붕을 쓴 커다란 콘크리트 건물이었다. 모두들 그 건물의 출입구 속으로 들어갔다. 건물 밖에는 예닐곱 사람들이 서성거리고 있었다.

나도 건물 속으로 들어섰다. 검은 양복차림의 사내들이 하얀 국화 화환이 놓인 앞에 서 있었다. 그리고 바로 내 앞서 가던 오십쯤 되어 뵈는 사람은 사내들이 서 있는 옆 책상 위의 방명록에 서명을 하였다. 휘돌아보아도 낯익은 얼굴은 없었다. 마치 극장 옆문들처럼 까만 커튼이 숨어있는 계단을 따라 올라갔다. 내 앞으로 검은 커튼자락을 잡고서 누군가 막 뛰쳐나왔다. 까만 반바지와 소매 없는 하얀 셔츠를 입은 아이였는데, 곧장 바깥으로 나가버렸다.

나는 남자의 볼멘 음성이 벽을 울리는 검은 커튼 앞으로 들어섰다. 안에는 캄캄했다. 그러나 더듬더듬 들어선 더 깊은 곳에서는 희미한 화면이 점점 밝아지고 있었다. 주위 사람들의 윤곽이 대략 드러날 무렵, 화면의 영상들도 또렷하게 움직이고 있었는데, 그 일제시대의 기록영상들은 마치 만화영화처럼 움직임이 서툴렀다. 독립군의 시체와 일본군들의 행진 모습이 지날 때까지도 영상들은 빨리, 때로는 완만하게 움직였다. 나는 등을 뒤쪽 벽에다 대고 한참 동안을 그렇게 서 있었다. 일제시대가 지나고 대포소리와 포연이 피어오르는 한국동란을 비출 무렵에야 내 눈은 컴컴한 실내에 적응이 되어, 의자에 앉아 있는 사람들의 뒷머리를 제대로 조금씩 알아보았다. 식장 안은 사람들로 꽉 차 있었다.

요란한 포화, 피난민들의 대열, 울부짖는 아이, 끊겨진 한강철로…… 빛 바랜 영상들도 지나갔다. 거친 화면에 익숙해진 내 시야와 영상의 호흡이 대충 맞아 들어가는 동안 오・일・육과 십이・십이와 오·일·칠의 화면도 나왔다.

분명히 그것들은 이미 세월이 지난 과거였다. 그런데 나의 머리 속 어디에선가 그 영상들을 붙잡아 묶어두는 현상이 일어나고 있었다. 그러자 영상들은 오래된 것이 아니고 바로 엊그제의 일처럼 다가왔다. 연결된 시간 때문인가? 아니면 비슷한 영상의 되풀이되는 현상으로 내가 어지럽기 때문일까? 알 수 없었다. 우선 어지러운 것은 그뿐, 영화는 끝났다. 그 잔상들도 어디론가 숨어 버렸다. 높다란 천장에서는 밝은 조명이 켜졌다. 후덥지근한 실내로 한줄기 시원한 바람이 들어왔다.

영상들이 살아있었던 스크린은 천장으로 걷어지고 또 하나의 무대가 나타났다. 무대 가운데는 하얀 장막이 쳐져 있었다.

아직도 녀석의 흔적 같은 것은 나타나지 않았다. 하긴 여지껏 안간힘을 썼던 나의 숙연함도 그 많은 문상객들의 숨소리 속으로 섞여 버렸으니까.

무대 왼쪽에서 걸어나온 검정신사복의 사내가 마이크를 잡고 곧 안장식을 거행할 테니까 조용히 하라는 말을 거듭 거듭했다. 의식은 바로 시작될 모양이었다.

근·군·합·동·안·장·식·조.

고딕 글씨가 뚝뚝 떨어져 박힌 현수막이 하얀 장막 가운데로 지나고 있었다. 그 밑으로는 흰 국화꽃 다발이 주욱 늘어선 제단이 받쳐졌는데, 유골인 듯싶은 하얀 천으로 싸맨 상자들이 국화꽃다발 위쪽에 띄엄띄엄 일렬 횡대로 서 있었다. 제단 아래는 네 개의 국화 화환이 높은 사람들의 직함을 달고 한쪽으로 모여 있었다. 서른 다섯 개의 하얀 상자를 싼 보따리들은 제각기 다른 이름표들을 하나씩 달았다. 서른다섯, 나는 녀석의 나이와 우연히 똑같은 숫자의 유골상자들을 헤아려 보면서 한 중간쯤 서있는 녀석의 이름표를 발견했다. 고 육군 상사 유순표.

녀석은 훈련을 받을 적에도 원칙주의자였다. 우리는 주판 속에 박힌 고동알처럼 늘 한 사람이 움직이듯 행동의 강요를 받았고, 나중에는 몸에 배어 버렸다.

내가 녀석을 처음 만난 것은 십 수년 전 논산 훈련소 수용연대 정문 앞이었다. 키가 큰 체격의 시커먼 녀석은 껌을 질겅질겅 씹고 있었다. 담장 안으로 들어가면 깎아야 할 머리지만 중머리처럼 민둥하게 밀어버린 머리통이 햇볕에 반짝였다. 몇몇 서성거리고 있던 장정들 틈바구니에서 녀석의 몰골은 내게 이상스럽게 다가왔다. 왠지 녀석의 검은 얼굴은 군입대하러 온 것과는 다르게 느껴졌다. 마치 막노동판에서나 마주쳐야 할 사람을 본 것처럼.

"이봐 왜 이렇게 빨리 왔어?"

반말을 던지면서 녀석이 접근해 왔다.

"오다보니 그렇게 되었소."

퉁명스런 내 대꾸에 녀석은 웃음을 머금은 얼굴로 다가왔다.

"자, 우리 알고나 지냅시다."

거무스름한 손을 먼저 내미는 것이 녀석이었다. 집결 예정시간보다 두 시간이나 일찍 온 우리는 장정들이 다 모이고 화이바를 쓴 인솔조교가 나올 때까지 정문 왼쪽 잔디밭에 앉아서 군대에 오게된 얘기를 나누었다. 훈련만 끝나면 편할 것이라는 녀석의 말에 내가 고개를 끄덕였다. 녀석과의 인연은 그렇게 시작되었다. 우리들이 가까워진 것은 울타리 안에 들어서고 난 뒤부터였다. 훈련소에서 전반기, 후반기 교육을 받는 11주 동안 녀석은 같은 내무반에 배치를 받았다. 그리고 녀석의 자리는 내 옆이 아니면 맞은 편이었다.

자갈논 서마지기와도 안 바꾼다는 노란 작대기 하나를 달고 하사관학교로 가던 날이었다.

"지금부터 진짜 군대로 가는군."

황산벌을 지날 때쯤 녀석이 혼잣말처럼 씨부렁거렸다. 찌는 듯한 팔월의 무더위였다. 더위는 오십 리 행군을 하면서 온 몸에 가득 차 있었던지라, 해가 기울 무렵이라도 우리들은 지쳐 있었다. 더구나 날씨 탓도 있겠지만 구릿빛으로 탄 조교들은 중간 중간마다 하나 두얼, 하나 두얼, 구령을 불러가며 계속 군가를 부르게 했다. 신도 나지 않은 채 군가를 고래고래 소리질러 부른다는 것은 얼마나 고역이었던가.

검정신사복은 영현들의 계급과 이름을 높은 순서에서부터 불렀다. 서른다섯의 영혼들은 관등성명에 대한 응답이 없었다. 육군대령 아무개……, 육군상사 아무개…… 그리고 맨 나중에는 해군일병 아무개였다. 영혼들은 살아 있을 때처럼 죽어서도 계급을 지니고 있게 되었다. 살아있는 자들이 만들어놓은, 그것은 불에도 타지 않고 물에 씻겨지지도 않는 화강암 비석에 새겨져 뼛가루 한줌과 함께 묻혀있을 것이다.

군악대가 불어대는 장송곡이 늘어진 카세트테이프처럼 울려 퍼졌다. 목사의 기도와 군승의 염불이 끝나고 유족들이 묵념을 마치고 나서야 의장대의 깃발을 선두로 장례행렬은 긴 꼬리를 만들었다. 나도 꼬리의 부분이 되었다. 죽음의 흔적을 들고 살아 움직거리는 육신의 패거리가 묘역을 향하여 걸어가고 있었다.

슬픔은 어디에서 오는 것일까? 죽음으로 인하여 슬픔이 오는 것인지, 슬픔은 슬픔 그대로 바람처럼 와 버리는 것인지 모르겠다.

짧게 깎인 드넓은 잔디밭이 짙푸른 물감으로 번져 있었다. 구불텅한 소나무 네 그루가 둥글 납작한 바위 뒤에서 아랫도리를 가린채 행렬들을 바라보고 있었다. 그 아래로는 남자의 물건처럼 생긴 쑥색 화강암이 박혀 있었는데, 까만 글씨로 <나는 조국과 민족의 안녕을 위하여 찰나의 생을 여기에 묻고 넋은 나라의 번영을 위하여 억겁의 세월을 지키겠노라>고 새겨져 있었다.

아스팔트길을 따라서 한참을 가던 행렬은 두 패로 나뉘게 되었다. 장교 묘역과 사병 묘역의 안내표지판이 있는 삼거리였다. 그때 어디선가 악을 쓰는 듯한 여자의 소리가 들렸다.

"갈려믄 같이 가야지, 혼자서는 못 보내요. 안돼요, 못 보내요. 어떻게 키운 내 자슥인데" 웅성거림과 울음소리도 잠시였다. 그 소리들은 다시 사병묘역 쪽으로 걸어가는 행렬과 장송곡 나팔소리 속으로 파묻혀 버렸다.

나는 행렬의 속도보다 더 천천히 걸었다. 주위에 사람들은 없었다. 길 양쪽으로 다시 잔디가 질펀한 평지였다. 묘역 사이로 난 길섶에는 듬성듬성 빨간 칸나꽃들이 진초록빛 잎사귀 속에서 고개를 빼들고 있었고, 노랑국화도 몇 무더기씩 흐드러지게 피어 있었다.

녀석은 지금 무슨 생각을 하고 있을까? 악을 쓰듯 소리를 질렀던 여인처럼 누군가 자신을 향하여 고래고래 소리 지르기를 기다리고 있지나 않을까? 녀석의 성품으로 보아 그것은 잘못된 나의 추측일지도 모른다. 아마 살아있는 것들이 북치고 장구치는 이 장례의식마저 싫어할 것이다. 녀석은 그냥 구천에 떠도는 자유스러움으로 족할지도 모르지. 그런데도 나는 녀석을 위하여 해줄 것이 없다.

진혼나팔소리가 묘지를 한 바퀴 돌아 흐느끼고 사라질 동안 나의 생각은 어정쩡한 기억에만 묻혀 있었다. 조금 후에는 유족들의 비통어린 곡성과 눈물이 다시 한바탕 터져 나올 것이다. 흙은 삽날로 던져져 파 놓은 구덩이를 메울 것이고, 모여 있던 사람들은 뿔뿔이 흩어져 나가겠지. 유족들은 뒤돌아보는 모습을 몇 번쯤 할 터이고 고추잠자리 한 마리가 갈대꽃 위로 두어 바퀴 맴돌다가는 날아갔다.

하사관 학교에서의 24주 동안 우리들의 머리 속에는 국가와 민족 그리고 군인, 명예 따위의 벽돌장 같은 명령부호가 아무런 저항없이 입력되었다. 우리들의 개성은 차츰 망가지면서 조직 속의 야무진 부품이 되어갔다. 그 시기에 나의 유일한 희망은 달력의 숫자를 X표로 하나씩 지워 나가는 것뿐이었다. 그러나 녀석은 생긴 것과는 달리 물 만난 고기처럼 촐랑대면서 잘 적응하는 편이었다.

우리는 파로호가 숨쉬는 강원도 골짜기의 한 부대로 배치되었다. 인접 연대에서 근무하던 녀석은 시간이 날 때마다 뻔질나게 나를 찾아왔다. 나 또한 가끔 이십 리쯤 떨어진 그의 부대 안 숙소로 자전거를 타고 놀러가기도 했다. 녀석은 소주와 돼지삼겹살로 제법 얼큰해질 때면, 자신의 신상에 대하여 조금씩 털어놓았다. 공업전문학교를 마치고 철공소에서 일하다가 하사관 모집공고에 끌려 군대에 들어왔다는 이야기는 훈련받을 때 몇 번씩 들었던 내용이었으나 어렸을 적에 고기 잡으러 먼바다로 나갔다가 물귀신이 된 아버지에 관한 것은 처음이었다. 홀어머니가 기른 남매. 이때만 하여도 이들 두 사람이 유일한 녀석의 피붙이였다.

내가 제대하던 겨울에 녀석은 장기지원의 도장을 꾹 눌렀다. 화천 읍내 니나노집에서 녀석은 붉어진 눈시울로

"사회에 나가봐라. 어디 밥 얻어먹기가 쉬운 줄 아냐…… 그래서 말뚝을 박았어. 국가와 민족을 위해서도 좋은 것 같구 말이야."

하며 야전잠바 어깨 죽지에 붙어있는 빨간 갈매기 계급장을 오른손으로 문지르는 것이었다. 하긴 그 때 나는 녀석의 군대생활은 전혀 걱정이 되지 않았다. 뭐든지 시키는 대로 잘하고 그 흔한 요령조차 부릴 줄 모르는 녀석의 성품으로 보아 직업군인으로는 안성마춤이었으니까.

하얀 치마 저고리를 입은 녀석의 부인이 묘지에서 걸어 내려오고 있었다. 소복은 햇살을 받아서 마치 녀석의 영혼이 묻어있는 듯이 빛났다. 그녀의 뒤로 예닐곱 살 아이가 쪼르르 따라왔는데 안장식장에서 보았던 까만 반바지 그 꼬마였다. 나는 그녀 옆으로 따라 갔다.

"엄마! 할머니가 왔음 함께 구경도 하고 좋았을 텐데, 왜 안 왔지?"

아이가 그녀의 하얀 치마중동 끈을 잡으며 말했다. 그녀는 부었던 눈두덩 속에서 눈물을 흘리고야 말았다.

"빨리 가자! 엄마."

아이는 그녀를 채근거렸다. 주차장에는 엔진을 붕붕거리는 버스들이 보였다. 묘지에서 내려온 사람들은 햇살을 등지고 아스팔트 광

장을 질러오더니 기다리고 있던 버스 속으로 하나 둘씩 사라졌다. 녀석의 피붙이들도 승차대를 밟고 올라갔다. 나는 마지막으로 버스 뒷자리에 털썩 주저앉았다.

나의 제대와 녀석의 직업군인 생활은 우리를 각자 다른 길로 내보는 것만큼 간격을 벌였다. 녀석은 외로웠던지 가끔은 볼펜으로 갈겨쓴 안부편지를 보내왔고, 그럴 즈음이면 나의 추억은 잠시 다가섰다가 담배연기처럼 사라지곤 했다. 그러다가 서로가 연하엽서 한 장쯤으로 줄어들면서 가끔 전화 목소리나 들을 정도로 소식이 뜸해졌다.

날마다 전직대통령의 청문회 열기로 방송이 뜨거울 무렵이었다. 회사 사무실에서 녀석의 전화를 받았다. 전방에서 서울 출장 나온 김에 얼굴이나 보고 간다는 것이었다. 모처럼 이틀간 시간을 얻었다는 말을 덧붙이던 녀석의 모습을 나 역시 보고 싶었다.

나는 퇴근시간에 맞추어 광화문 쪽의 소금구이집에 자리를 잡았다. 녀석의 호리호리한 체격은 제법 살집이 붙어 있었고, 검으테테한 얼굴도 조금은 훤해진 것 같았다. 특히 얼굴가운데 꽉 찬 큼직한 코도 그대로였다. 그러나 자세히 보면 어딘가 모르게 어둡고 피곤한 듯한 분위기가 녀석을 감싸고 있었다. 갈매기 한 마리가 더 붙은 상사 계급장이 녀석을 더 무겁게 짓누르는 것은 아닐까 하고 생각해봤지만, 알 수 없었다. 몇 순배의 소주가 오가고 투명한 유리잔에 남실거리는 술을 지그시 지켜보던 녀석이 말문을 열었다.

"이거 어떻게 될 것 같아? 시국이 어수선해서 말이야."

"세상 흐르는 데로 되겠지 뭐."

입에다 잔을 털면서 내가 말했다.

"너한테도 언젠가 잠깐 비쳤지?…… 나도 그때 총 들고 중앙청까지 왔었다고, 그게 자꾸 마음에 걸려. 그땐 상관이 시키는 일이 바로 국민이 시키는 것인 줄 알았지. 지금도 그래. 명령이 법이고 법대로 움직이고 있다고 생각해…… 너도 잠깐 군대생활을 해봤겠지만, 난 하나의 아주 조그만 부속품에 불과한데 저 위에서 사정없이 내려온 명령은 거역할 수가 없어. 하여튼 지금은 내 생각들이 이것도 저것도 아니어서 아주 이상하게 되어 버렸지만."

녀석은 비참해지려는 얼굴을 억지로 펴면서 유리잔 속의 투명한 액체를 입 속에 털어 넣어 버렸다. 그 이야기를 왜 이제서야 하냐는 투로 내가 녀석을 바라보았다.

"속았다는 느낌이 들어…… 그때 우리 연대는 사단 예비연대였지. 나는 교육대대 선임하사관이었고, 나야 평소 야간작전에 참가하는 기분으로 병사들을 인솔했다가 그후에 교대병력이 오면서 그냥 철수해 버렸지만 ……."

두 번째 갈았던 달군 불판마저 시커멓게 그을리고 있었다.

"하긴, 그 오발사고만 나지 않았더라면 빼도 박지도 못하고 계속 주둔 병력 속에 남아있었을 거야."

"아니? 중앙청에서?"

내가 젓가락 끝을 상위에다 꾹꾹 찍으면서 물었다. 녀석은 내 말은 아랑곳없이,

"실탄을 지급했는데, 약실 안에 삽탄된 걸 모르고 즈이들끼리 장난하다가 한 놈이 부상당했지. 장군들은 장군들끼리, 쫄병은 쫄병끼리 서로 쏘는 놀음이었어. 그러니까 시비시비였는지……."

녀석은 실실 웃는 특유의 눈빛을 내비쳤다.

"그런 거야 군대생활을 하다보면 하도 많은 일이라 내게는 별거 아니지만 …… 나중에 보니까, 그때 우리 연대장은 별 넷이 되어 있었고, 사단장은 대통령까지 되었더라고. 전쟁터에서 용감하게 전사해도 기껏 해봐야 일 계급 추서로 끝나는데."

"넌 뭐했어 임마!"

술김에 나도 모르게 갑자기 튀어나온 말이 녀석에게 미안했다. 그러나 녀석은 너스레를 깔며

"나야? 깡통상사지 뭐야 흐흐흐."

녀석은 아무렇지 않은 듯 웃었지만 눈가의 잔주름 속으로 스산한 기운이 감도는 것 같았다.

나는 녀석과 함께 어깨를 건들거리면서 종로 뒷골목으로 들어갔다. 우리들은 입가심을 한답시고 맥주집 한곳을 골랐다. 취기가 오른 녀석도 나도 앞뒤가 맞지 않는 말로 시간을 보냈다. 그러나 아무 말이라도 안주처럼 올랐다가는 결국 군대와 군인 이야기뿐이었다. 녀석에게는 군대와 군인 빼고는 다른 마땅한 이야기도 없었거니와 나 역시 녀석과 떨어져 있는 오랜 기간 동안 궁금증을 이기지 못한 때문이기도 했다.

"으흐흐 군대가 뭐냐고? 자유로운 사람을 로버트처럼 길들여 짐승으로 만들 수 있는 곳이지."

게슴츠레한 눈빛으로 벽을 바라보던 녀석은 갑자기 주먹을 쥐었다. 그리고 나서 내가 따라 주기를 기다리기도 전에 녀석은 내 앞에 놓인 거품이 넘친 맥주잔을 쭈욱 비워버렸다.

"지금 생각해보면 나는 처음부터 잘못 끼워진 단추였던가봐. 세상에는 밥을 빌어먹고 사는 방법도 여러가진데 말야."

그때 나는 군인으로서 자신만만했던 순표의 가슴에 쓸쓸한 그림자 하나가 슬그머니 빠져나간 듯한 착각을 느꼈다.

그 다음.

녀석의 죽음은 며칠동안 짙게, 때로는 아주 가벼운 느낌으로 내게 다가왔다. 속삭이다가 몇 번씩 숨어버리는 그 어두운 그림자는 무겁게 내 육신 어딘가에 도사리고 있는 것 같았다. 완전히 털어지지 않는 그 녀석의 영혼은 진즉 떠서 어디를 싸돌아다니고 있는 것일까. 나는 얼마 후 다시 무덤에 가보기로 했다.

간밤부터 간간이 뿌리던 빗줄기가 점점 세차게 변했다. 바람 소리조차 거칠게 들렸다. 위잉, 위위잉. 짐승의 울음소리처럼 포효하듯 바깥을 울렸다. 세찬 바람이 시키는 대로 억센 빗줄기는 땅 바닥을 긁으며 지나갔다. 나무들이 비바람에 흔들거렸다. 고목나무조차 울고 있었다. 호우주의보, 최소한 백 미리도 넘는 강우량이 삼남지방을 넘칠 것이라는 일기예보가 있었다.

빗줄기는 하늘에서 내린 죽죽 땅 속으로 스며들겠지. 녀석의 뼛가루도 물기에 젖으면 추워서 오돌오돌 떨겠지. 새로운 그곳에 적응이 될 동안만이라도 햇볕이 나면 좋으련만. 나는 쓸데없는 생각을 하고 있었다. 그것은 애써 녀석의 환상을 지우려는 또 다른 나의 음모에 가담하는 것은 아닐는지. 비는 그쳤다. 그러나 여전히 하늘은 우거지상을 하고 있었다.

호남 고속터미널에서 출발하는 버스는 삼십 분 간격이었다. 버스가 움직였다. 구름이 저희들끼리 엇갈리며 동쪽으로 지나갔다. 우중충한 하늘은 남쪽으로 내려갈수록 걷혀갔다. 나는 물먹은 신문지처럼 부시럭거리지도 못하고 가만히 스쳐 지나가는 산과 들판을 바라보았다.

군대는 녀석에게 무엇이었을까. 녀석은 자신이 속해 있었던 조직집단에게 무어라고 뇌까리고 있을까? <산다는 것과 죽은 자>에 대하여 말하고 있을까? 그런 당치도 않는 말을 할 까닭이 없지. 녀석은 살아 있을 때에도 주어진 명령에만 따르는 단순한 군인이었으니까. 나의 의문은 다시 어디에서 시작하여야 옳은가? 녀석의 죽음으로 말미암아 나는 녀석의 삶의 고리를 어디에다 연결시켜야 할지 망설였다. 왜냐하면 예전에 녀석은 항상 현재진행형이었다. 과거나 미래는 멀찍이 남의 일인 것처럼 무관심했다. 그럴 때 비쩍 마른 몸은 풍선처럼 커졌으며 당당한 자신감이 넘쳐흘렀다. 십 수년의 군대생활. 그 일이 있기 전만 하여도 녀석은 지겹기도 하였을 직업군인 노릇에 대하여 한번도 지겹다거나 옷을 벗어버리겠다고 하지는 않았다.

나는 묘역 초입에서부터 돌비석을 헤아리기 시작했다. 안장식 할 때의 기억이라면 가로로 네 번째 줄과 세로로 일곱 번째 줄이 맞닿는 꼭지점. 그것이 녀석의 비석이었다. 하얀 페인트칠의 푯말대신 밋밋한 쑥빛 돌로 만든 비석이 녀석의 앉은키만큼 땅 속에 박혀 있었다. 비석의 앞면에서 <육군상사 유순표의 묘>라고 한글로 새겨져 있었고, 뒷면은 묘지 번호 숫자와 <199X년 X월 XX일 경기도에서 순직>으로 되어 있었다. 아직도 뿌리가 덜 뻗어서 흙 속에 묻혀있는 잔디의 싹은 물기를 머금고 조금 씩 솟아 있었다. 비석의 오른편에는 검고 조그마한 합성수지 화병이 무궁화와 국화꽃 조화 몇 송이를 담고 있었다. 그 많은 묘석을 조화들은 하나같이 갖가지 형태와 색깔로 지키고 있었다. 멀리서 보면 모든 비석들은 열병식을 하듯 좌, 우, 앞, 뒤로 나란히 줄을 맞췄다. 죽어서도 규격과 통일성을 유지한 채. 어떤 비석 앞에는 노오란 국화꽃잎들이 싸움닭의 빠진 털처럼 뜯기어져 흩어졌었다. 누군가 왔다간 지 얼마 되지 않는 것 같았다. 하긴 오래된 무덤보다는 만든 지 얼마 안된 무덤의 방문객이 많을 것이다. 시간이 퇴색하고 세월이 지나면 찾아올 사람들의 아픔도 면역이 되리라.

시원한 바람이 옷 속으로 파고들었다. 나는 그것이 나를 맞아주는 녀석의 혼으로 착각할 뻔했다. 과연 영혼은 있는가? (…… 죽음이란 …… 영혼이 육체로부터 이탈하는 것이 아닐까? 죽는다는 것은 영혼이 육체를 떠나 홀로 있고 또 육체가 영혼을 떠나 홀로 있는 것이 아닐까?) 어디선가 아련하게 그런 소리가 들이는 것 같았다. 그렇지만 …… 한마디로, 녀석의 죽음은 자신을 위하여는 그만한 가치를 지니고 있지 않다고 단정하고 싶다. 죽어버린 녀석이 말할 리가 없지. 죽으면서부터 죽음 그 자체조차 살아있는 자들의 것이 되어 버릴 테니까.

녀석의 안장식이 끝나고 버스 안에서였다. 나는 뒷자리에 먼저 앉아있던 녀석 또래의 하사관과 함께 탔다. 그는 음료수 한 병을 건네주며 말동무가 되기를 청했다. 녀석과 같은 부대 동료였다. 나는 속으로 내 편에서 먼저 아는 체라도 했을 텐데 잘 된 것 같았다. 하사관학교 군번을 따져보고 순표와의 관계를 말해주었더니, 그는 금방 오래된 후배처럼 가깝게 오는 것 같았다. 어깨는 벌어졌지만 키가 작은 그는 나이에 비하여 훨씬 늙어 보였다. 사십대 중반으로 보이는 삼십대였다. 나에게 회사의 이것저것을 물어보면서 자신은 제대할 생각이라고 말했다. 결국 그의 이야기도 순표처럼 다시 군대이야기로 돌아갔다.

고속도로 휴게소 화장실을 나와서 다시 차에 오른 그에게 깡통맥주 하나를 권하자 그는 조심스럽게 입을 열었다.

"어떻게 보면, 유 상사님은 개죽음을 당한 겁니다."

나는 깡통에서 입을 떼며 그를 뚫어져라고 바라보았다.

"나도 현장에 있었지만, 장교들조차 아무도 나서지 않는 분위기였지요."

"……."

"…… 그 날 일직사관은 일조점호 때서야 한 놈이 무장탈영한 사실을 알았습니다. 대대장은 우선 간부들을 집합시켜서 부대부근을 샅샅이 찾아보게 했는데, 오전 열 시쯤 되어 삼거리 구멍가게에서 주인을 인질로 잡아놓고 밥을 먹고 있는 탈영병을 발견했어요. 그놈은 변심한 애인 때문에 서울로 나가려 했던 거지요. 대대장은 병력으로 그 집을 포위했지만 자꾸 시간이 흘렀습니다. 놈이 가지고 있는 실탄은 팔십 발이었고, 공포까지 몇 발을 발사한 후라서 긴장된 대치상태였어요. 대대장은 간부들을 모아놓고, 하사관중에서 누가 설득하면 좋겠는데라며 우리들은 은근한 눈초리로 채근하듯 휘둘러보았습니다. 그 순간 유 상사님이 나섰는데, 놈이 있는 방문으로 뚜벅뚜벅 다가섰지요. 그러더니 아주 또렷하게 아무개야! 나 선임하사관인데 나와서 해결하자. 네 요구도 말해주고 우리 입장도 생각해줘야지. 자

사나이끼리 약속이다. 응? 그러자 방안에서는 한참동안 조용하더니. 개새끼들 허튼 소리하지마 다 쏘아버리겠어! 하면서 갑자기 네 발의 총성이 난 겁니다."

그는 깡통을 기울여 맥주를 꿀꺽 마셨다. 그리고는 아주 어려운 이야기를 하는 것처럼 한숨을 쉬었다.

"앞으로 쓰러진 겁니다. 유상사님이."

녀석은 그렇게 충성을 하다가 죽어버린 것이었다. 제 휘하의 부하한테.

모든 사람들이 요구하는 정의와 희생정신을 맨 몸에다 무장을 하고서. 하긴 녀석은 제 죽음을 미리 다 알고 있었는지도 모른다. 그러나 알고 모르는 것이 무슨 소용이겠는가. 비단 녀석뿐만이 아닐 것이다. 한줌의 재로 남아서 열병식에 참여하는 많은 비석들도 마찬가지일 것이며 역사의 이름으로 장렬하게 죽었다는 모든 인간들의 생명도 그러했겠지. 인간을 위하여 인간에게 죽었다고, 불쌍한 노릇이었다. 죽음은 우리가 알아차릴 때까지도 온갖 허위와 위선으로 그렇게 만들어지고 있었다. 순직, 전사, 사망 …… 어디에서 어떻게 죽었든지 죽은 것은 죽은 것이었다. 다만 계급장은 여전히 이름과 함께 붙어 있었고, 계급에 따라 묘역과 묘지의 모양도 다르게 만들어져 있었다. 아마, 살아있는 사람들에게는 이러한 표상들이 장엄한 역사의 산물로만 각인되어 영원히 보증수표처럼 인식될 것이며 계속 희생을 요구하리라.

불쌍한 녀석. 반편이처럼 씨익 웃는 녀석의 얼굴이 떠올랐다.

마지막.

그 지방의 출장길에 다녀오면서 묘지에 가보기로 했다. 나는 일상생활에 찌들려서 잠시 녀석을 잊었다. 아니, 차츰 잊으려고 했는지도 모른다.

여느 때처럼 묘역의 구분은 헌병처럼 줄 서 있는 향나무들로 확연했다. 묘역 가장자리의 포장길을 따라 양 켠으로 도열한 큼직큼직한 향나무들은 시간이 지난 나의 기억을 천천히 살려주었다. 초록의 잎은 햇볕을 받아 나뭇가지 밖으로 돋아나 화려하게 반짝였다. 햇살에 드러난 산자락 아래 모든 것들은 가만히 있었다. 드넓은 묘역에는 비석들만 질서정연하게 서 있을 뿐, 사람들의 그림자도 보이지 않았다. 하늘도 쏟아진 햇살로 구름 한 점 없이 개어 있었다. 그야말로 사위는 정지된 순간으로 멎어 있었다. 세상의 모든 적막과 고요가 갑자기 한꺼번에 모여 버렸다. 산봉우리가 늘어진 산자락 아래 질펀한 묘역의 고요는 영혼들이 살아서 어떤 장엄한 행사에 참가한 것처럼 숨소리도 없이 부동자세로 서 있는 것 같았다.

나는 녀석을 향하여 묘지들을 질러 걸어나갔다. 보이는 것이 있었다.

그것은 멀리서보면 검은 점 하나였다. 그러나 가까이 다가설수록 사람이었고 여인이 분명했다. 검정 블라우스 차림으로 쭈그리고 있는 여인은 비석을 손으로 쓰다듬고 있었다. 내가 등뒤로 왔을 때까지도 그녀는 그대로 있었다. 비석 앞에는 투명종이에 감싼 빨간 장미꽃 몇 송이가 옆으로 누워 있었다. 그것은 푸른 잔디와 대조되어 마치 핏물이 배어난 흔적처럼 선연했다. 갑자기 여인이 일어섰다. 하얀 스커트를 입은 여인은 고개를 돌리면서 나와 마주쳤다. 녀석의 부인이었다. 내가 목례를 보내자 그녀는 약간 고개를 끄덕였다. 내가 가져온 백합꽃다발을 놓고 묵념을 마칠 때까지 그녀는 대여섯 걸음 아래쪽에 서 있었다.

"오랜만입니다."

내가 먼저 입을 열었다.

"잊지 않으시고 이런 곳까지 오셔서 감사합니다."

그녀의 눈두덩이는 부숭부숭 부어 있었다. 우리는 현충문 앞을 지나 정문 휴게실까지 걸었다.

유리컵에 든 사이다를 빨대로 몇 모금 넘긴 뒤 그녀가 계속 말을 했다.

"나쁜 일일수록 빨리 잊는 게 좋다고들 해요. 만약 영혼이 있다면 그 사람도 저를 용서해 줄 거예요."

"아이는…… 아이는요?"

내가 빙충맞는 말더듬이로 그녀에게 물었다.

"할머니가 있잖아요. 그 아인, 저 보담 제 할머니를 더 잘 따른답니다."

나를 똑바로 쳐다보던 그녀는 눈시울에 고인 눈물을 주루룩 흘러내렸다. 그녀를 독하다고 해야 할 것인가? 그것은 최소한 내 생각일 뿐이었다. 세월이 지나면 사람들에게도 삶의 진한 독은 빠지고, 체념과 편안함이 서서히 스며들겠지.

서울로 올라가는 고속버스는 다섯 시 반에 있었다. (1996)

1박 2일

눅눅한 바람이 들어왔다. 그는 열었던 방문을 다시 닫았다. 풀어두었던 손목시계를 집어 들여다보았다. 열두 시 삼십 분. 쉬지 않고 움직이는 초침을 보고 나서도 시계판을 귀에 갖다댔다. 왜 안 올까. 도대체 어떻게 된 것일까. 바깥의 빗줄기 떨어지는 소리는 여전히 그대로였다. 지붕과 맞물려 매어 단 투명비닐 슬레이트를 두드리는 시끄러운 빗소리가 그를 더욱 심란하게 했다.

그는 요 위에 벌렁 자빠져 드러누운 채 손깍지를 끼고 천장을 쳐다보았다. 환하게 켜진 형광등 불빛이 천장 구석까지 퍼져있었다. 지붕에서 떨어진 빗물이 그려놓은 몇 개의 얼룩점들은 마치 세계지도처럼 보였다. 큰 덩어리에서 불거져 나온 반도와 융기된 곳, 반도와 엇비슷한 얼룩점을 그는 한참동안 물끄러미 쳐다보았다.

사실 동생이 그에게 숭어낚시터로 안내했다손 치더라도 그들은 빈손으로 올 것이 뻔했다. 청명했던 하늘이 갑자기 어두워지면서 후덥지근한 날씨가 차차 시원해지자 건너 편 산은 안개 속으로 잠겼고 금새 굵은 빗방울이 돋았다. 박광출과 김소훈은 여인숙을 찾아 들어왔던 것이다. 여인숙은 면사무소로 들어서는 입구에 한참 떨어진 외진 곳이었다. 외진 시골치곤 제법이다 싶은 하얀 아크릴 간판을 지나 안으로 들어서자, 디귿자 형의 단층건물은 촘촘히 쪽방들이 달려 있었다. 시장했던 터라 저녁상에 곁들인 막걸리를 번갈아 따르다보니 정작 밥은 거의 그대로 남았고, 먹어치운 플라스틱 병들만 방구석에 나뒹굴어져 있었다.

박광출 과장과 김소훈은 국영기업체에서 함께 근무하는 사이였다. 현충일이 낀 연휴를 서해안 북단에 있는 섬에서 보낼 것을 제의한 것은 박광출이었다.

"이 과장, 정말 그럴 껀가? 저번에는 자기가 먼저 가지고 해놓구선 이젠 가자니깐 오리발 낼 거냐구."

"사람두. ……아이들이 하두 극성이라서 어디 좀 갈려구 그래. 한 번 봐주라구."

낚시라면 사죽을 못쓰는 이과장과 김차장이 약속을 팽개치고 슬며시 빠지는 처지에 대신 김소훈이 선뜻 따라와 준 게 우선 반가웠다.

그들이 서해 북단의 섬 교동도에 오게 된 것은 해병부대 중대장으로 근무하고 있는 박광출의 동생 연줄로서였다. 마음먹고 오기 힘든 전방지역을 보여 준다는 단서를 달았다.

신촌 지하철 역 계단을 올라와 조금 두리번거리는데 저만큼 김소훈은 평평한 낚시가방을 맨 채 담배 가게에서 담배를 사고 있었다. 그들이 천천히 걸어서 강화도 쪽으로 떠나는 시외버스 터미널까지 왔을 때 등산객, 낚시꾼 그밖에도 야외나들이 차림 여행객들이 늘어선 줄은 이미 터미널 빈터를 지나 상가 골목까지 길게 이어져 있었다.

바로 앞에 서 있던 열입곱 살 또래쯤의 남녀 대여섯 중, 좀 되바라지게 생긴 계집아이가 껌을 짝짝 씹으며 앞서 있는 남자아이의 뒷머리를 잡아당기면서 쫑알거렸다.

"애, 비오면 어떡허니? 뉴스에서 비온댔는데……."

"걱정도 팔자다. 비 오는 것하고 여관에서 잠자는 것하고 무슨 상관이냐. 전등사(傳燈寺)야 한바퀴 돌면 금방이라는데."

대꾸가 끝나자마자 그 일행들은 까르르 웃었다.

"애들이 웃기네, 강화도는 지금도 통행금지가 있는 곳이고 위로 쪼금만 가면 이북이라는데……. 니네들은 긴장도 안 되니?"

버스가 막 떠나자 늘어진 줄이 앞으로 왕창 당겨졌다. 버스에 올라 선 그들은 삼분의 일쯤 앞자리에 앉았다. 신촌 시외버스 정류장을 출발하자 서울의 그 복잡한 미로들이 뒤로 지나갔다. 김포 비행장 앞을 한참 지나 모심기가 끝난 푸른 들판 한 가운데쯤 와서였다.

국방색 얼룩 위장무늬가 그려진 검문소 앞에서 버스가 멈춰섰다. 거수 경례를 붙이는 둥 마는 둥 하던 전투경찰과 붉은 명찰을 단 해병대 헌병이 버스 안을 샅샅이 훑어보고 나가자 버스는 다시 움직였다. 그들은 검문 경찰들을 슬쩍 쳐다보다가 얼굴을 차창으로 외면했다.

"서울을 벗어난 전방지역이면 검문소가 있게 마련이지만, 이곳은 다른데 보다 더 검문이 엄한 것 같은데요."

"글쎄 그런가 봐, 나도 강화도까지는 두어 번 다녀왔었는데 서쪽은 까다롭더군, 허긴 북쪽이 금방 코 닿을 테니까."

그들은 어느새 싱그러운 공기가 물씬 느껴지는데서 온 저들도 미처 의식 못하는 흥분 때문인지 말문이 터졌다.

"김소훈씬 어디서 군대생활을 했지?"

"아, 예, 고향에서 방위로……."

김소훈은 머슥한 표정으로 계면쩍게 덧붙이면서 손가락을 앞좌석 등받이 모서리에 문질렀다. 박광출은 김소훈이 주춤해하는 것이 방위병 복무라는 답변을 끌어낸 것 때문으로 짐짓 이해하고는,

"좁은 땅덩어리에서 너무 군대병력이 많은 것은 분명해, 예산이며 그 많은 인력들을 다른 곳에 쓴다면 나라가 더 좋아질텐데……. 하긴 저쪽이 늘리니깐 이쪽도 군대를 늘리고, 그래서 계속 그 모양이지."

어때 하는 투로 말꼬리를 이었다.

"그러다 보니 조용해질 턱이 있나, 군대가 뭘 하는 거야, 전쟁 막는 일에 너무 소모가 많으니 문제지, 문제고 말고."

"군대가 없으면 전쟁도 없겠지요."

툭 불거져 나온 김소훈의 간단한 대답에 그들은 얼굴이 일그러지도록 웃었다.

"참 결혼은 아직 안 했다고 했던가?"

"안 한 게 아니고 못한 겁니다. 데려 올 임자가 나타나질 않아서지요. 고향에서도 빨리 가라고 성화지만……."

"이왕지사 언젠가 할거면 빨리하는 게 좋다구, 내가 좀 알아볼까?"

박광출이 너스레를 떨며 김소훈을 돌아보자,

"어떻게 되겠지요 뭐"

김포읍에서 버스가 잠깐 서면서 와자지껄할 때 그들의 대화는 것

가락으로 휘저어 놓은 듯 잠시 사그라들었다. 버스가 다시 출발하고 나서 한 참 말이 없던 김소훈이 갑자기 말을 붙였다.

"오늘 우연히 과장님을 따라온 것도 제게는 무슨 인연 같은 것도 다 있구나 하는 생각이 들었어요."

"이 사람, 무슨 얘기지? 거창하게스리."

주머니에서 담배를 꺼내다 말고 뜨악한 얼굴로 박광출이 대꾸했다.

"여하튼, 생각하지 않았던 곳을 갑자기 과장님과 동행하게 된 이 우연도 희한한 노릇이고, 오늘이 제 아버지의 생일이었는데……. 그것도 지금에사 문득 기억난 겁니다.

"돌아가신 분 생일을 다 기억하고……. 참으로 대단한 일이야. 난, 살아계신 분들 생일도 가끔 깜박하다가 마누라한테 혼쫄하는데 허허허."

그들의 이야기가 잠잠하다가 다시 시작된 것은, 김포읍을 지나고 군부대가 중간중간 보이면서부터였다. 누가 먼저랄 것도 없이 현충일이며, 6・25며, 분단현실에 대한 것들을 슬쩍 겉돌게 말했는데,

"다른 데서는 개방이다 민주화 물결이다 해서 다시 합해져 사는데 우리는 지금도 서로 꼬투리만 보이면 눈꼬리가 올라가질 않습니까."

"이제는 달라지겠지, 눈에 보이는 모든 것을 잠자코 막을 수도 없고 결국은 많은 사람들이 원하는 쪽으로 세상이 흘러갈 테니까."

좌석 등받이 뒤에 달린 쇠 재떨이에다 담배꽁초를 눌러 끄고 난 박광출이 창 밖으로 고개를 돌렸다.

"사람들이 현실에만 너무 안주하고 있다는 생각이 듭니다. 우선

내 몸이 편한 다음 이웃도 생각하고 떨어져 있는 사람 생각도 그때야 조금씩 하게 되는 것 아닙니까? 원수처럼 되어 버린 지가 벌써 몇십 년째입니까?"

김소훈은 자신도 모르게 상기되어 있었다.

"현실도 생각하기 나름이야, 매사 한 쪽으로만 치우치면 다른 쪽이 어렵지 않겠어."

"그렇기도 합니다만……. 과장님, 우리들은 너 나 할 것 없이 현실에만 너무 집착하고 깊이 빨려버려서, 풀어야 할 정작 중요한 것을 잊어버리고 있습니다. 잊어야 할 것과 계속 풀어야 할 숙제를 혼동하다가 결국 망각의 늪에 허우적거리는 꼴입니다."

"……이상적인 감정 같지만 수긍은 하네. 그러나 보게. 벌써 몇십 년인가. 긴 시간이 흘렀고, 어떻든 우리들은 그 세월 속에서 하루씩을 주워 먹고 살았질 않나."

"그렇다고 숨통을 꽉꽉 틀어막고 지나온 시간은 그렇다손 치더라도 미래를 과거와 같이 막연히 흘러가는 방관자들이 될 순 없지 않습니까?"

"그건 그으래……. 당사자인 우리들이 해결해야 할 이 헝클어진 실 꾸러미를 남에게 풀어 달랄 순 없겠지……. 허나 이 답답함이 성급하게 풀어질 건덕지가 당장 없는 이상, 역시 시간과 비례하여 하나씩 접근해서 풀어가야 할 것 같아."

박광출은 자신이 김소훈을 짐짓 얼르려는 입장이 되어 버린 것 같아서 묘한 분위기로 끌려가고 있다고 느꼈다. 단순히 이런 저런 화젯거리로 여행길을 채우려 한 것인데 진지해지다니. 세대 차이인가. 그럴지도 모르겠다고 하면서도 김소훈과 자신과의 직장에서 형식적인 관계가 이럴수록 더 가까울 수 있으리라고 다짐해 봤다. 그리고 평소 사무실에서 말수가 적었던 김소훈의 또 다른 면을 보는 것 같아서 내심으로 놀랐다.

"……말하기에 따라서 우리들은 항상 자신에게 유리한 해석을 하게 되더라고요. 우선 현실을 무시해 버릴 수는 없고……. 하긴, 이제 사천만이 넘는 이쪽 사람들과 이천만이 넘는 저쪽 사람들을 합하면 삼천만의 두 배인 칠 천만인데. 그들 중 고통을 계속 지니고 있는 사람들이 과연 얼마나 남았겠습니까. 또한 아픈 기억을 가진 사람들은 늙어가고 있고, 모르는 젊은이들은 직접 피부로 느끼지 못하고 편안한 세상에 중독되어 애써 아픈 일들을 생각할 필요도 없거니와, 통일이다 뭐다 하는 기억조차도 사우나 탕 속에서 땀으로 쫘악 빼버리고 나면 더 재미있는 것들이 기다리고 있는 판국인……."

"그러면서도 지나쳐 버릴 수가 없겠지……. 참 어머닌, 일찍 혼자 되셨던가?"

통로 쪽으로 앉아 있는 김소훈의 옆얼굴이 발그레하게 상기된 것 같아 그는 슬쩍 이야기를 무질렀다. 이런 이야기도 적당하게 오고 가야지, 그렇지 않으면 나 어린 사람에게 딱 망신당할 수 있다는 생각이 밀려들었기 때문이었다.

어머니는 여태 혼자였다. 아버지가 비행기를 타고 북쪽으로 날아간 뒤 그 긴 시간을 혼자서 말없이 보냈다. 하긴, 어찌 보면 그 세월을 단신 남하하여 북쪽을 우두커니 바라보면서 자식 셋을 낳고 살아왔던 아버지의 고독보다는 짧은 시간이었을지도 모른다. '소훈아 너희들은 떨어지지 말고 잘 살아야 된다. 사과 맛있지. 할아버지 과수원 사과 맛도 옛날에는 모두 알아줬었지. 넓은 과수원이었어.' 북쪽에 관한 이야기가 어쩌다 나온 뒤면 꼭 울먹이며 밖으로 횡 나가서 술독에 빠진 아버지. 소훈은 자신의 말수가 줄어든 것이, 아버지가 그 일을 저지른 후가 아니고 태어날 때부터 아버지에게서 전염된 것이라고 단정했다.

아버지는 군무원이었다. 남해안 작은 도시에 있는 비행기 수리창에서 군용기를 수리하는 육군 기술군속이었다. 왜 그런 기술과 직장을 갖게 되었는지에 대해서는 김소훈 자신은 물론, 어머니도 알고 있지 못한 것 같았다. 다만, 아버지가 기술자로서 자신의 직장에 충실했던 것만은 여러 사람들 입을 통해 알고 있었다. 자식들에게는 말없이 든든한 아버지였다. 초등학교 때 자신에게 방학숙제로 만들어준 글라이더는 진짜 비행기처럼 얼마나 근사했던가.

대학입시의 홍역으로 부대끼던 그 해, 하늘은 시월답잖게 우중충했었다. 밤 늦게서야 집에 와보니 어머니의 눈은 초점을 잃고 나무등치가 되어 있었다. 모두 그런 줄 알고 있는 뜬소문이 퍼진 것까지 다 좋았다. 노름빚에 쪼들린 동료 군속의 꾐에 빠져 군용기를 타고 함께 북쪽으로 넘어가 버렸다고 했다. 나중에서야 안 일이었지만, 그 낡은 군용기는 신형기와 교체를 하기 위하여 서울로 가던 중이었다. 신문에도 나지 않았던 그 사건 이후, 아직 아버지의 생사는 알 길이 없고 어머니만 자식들과 오그라져 살았다. 숨을 쉬고 맥박을 뚝딱거리며 사는 것도 사는 것이라면 할 수 없지만, 어머니의 세월은 창살 없는 감옥이나 진배없었다. 병원 세탁물의 피빨래, 식당 주방일, 파출부,

날품팔이…….

빌어먹고 사는 일이야 아무려면 어떤가. 그러나 어딜 가도 따라붙은 감시의 눈초리와 수군거림이 어머니를 고용한 주인들에게 알려질 때마다 또다시 새로운 일자리를 찾지 않으면 안되었다. 가슴 아픈 것은 배고픈 일보다는 타인들에게 이방인이 되어야 하는 설움이었다. 외갓집에는 경찰서나 정보기관에서 온 직원들이 수시로 들락거렸고, 일본 관광차 여권신청을 했다가 '너희들 때문에 못 가게 되었다'고 발악을 해대는 외숙모는 나중에 다른 일 때문인 것을 알고 난 후에도 전혀 미안해하지 않았다.

어머니는 언젠가부터 일 년에 한 번씩 가던 외조부의 제삿날 마저 발을 끊고야 말았다. '언젠가는 돌아오겠지. 부모도 핏줄이지만 자식도 핏줄인데……. 그 인간도 인간인데 살아있다면 꼭 올 것이다.' 어머니는 가끔 실성한 사람처럼 중얼거리다가도 일할 때는 몸을 돌보지 않았다.

대학을 졸업하고 공무원을 다니다 만 것은 군청에 다니던 작은외삼촌이 거듭 승진에서 누락된 데 있었다. '야 관둬라. 관둬. 머리만 좋으면 뭐 하냐. 밀어 주고 끌어주는 놈이 있어도 안되는 판국에 옆에서 잡아당기는데 해보겠냐?' 그런 연유말고도 주위의 시선을 가끔 느끼던 소훈으로서는 단호하게 결정을 짓고, 기업체에서 근무하게 되었던 것이다.

첫 봉급을 타서 컬러 텔레비전을 사들고 갔을 때도 어머니는 여전히 건물 청소부 일을 마치고 집에 있었다. 막내 여동생이 좋아라고 안방에 수상기를 들여놓고 시청을 할 때는 마침, 수 삼일전 전투기를 몰고 귀순한 북쪽 조종사의 모습이 연일 특집으로 방영되고 있었다. 밥숟갈을 들다 말고 문밖으로 나간 어머니는 한참 동안을 서 있다가 들어오더니, '자유를 찾아 귀순했다고 모두 영웅 대접을 한다마는, 부모형제 다 내팽개치고 저 혼자만 잘 살겠다고 도망쳐야 될까. 나는 무식해서 모르겠다. 자유라는 것이 그렇게 소중하고 귀하니까 저 혼자서만 차지해 버리면 그만인지.'

김포평야의 푸른 들판을 지나서 초목으로 덮인 야산이 군데군데 머리를 드는가 싶더니 금방 강화대교에 이르렀다. 김포 반도와 강화섬 사이로 탁류가 빠져나가고 있었다. 다리를 건너기 전, 검문소에서 한차례의 검문을 했다. 그들은 말없이 유유히 흘러가는 갯벌과 뒤섞인 바닷물을 물끄러미 내려다보고 있었다.

버스는 강화읍내에서 잠시 정차했을 뿐, 외포리 선창에 도착할 때까지 내리 달렸다. 근해 연락선은 한 시간 후에야 떠난다고 했다. 부두와 붙어있는 길 맞은 편으로 식당과 생선회집들이 죽 늘어서 있었다.

하루에 두 번씩 교동도까지 떠나는 마지막 배편에 올라섰을 때, 그들은 홀가분하면서도 가벼운 공포가 머리끝에 닿는 것 같았다. 그것은 노상 오랜만에 배를 탈 때마다 항용 엄습하는 공포도 공포지만 그보다는 뱃머리가 북쪽을 향해 있다는 바로 그 점 때문이었다. 손님이 다 탔다. 닻줄이 거두어지고 배가 부두를 떠났다. 산등성이 한켠에 닥지닥지 붙어 있는 항구마을 외포리는 점점 멀어지고 바다는 질펀했다.

갈매기들이 끼루룩 끼룩 소리를 질렀다. 맞은 쪽에 서 있는 삼산도(三山島)의 묏봉우리들이 병풍처럼 둘러쳐진 물목을 거슬러 갔다.

배는 그만그만한 속도를 유지하고 있었다. 바닷바람이 뱃전을 거듭 지나면서 선미의 깃발을 나부꼈다. 그리고 안에 타고 있던 그들의 건조했던 긴장도 시간이 지나면서 울렁이다가 차츰 가라앉았다.

외포리는 벌써 시야에서 버려진지 오래되었다. 북쪽으로 갈수록 삼산도와 강화도의 물목은 벌어져서 마침내 바다는 더욱 넓어졌고 작은 섬들이 보였다. 돌출된 땅들은 섬 전체 속에 녹아서 평면의 그림자로 남아 있었다. 인적이 없을 것 같은데 군사시설물로 보이는 건물이 듬성듬성 숨어 있었다. 연락선이 속도를 줄이자, 갑판으로 나와 서있던 해병군인들이 하선 할 채비를 하고 있었다. 뱃머리가 섬을 향하고 부두가 기어 나왔다. 그들은 부두 끝에 미리 서 있던 군용짚차와 이들을 마중 나온 군인들을 보고 나서, 자신들이 지금 북쪽을 항해하고 있다는 실감을 한겹 더하였다. 그리고 다시, 기관음은 여전히 갑판을 때리고 있었다. 연락선의 속도도 역시 마찬가지였다. 섬들이 휘까닥 뒤로 밀려가는 것을 소훈은 자꾸 앞으로 거둬들였다. 그리고 뱃전이 가르는 바닷물 자국을 내려다보았다. 박광출은 객실로 들어갔는지 보이지 않았다. 끼룩 끼루룩. 어디선가 또 갈매기 울음소리가 들렸다.

목적지인 교동도에 닿았을 때는 오후 3시 넘어서였다. 그들이 배낭과 낚시도구 주머니를 챙겨 하선 준비를 하고 있을 무렵, 사람들은 하나 둘 객실 밖으로 빠져 나오고 있었다. 이윽고 손바닥만하게 보이던 섬은 금방 집채만큼 커지더니 큰 그림자를 벗고 불쑥 다가와 버렸다. 물을 다시 밟게 된 발들이 천천히 움직거렸다.

오토바이를 타려고 서있는 사람의 말대로 2키로의 길을 걷기로 했다. 섬 전체를 돌아다니는 새마을 버스가 올 때까지 무료하게 기다리는 것보다는 걷는 편을 택했다. 신작로 양켠에는 푸른 잎들을 바르르 떨고 있는 굵은 미루나무들이 줄 서 있었다. 면사무소가 있는, 대룡리로 가는 길 왼편으로 끝이 가물가물한 들판이 푸르게 펼쳐있었다. 간척지 들판이 넓어서 섬 안에 들어서 보면 오히려 아늑한 농촌 냄새가 물씬 나는 곳이었다. 먼지가 풀풀 나는 길 가운데를 걸었다. 개구리 울음소리가 들리다가 끊기고 또 들리곤 했다. 삼거리에서 갈라지는 왼편 길에는 휴가를 마치고 귀대한 듯한 팔각 작업모자를 쓴 군인 둘이 여행가방을 둘러맨 채 들어서고 있었다.

그들의 그림자가 아직도 많이 남아있는 햇빛에 조금씩 늘어졌다. 얕은 야산 옆으로 난 고개를 넘자 큰 동네가 나타났다. 서로 얼굴을 마주보면서 고개를 끄덕이더니 잔걸음으로 내려갔다. 시골 동네치고는 내려다 본 것과는 달리 제법 구색을 갖추고 있었다. 그들은 다방으로 들어갔다. 박광출이 수화기를 들었다.

"박대위 형 되는 사람입니다. 아 예…… 누구? 응, 나야, 그래, 그으래, 지금, 응, 기다릴께." 그들은 우선 사이다로 한잔씩 목을 축였다. 단층 블록으로 세워진 종이 벽에는 수영복 차림의 여자가 액자 속으로 들어가서 삐딱하게 걸렸고, 그만그만하게 인쇄된 표어들은 퇴색된 채 붙어 있었다. '숨겨주는 인정보다 신고하여 광명 찾자', '너도 나도 신고하여 간첩 잡아 상금 타자' 대개 그런 종류의 표어였다. 김소훈은 실내를 훑어보다가 표어 쪽으로 가던 시선을 무심결에 외면해 버렸다.

비바람은 더욱 거세어졌다. 박광출은 깍지 낀 손을 풀고 일어나 앉았다. 그리고 조심스럽게 밖을 향해 신경을 곤두세웠다. 무슨 기척을 들은 것 마냥, 한참을 귀 기울이다 방문을 밀었다. 마당 시멘트 바닥은 맞은편 방에서 흘러나온 불빛이 흐트러져 있었고, 빗줄기는 돌멩이로 쌓여진 화단 한 가운데서 하늘로 기어올라간 포도나무를 사정없이 후려갈기며 퍼붓고 있었다.

아까까지만 해도 여인숙의 쪽방 여기저기에서 고스톱을 치는 패거리며, 군인들 면회 온 아가씨들의 수다스런 왁자지껄함이 쥐죽은 듯 고요하기만 했다. 박광출은 다시 문을 닫고 나서 담배를 물었다. 벽에 등을 기댔다. 아무래도 이상하다. 변고가 있음이 틀림없어. 이 섬 안 어딘가 있으면서 무슨 일에 옭매어 있음이 분명해. 신경이 곤두선 그의 머릿속에는 온갖 영상과 생각들이 꼬리를 물었다. 일은 처음부터 잘못 되었던 것 같았다. 내성적인 친구가 버스 속에서부터 무슨 발동이라도 걸린 것처럼 갑자기 수다스러워진 것도 그렇고, 같이 근무한지가 일 년이 넘었지만, 이상스럽게 가정 이야기나 주변에 대한 대화가 나올 때마다 스스럼없이 끼지 않고 딴청을 부린다거나 침묵을 지킨 것들도, 지금 생각하니 하나같이 그의 번져나간 상상력을 더욱 뒷받침할 만 했다. 다른 것은 제쳐놓고라도 숭어낚시에 전혀 관심도 없는, 아니 낚시조차 아예 모르는 주제에 앞장서서 나선 것부터가 수상하게 보자면 여간 수상한 것이 아니었다. 약간 작은 체구지만 단단하고 야무지게 생긴 소훈 때문에 지금 광출의 고민은 시작 된 것이다.

저녁상을 물리고 나서 회사에 대한 이야기를 하다말고 잠깐 밖에

나간다고 해서 화장실에나 가는 줄 알았다. 눈꺼풀이 자꾸 두꺼워 지는 것이 피곤에서 오는 거였다.

감기우는 눈을 억지로 몇 번 떠봤으나 피로감이 온 몸을 마취하여 가물거리다가 스르르 잠이 들었다.

열려진 문으로 눅눅한 바람과 세찬 빗줄기 소리에 선잠이 깨었을 때도 김소훈은 보이지 않았다. 그는 몇 번 뒤척거렸다. 일말의 불안감을 떨쳐버릴 수가 없었다.

김소훈이 관리과로 온 것은 그가 과장으로 승진하던 해였으니까 벌써 삼 년도 넘은 셈이었다. 신상명세서철 기록을 본 적이 있었다.

총무과에서 훑어 본 이력서에는 공무원으로 시작한 것으로 되어 었었다. 공무원으로 근무했던 사람답게 기안이나 무슨 일이고 막힘없이 척척 해냈지만, 주위 사람들과 어울리는 법이 없고 항상 조용한 성격이었다. 가끔 사원들 간의 회식 같은 모임에도 빠짐없이 참석은 하였지만, 술을 먹었다하여 그 우울한 것 같은 표정을 활짝 편 것을 본 사람은 아무도 없었다. 대단히 좋은 일, 일테면 업무실적이 좋아서 특별 보너스라도 받을 때에도 빙그레 웃는 정도였다.

한번은 여의도에서 반공궐기대회에 참가하고 온 직원들간에 회식을 겸하여 술자리를 벌릴 때, 부장이 의도적으로 여직원과 김소훈을 나란히 앉혀 놓고 잘만하면 어울릴 한 쌍이라고 추켜올린 적이 있었다. 그러나 그때에도 김소훈은 살짝 웃기만 했다. 그래서 사원들 간에도 처음에는 별사람 다 보겠다는 투로 생각했지만, 시간이 지나자 으레 그런 사람이거니 하고 접어 두곤 했던 것이다. 출근하여 사원들간에 신문에 오르락거리는 화젯거리나 간밤에 중계된 권투와 야구

이야기 끝에 묻는 말에도 몇 마디 대답만 할 뿐, 적극적으로 끼여드는 법이 없었다. 하는 업무야 별 탈 없이 잘 처리하였고, 특별히 남의 입에 오르내리는 일없이 근무하고 있는 김소훈에 대하여 그는 평상시 깊이 눈여겨보지 않았다. 자신뿐만 아니라 다른 사원들 역시 마찬가지였다.

사방 천지가 칠흑 같은 어둠으로 꽉 차있었다. 소훈은 이제 비에 젖어 달라붙은 옷이 갑갑하지 않았다. 그냥 아까 처음으로 왔었던 철책선이 있는 북쪽으로 부지런히 발걸음을 내딛고만 있었다.

전화를 받고 동생인 해병 대위는 조금 후 짚차를 타고 왔다. 박광출로부터 김소훈을 소개받고 집안 안부를 주고받던 형제의 대화가 금새 끝나자마자, 해병 대위는 상당히 난처한 표정이었다.

지금은 숭어낚시를 할 수 없다는 것이었다. 바닷물 때가 맞지 않고 최근에는 작전 관계로 출입자를 통제하고 있으니 이왕 온 김에 이북지역을 볼 수 있는 관측소나 가자는 것이었다. 정작 더 난감한 얼굴을 한 것은 박광출 그였으며, 김소훈은 전혀 서운하지 않는 얼굴이었다. 결국 그들은 동생의 짚차에 타고 대룡리를 벗어났다. 군데군데 깊게 패인 신작로를 달리는 짚차는 뒤뚱거리며 요동을 쳤다. 들판을 가로지르는 둑길을 지나자 작은 저수지가 보였다. 원래는 세 개의 섬으로 있었던 것을 둑으로 연결하여 간척지를 조성한 것이라고 대위가 말했다. 아카시아 숲을 지나 야산 오르막길을 단숨에 오른 짚차에서 모두 내렸다.

콘크리트 건물 몇 동이 자리잡은 군인 막사를 지나서 그들은 다시 관측소가 있는 오솔길을 천천히 오르기 시작했다. 김소훈은 좌우를 부지런히 살피면서 맨 뒤에 따라갔다.

"야! 이렇게 일반인이 가도 괜찮은 거냐?"

"으때요. 가끔 종교단체나 부인회 같은 단체 위문도 와 가지곤 저쪽을 한번씩 관망하고 내려가는데."

형제의 대화를 들으면서도 소훈은 연신 눈으로 시야에 들어오는 전부를 보기에 바빴다. 더 이상 올라갈 곳이 없는 평평한 야산 꼭대기에는 북쪽을 관측하기 알맞도록 지어진 작은 콘크리트 건물이 땅땅하게 서 있었다. 큰소리로 구호를 냅다 지르면서 경례를 붙인 초병의 얼굴은 반쯤 철모 속으로 들어가 있었다. 확대된 지도가 비닐종이에 싸여진 현황판이며 통신장비 들이 즐비한 옆으로, 저쪽을 볼 수 있도록 긴 망원경이 설치되었다. 산 능선 바로 앞은 갯벌이 드러났고, 갯벌을 따라 끝없는 물줄기가 흐르고 있었다. 한강과 임진강이 합류되어 바닷물과 함께 서해로 이르는 길목이었다. 금방이라도 건널 수 있는 강 연안 저쪽 역시 능선들이 연결되어 서쪽으로 계속 기어가 있었다.

소리를 지르면 금방 대답할 수 있는 거리를 그들은 망원경으로 들여다보았다. 가물거리게 보이는 것은 사람이었다. 북쪽에도 성냥곽처럼 밀집된 동네들이 야산을 타고 박혀 있었고, 모내기가 끝난 들판에는 띄엄띄엄 농부들이 보였다. 들판 사이로 둑길이 나있어 몇 사람씩 걸어가고 있었다. 빨간 글씨로 '위대한 주체사상 만세'라고 쓰여있는 굴뚝같은 탑이 보인 것을 빼고는 이쪽과 전혀 다르지 않은 산야였다.

과수원 같은 것은 보이지 않았다. 아버지는 지금쯤, 과연 과수원에서 농약을 뿌리고 있을까. 아니면 어디에 있을까. 무엇을 하고 있을까. 아니면 살아있을까. 망원경 렌즈가 눈시울의 뜨거움으로 부옇게 김이 서렸다. 김소훈은 렌즈에서 눈을 떼었다. 그리고 얼른 주위를 돌아보았다.

박광출 형제들은 또 다른 포대경을 들여다보면서 손가락으로 북쪽을 가리키고 있었다. 초병들은 문 밖으로 나가 있었다. 트랙터처럼 보이는 기계가 저쪽 들판 속에서 움직였다. 기계의 소음이 금방이라도 들리는 것 같았다. 어렸을 때 아버지를 따라, 비행기 날개 밑을 사다리로 올라가 아버지를 보았을 때도 기계음은 요란했었다. 아버지는 공장에 있을지도 모른다는 생각. 비행기 수리 기술자 노릇을 하고 있을까 하는 생각. 안타까움과 꽉 막혀버릴 것 같은 충동이 머릿속으로 스며들었다. 알 수 없는 회색 그림자가 심장을 조였다. 목구멍이 답답하고 귓속에 이명이 울리자 소훈은 아뜩거렸다.

"그 쪽은 예성강 포구인데, 짜식들 맨날 확성기로 왕왕거리지요. 서로 통박이 빤한 주제에……. 아 그쪽은 장단반도와 연결된 길입니다."

해병대위가 강 건너 쪽을 바라보면서 말했다. 망원경을 보지 않고도 저쪽 지형을 척척 찍어대는데 긴장감은 찾아볼래야 찾아볼 수가 없었다.

소훈이 망원경에서 눈을 붙이고 있을 때 해병대위가 다시 말문을 열었다.

"넘어갈 수 있냐구요? 형님, 맘 먹으면 안될 것도 없지만 쉬운 노릇이 아녀요. 썰물 때는 강폭이 얼마 안되니까 가능하다고 그래요.

몇 년 전에만 해도 무장간첩들이 침투했었고……."

"야 비행기나 헬기타면 금방이겠는걸."

"넘어가기 전에 우리 레이더에 다 걸려요. 걸리면 그냥 박살내는 거죠 뭐."

"그러믄 아직 이쪽에서는 공중으로 넘어간 일 없겠군. 그런데 저쪽에서는 왜? 중공에서 몇 번인가 왔고, 그전에 이 뭐라는 북한조종사도 몰고 온 적 있잖아?"

"내가 교육 받을 때 이런 이야기는 들은 적이 있어요. 전투기 수리창에서 근무했던 군속 두 명인가……. 서울 근방의 미군부대에 항공기를 반납한답시고 한대를 몰고 북쪽으로 간 일이 있었다는데."

"아니? 아무나 비행기를 몰 수 있는 건 아니잖어? 수리나 하는 기술자들이 어떻게 몰고 갔지?"

"하긴, 나도 그때 그 말을 듣고 나서 그치들이 뭐 맨날 항공기 조종하는 기술을 익힌 것도 아닐 테고, 어떻게 지도 한 장 없이 항법도 모르면서 넘어 갔을까? 하는 의아심이 들었는데……. 나중에 듣고 보니 남해안에서부터 고속도로를 쭉 타고 따라가다가 인천 부근에서 서해안 상공으로 쭉 빠지다가 곧장 월북했다니까 그럴싸하데요."

얼룩무늬의 동생이 실실 웃으면서 말하자, 박광출은 한마디 더 곁들였다.

"그렇겠군. 내가 공군에서 근무할 때 여럿을 봤지만 그 정도 실력으로 넘어갔다면 독한 사람들이로군 그래. 항법도 모르고 지도 한 장도 없이 넘어간 것은……. 목숨을 귀신한테 저당 잡힌 것이나 진배없지."

그들의 대화가 귀청을 후비고 들어오자 소훈은 소스라치듯 놀라서 몸을 떨었다. 그것은 필시 아버지에 대한 이야기가 분명했다. 불현듯 어머니의 얼굴이 겹쳤다. 만약 어머니가 이 자리에서 자신처럼 건너편을 보았다면 어떤 마음일까? 그때, 끼룩 끼루룩 날것의 울음소리가 들리더니 개펄 위에서 바다 건너편으로 흰빛 갈매기 한 마리가 날아갔다. 다시 비행기를 타고 날아오지는 못할까. 무엇을 하고 있을까. 날개가 있다면 금방 날아가 버릴 수 있는 거리인데. 김소훈은 막 뛰어가고 싶은 충동이 솟구치다가는 눈이 흐려지면서 맥이 탁 풀렸다.

"김소훈 씨 더 볼 거 있어?"

"…… 내려가게요?"

"아, 그럼, 난 밖에서 동생하고 이야기 좀 하고 기다릴 테니까 더 구경하고 나오지 뭐."

철모를 쓴 초병이 다시 들어오고 형제는 나갔다. 현실과 상상은 이래서 우울하다. 그래서 답답하다. 차라리 기숙사에서 뒹굴며 책이나 보고 보냈어야 할 연휴를 무엇에라도 끌렸던 것처럼 여기까지 온 자신이 후회되었다. 눈으로 본 것과 생각만으로 느끼는 것의 괴리에 대하여 인간의 왜소함을 느꼈다. 방금 과장이 뭐라고 했지? 구경하라고 했지? 그래 나는 구경하러 온 거다. 소훈은 그렇게 작정하기로 했어도 그것은 겉도는 다짐에 불과했다. 강물도 아니고 바닷물 같지도 않은 질펀한 수면위로 시들어 가는 햇빛이 깨어져 반사되었다. 이쪽 강 연안을 따라 두껍게 쳐진 철책선을 뒤로하고 관측소 건물을 나섰다. 그들이 해병 대위의 작별 인사를 받고 짚차로 그곳을 빠져 나올 때쯤 서쪽 하늘에서부터 구름이 끼이기 시작했다.

작은 저수지가 있었던 들판 둑길을 향하여 부지런히 걸었다. 소훈이 아카시아 숲속의 오르막길을 넘어서면서 앞을 내려다보았을 때 해안을 따라 둘러쳐진 철책선 중간 중간마다 불빛이 눈을 뜨고 있었다. 컴컴한 빗줄기 속에서 그것들은 일정한 간격으로 휴전선 이쪽의 방어선 윤곽을 거침없이 만들어주는 것이었다. 저길 넘어서면 바다고 거기를 지나면 북쪽이었다. 아버지는 확실히 살아있을까. 살아서 과수원의 사과를 따고 있을까. 말로만 들었던 할아버지는 과연 살아있을까. 상상이 또 다른 영상을 끌어낼수록 김소훈의 가슴은 방망이질 쳤다. 북쪽으로 오고 갈 수만이라도 있다면……. 얼마나 좋을까. 언젠가 이런 어두움 같은데서 그런 생각을 하였던 것 같았다. 내가 저쪽에 가버리면 남아있는 동생들과 어머니도 안타까움이 되어 버리겠지. 제 부모형제 다 내팽개치고 저 혼자만 살겠다고 도망치는 비겁자라고 어머니가 절규하는 느낌이 들었다. 어떻게 하여도 빼도 박지도 못할 입장이었다. 우연치고도 이상했다. 생각하지도 않았던 곳까지 와서는 자신을 꽁꽁 붙잡아 매는 이 혼란들이.

길을 따라 걷지 않으면 더 이상 앞으로 더 나갈 수가 없었다. 사방은 숲과 어둠뿐이었다.

어둠 속에 쭉 깔려있을 군인들은 물론, 막사 정문을 통하지 않고서는 어디든지 갈 수 없도록 윤형 철조망이 이중 삼중으로 둘러쳐진 사실을 그는 뒤늦게서야 알았다. 정문 앞 언덕에서 한참을 서 있었을 때, 써치라이트의 밝은 불빛들이 간간이 바다 연안을 훑으며 지나갔다.

빗줄기가 퍼부었다. 물기가 머리칼을 타고 왼통 몸뚱아리를 핥았다.

넘어 가버릴까. 넘어가면 아버지와 할아버지를 볼 수 있을 게다. 수염이 허옇게 난 할아버지의 사진이 아버지 얼굴 위로 겹쳤다. 소훈은 물 묻은 손가락으로 꺼칠한 턱을 훔쳤다. 선뜻한 느낌이 들자 어머니와 동생들의 얼굴이 퍼뜩 지나갔다. 그러자 갑자기 온 몸에서 힘이 좌악 빠지는 것 같았다. 부추기는 유혹과 냉정한 자제력이 몇 번씩 싸우다가 무너지고 있었다. 어쩔 수 없는 결국은 현실이 이기고 있었다. 김소훈이 다시 오던 길로 발길을 돌렸을 때 빗방울은 조금 전보다 약해졌다. 술 취한 사람처럼 둑길을 따라 비틀거리며 걸었다.

밖에는 여전히 빗줄기가 좌악좌악 소리를 내지르고 있었다. 필터 끝까지 타 들어간 담배는 벌써 제풀에 꺼진지 오래였을 때 갑자기 박광출의 얼굴빛이 변했다. 그 때 방문 앞 뒷마루에 무엇인가 둔탁한 물체가 털푸덕 부딪치는 소리 때문이다. 그가 조심스럽게 문을 밀었다. 반쯤 열리던 문짝이 물체에 닿아서 더 열리지 못했다. 사람이었다. 김소훈이 물에 젖은 채 뒷모습을 보였다.

"아니, 김소훈 씨! 어떻게 된 거요, 어딜 갔다 왔어?"

"……, 깨 있으셨군요."

"어딜 갔다온 거냐니까!"

그가 짜증 섞인 목소리를 던지자 김소훈은 젖은 웃옷을 몸체서 떼어 냈다. 벗어들었던 옷을 불끈 짜면서,

"바깥바람을 쏘이다 그만 길을 헤맸습니다."

"이 밤중에?"

"들어가서 말씀드리지요."

김소훈은 옷과 양말을 철사 옷걸이로 걸어서 방구석에 있던 선풍기를 틀어 놓고 돌렸다. 박광출은 아무래도 이해가 가지 않았지만 우선은 돌아와 준 안도감으로 느긋하게 몸을 뻗었다.

"다른 생각은 마십시오. 과장님께서는 주무시는데 저는 잠도 오지 않고, 갑갑해서 바람이나 쏘일려구 밖으로 나가 걷다보니……."

박광출은 어이가 없었지만, 한마디의 너스레로 서먹서먹한 입장을 맺었다.

"에이 난 또…… 아직 천진난만해서 좋군. 어이구 이거 벌써 이렇게 되었나. 그러나 저러나 배짱하난 든든해서 부럽군. 총알 안 맞기에 다행이지. 밤도 늦었구."

그는 풀어놓은 손목시계를 집어서 다시 방바닥에 놓더니 몸을 길게 뉘었다. 김소훈 역시 알몸으로 밀려오는 잠 속에 빠져들었다.

소훈은 공포에 질려서 숨이 막히는 것 같았다. 우선 정신없이 뛰었다. 그렇다고 확실한 목표가 기다리는 것은 아니었다. 어디론가 몸을 숨겨야 한다는 보호본능이 작용했다. 캄캄한 하늘. 분간을 못할 정도의 암흑. 어디로 가야 하는가. 이상하게도 모든 사물은 소훈을 경계의 눈초리로만 바라볼 뿐, 감싸주려 하거나 동정의 빛이 없이 싸늘하게 비켜섰다. 호각소리가 계속 들렸다. 군인들의 군화소리와 총소리가 들렸다. 살아야 한다. 살아야 한다. 어떻게든 살아야 할 것이다. 가쁜 숨을 몰아 쉬며 달리고 달렸건만 육신이 말을 들어주지 않았다.

어디선가 본 듯한 집으로 들어섰을 때 아버지는 목각인형처럼 우뚝 서 있다가 손짓을 했다. 어슴푸레한 방안에 들어와 있던 몇 사람들이 벽에 기대앉아 소훈을 바라보았고 가운데에는 아이들도 섞여 있었다. 아버지가 자신을 향해 죽 둘러있던 사람들에게 뭐라고 소개를 시켰다. 그러자 어떤 여자가 아는 체를 했다. 어머니와 닮은 것도 같았다. 그리고 얼마쯤인가 밖이 왁자지껄했다. 모두 서로 얼굴을 쳐다보면서 무슨 일이냐는 듯 귀를 세웠다. 창문 뒤에 누군가 서 있었고 아버지가 문고리를 잡은 채 밀었다. 방안의 불빛이 어둠을 녹이자 어둠 속에서 드러난 군인들이 소총을 겨눈 채 즐비하게 서 있는 것이 아닌가. 군인들의 복장은 인민군인지 국군인지 구분이 되지 않았다.

갑자기 아버지의 비명이 들렸다. 소훈이 놀란 채 뒤돌아보자 방안에 있던 사람들은 모두 벽 쪽으로 고개를 쑤셔 박았다. 음산한 기운이 긴장을 팽배시켰다. 어느새 그들 모두 바깥 툇마루에 꿇어 앉혀져 있었다. 언제 팠는지 마당은 정사각형 형태로 넓고 깊은 구덩이가 아가리를 벌리고 있었다. 사람의 키보다 깊었다. 구덩이로 의심 어린 눈길을 보낼 때, 사람들의 신음소리와 버무려진 군화 발자국 소리가 대문 밖에서 들렸다. 열려진 문으로 포승에 묶인 사람들이 들어오자 군인들은 그들을 구덩이 속으로 사정없이 발길질을 하며 밀어 넣었다. 비명소리. 아우성이 걷잡을 수 없이 하늘로 퍼졌다. 열려진 안방의 불빛과 그들이 비추는 서치라이트 조명을 받아 사람들이 구더기처럼 구덩이를 가득 메우고 있었다. 그러자 사격하라는 음성이 들렸다고 생각한 순간, 연속적인 총성과 단말마적인 비명이 소훈의 귀를 후벼왔다.

소훈은 벌떡 일어났다. 바깥 불빛이 어슴하게 문을 뚫고 들어왔다. 벽 쪽으로 꺼덕거리던 선풍기가 다시 되돌아 왔다. 박광출은 옆으로 누워 있었다. 떨쳐 버리고 싶은 악몽이었다. 털어버리려 해도 머릿속을 헤집고 완강하게 들어와 생생했다. 소훈은 도리질을 해대면서 홑이불을 당겼다. 그러나 잠은, 깨어 있으려는 의도와는 상관없이 다시 그를 꼬드겼다.

잠에 빠져들었다.

툇마루에 꿇어앉은 소훈은 갑자기 토악질을 했다. 마당 한 구석 어디선가 미리 대기해 있었던 듯한 포크레인이 굉음을 내면서 흙더미를 구덩이 쪽으로 슬슬 밀어 내렸다. 사람들의 머리들이 보이지 않게 되었을 때, 금방 파묻혀 들어가는 아버지의 무표정한 얼굴과 시선이 맞부딪쳤고 싸늘한 비웃음이 소훈을 감전시켰다.

책임자인 듯한 군인이 소훈에게 가까이 다가오더니,

"똑똑히 보았지? 전부 너 같은 놈들이다. 곧 네 차례야!"

째려보면서 말했다. 이미 죽음의 그림자가 히죽 웃으면서 그에게 손을 내밀었다. 그는 대문 쪽을 슬쩍 보았다. 죽긴 매일반이다. 짧은 순간에 머릿속의 모든 빛이 휘번뜩였다. 살아도 좋고 죽어도 좋지만 개죽음이다. 개죽음이다. 우선 여기를 빠져나가야 한다. 이 암흑을 탈출해야 해. 모든 뇌신경이 그를 충동질했다. 마당으로 눈길을 돌리자 어느새 그 많던 군인들조차 흙더미 속으로 묻혀졌다.

드르륵……. 드륵 팡팡팡 팡-트앙 티앙.

소훈이 뜨는 순간, 총소리는 세찬 소나기로 귓전을 파고 들어왔다.

자신도 모르게 한숨소리가 입에서 새어 나왔다. 소훈은 반쯤 내려간 홑이불 깃을 위로 잡아 당겼다.

다음날, 우중충한 하늘에도 여명은 와 있었다. 비가 걷혔지만 아직 찌뿌드드하게 구겨진 하늘을 쳐다보며 여인숙을 나섰다. 그들은 연락선이 닿는 선창까지 걸어가기로 했다.

생명이 힘차게 돋아있는 들판과 야산을 바라보면서 소훈은 간밤의 고통이, 새벽의 악몽과 함께 되살아났다. 왜 그런 꿈을 꾸게 되었을까. 그 현실에서 꿈의 어두운 그림자를 떼어내려고 안간힘을 썼으나 그럴수록 꿈의 편린들은 자석처럼 붙어 있었다. 아무래도 우울은, 날씨가 걷히더라도 남아 있겠지.

대룡리를 벗어난 부두 쪽으로 걸어오는 두 사내가 보였는데, 키가 작고 젊은 사내는 가끔 뒤를 돌아보며 못내 아쉬운 표정을 짓고 있었다. (1990)

불나방

도심지에서 한적하게 떨어진 고층아파트 맨 꼭대기 층에서 총소리가 난 그 때, 어둠은 더 깊게 가라앉았고 아직 겨울의 썰렁함이 가시지 않는 이월의 마지막 토요일이었다.

거실 오른쪽 안방에서 들려온 총소리는 쾅 하면서 닫혀진 문을 뚫고 현관 옆방까지 크게 울렸다. 문간방 침대에 걸터앉아서 여성잡지를 뒤적거리던 여자의 눈동자가 갑자기 커졌다. 그녀가 문을 박차고 나온 것은 총소리의 여운이 이 집안을 다 빠져나가지 못한 순간이었다.

안방 문손잡이를 돌려 밀자 화약 냄새가 훅 끼쳤다. 스무 살을 갓 넘은 앳되고 갸름한 여자의 얼굴이 긴장을 잔뜩 머금고 방으로 들어섰다. 하얀 얼굴은 창백해지더니 공포에 떨면서 급기야 비명을 질렀다. 조금 후 후들거리는 다리에 가까스로 힘을 준 아가씨는 자개 장롱 앞에 쓰러져 있는 여인을 먼저 흔들었다. 의식을 잃었으나 살아있는 중년의 여인을 흔들면서 다시 한번 방안을 휘둘러보았다. 그야말로 아수라장이었다. 천장 등이 밝혀주는 창 문 아래로 엎어진 채 의식이 없는 사내의 몸에서는 검붉은 피가 흘러 방바닥을 차츰 흐르고 있었다. 비릿한 냄새가 화약냄새와 어우러진 안방은 넓었다. 천장으로부터 창문을 덮고 방바닥까지 길게 쳐진 분홍빛 비단 커튼과 호화스런 자개장롱의 무거움에도 불구하고, 큰 거울이 달린 화장대며 자수가리개 같은 소품들이 아기자기하게 늘어진 방은 신혼을 갓 차려 놓은 것과 같았다.

"언니! 언니! 일어나!"

"정신차려, 내……말 들려요?"

어쩔 줄 모르고 안절부절못하는 아가씨가 흔들자 열려진 장롱 문짝에 비스듬히 기대어 있던 여인은 사르르 눈을 떴다가 감았다. 다시 눈을 뜬 여인은 초점을 잃고 손을 내저었다. 부축을 받고 거실 가죽 소파에 털썩 주저앉은 여인이 입을 열었다.

"…… 애 부대에다 전화 좀 해라."

"언니, 무슨 일예요! 이 밤중에."

탁자 위에 놓여진 수화기를 들고 버튼을 누르려다 말던 아가씨가 물었다.

"나두…… 모르겠다. 빨리 전화 해! 어서!"

"알았어요."

그녀는 하얗고 가녀린 손가락으로 버튼 위에 숫자를 빠르게 눌렀다.

평소에도 자주 전화를 걸었던 터라 머뭇거리지 않은 아가씨의 수화기를 꽉 잡은 손에는 힘줄이 생겼다.

"여보세요? 거기 제일물산이죠?"

통화 상대방은 대령의 당번병이었다.

"큰일났어요 아저씨!? 집으로 빨리 와야겠어요 사장님이 총에 쓰러졌어요."

제일물산은 도청 소재지에 주둔해 있는 정보부대의 위장명칭 이었다. 아는 사람들이야 다 아는 것이었지만, 모르는 사람들은 무역회사로 알 수밖에 없었고 다시 알게된 이로 하여금 이상한 전율과 위압감을 주었다. 얼른 보면 군용품과 군용색깔이 전혀 눈에 띠지 않는 높다란 담벽 밖으로는 건물 꼭대기 층의 하늘을 찌르는 뾰족 무선안테나 탑만이 보였다. 묘한 분위기를 풍기는 곳이었다. 그러니까 제일물산주식회사의 사장은 정보부대의 책임자였다.

대령은 금년 오십을 채운 나이답잖게 떡 벌어진 허위대를 짙은 곤색 정장 속에 감추고 있었다. 약간 벗어진 이마를 제외하곤 오십이라고는 거의 믿을 수 없을 만큼 피부지방이 자르르 흐르고 짙은 눈썹 아래 날카로운 눈은 위엄과 냉정함을 한꺼번에 가지고 있었다. 상당히 미묘한 눈빛이었다. 얼른 보면 풍모에 적당한 자상함을 지니고 있는 듯했지만, 예리하게 쏘아보는 눈초리가 번뜩일라치면 방금까지의 온화함은 어디론지 사라져버리고 독수리 눈같이 살의가 번지는 군인이었다. 헌칠하지도 땅땅하지도 않는 체격의 상체가 벌어진 폼조차 대령의 얼굴과 적당히 걸맞는 것이었다. 그러나 무엇이라고 할까. 흔히 관료들이 그러하듯 빳빳한 냄새가 감도는 그 이면에는 무언가 어두운 그림자가 스쳐가는 것이었다. 한두 번 그를 본 사람은 전혀 느낄 수 없는 어두움 같은 것이었다.

대령이 전방지역에서 이곳으로 온 것은 이 년이 채 못되었다. 전방에 있을 적에는 주둔해 있는 군부대들을 지원한다는 명목으로 활동했던 정보부대장이었다. 그러나 이곳 도청 소재지 업무는 그것과는 조금 성격이 달랐다. 이십여 년을 장군 출신들이 집권해 온, 나라의 통치권자의 뒤치다꺼리를 수족처럼 맡아온 것이 전국 중요지역에 주둔한 정보부대의 임무였다. 그들은 표면적으로는 나서지 않고 암암리에 특수한 임무를 수행하고 있었다. 이 임무라는 것이 일선 공무원들의 신상에 영향을 미치는 만큼, 도청에 주재한 여러 기관장들은 제일물산과 각별하지 않을 수가 없었다. 그렇다고 해서 여타 공공기관과 같이 유연하지는 않았다. 속으로야 어디까지나 짜임새 있는 군대 조직을 강하게 유지하고 있었으니까.

대령이 이곳으로 발령이 났을 때, 부대원들은 그가 어떤 사람인지를 알아보려고 같은 계통의 사방 어디로든 수소문을 했었다. 과거 대령과 함께 근무를 해 본적이 있는 직원을 통해서 얻은 그의 성품은 역대 어떤 사장들보다 좋은 점수였다. 호방하고 기분파라는 것 말고도 원래 상당한 재력까지 있어서 아랫사람들에게 물욕을 탐하는 약은 짓거리는 하지 않는 편이라는 거였다. 아무래도 과도하게 물욕을 채우다 보면 조직 전체는 자신들의 보신과 자리를 지키기 위하여 민폐를 끼칠 수밖에 없었다. 그런 소문은 거의 맞아 떨어졌다. 대령이 부임한지 이튿날, 회사의 살림을 맡고 있는 총무과장은 사장실로 들어가서 전임 사장들이 계속 누적시켜놓았던 예산 지출 건에 대하여 혼찌검이 나고도 싱글벙글 웃으면서 나왔기 때문이다.

"어이 총무과장 잘 되었어?"

업무보고 때문에 잔뜩 긴장하고 있던 상급 부장이 물었다.

"어이구 말도 마십시오. 혼났습니다. …… 그래도 가슴이 쑥 내려갑니다. 정말 소문 듣던 대로 화끈한 분이데요. 그간 밀려있는 채무

정리를 완결하라고 바로 수표를 주셔서…… 전부 해결될 것 같습니다."

그 채무라는 것의 대부분은 접대비였다.

그러나 부하들이 일상 수행하는 업무에 대하여는 가차없이 혹독했다. 몇 달이 지난 가을로 접어들자 정국은 더욱 혼란한 지경으로 빠져들었다. 이십 년을 훨씬 넘게 군인 출신들이 집권한 이 나라는 경제발전에도 불구하고, 빈부의 차이와 장기집권으로 독재화되자 염증을 느끼는 국민들이 늘어났기 때문이었다. 특히 젊은 대학생들과 지식인들의 체제 불신과 반정부 운동은 집권자에게는 물론, 일반 국민들에게조차 일말의 커다란 불안감을 주고 있는 형편이었다.

대령은 상급부대로부터 임무수행에 관하여 상당히 인정을 받고 있었다. 원래 승부욕이 유달리 강하고 업무에 대한 집착은 병적일 만큼 유별난 편이었다. 그럼에도 불구하고 상부로부터 업무 실적이 미진하다는 질책의 전문이 날아 온 다음날이었다.

실내는 형광등이 밝혀졌고 어둑신한 아침이 벗겨진지가 이미 오래되었음에도 사장실의 분위기는 무거웠다.

"다시 말하지만 인권침해다 뭐다 아주 시끄럽기 때문에 기술적인 면을 조금 발전시켜 보자는 것이다."

약간 뜸을 들인 그는

"아주 골치야 골치. 잡아놓고선 족치지 않으면 어떤 놈이 순순히 불기나 해. 가운데서 당신들만 고생하는 거 내 안다구."

안 그래 하는 투로 대령은 부장들은 빙 둘러보았다. 그를 중심으로 양쪽 길게 놓인 소파에 반쯤 엉덩이만 걸친 채 참모들은 서로를 건너다보았다. 어느 한 사람 나서서 사장 말에 대한 대꾸는 물론, 표정조차 일그러뜨리지 않고 묵묵히 앉아있을 뿐이었다. 현명한 처신이었다. 설혹 좋은 묘안이 떠올랐다고 하더라도 대령의 독선적인 자세가 분위기를 압도하고 있을 때에는 그저 머리를 조아리며 꼼짝 않는 것이 상책이었다. 평소에도 그는 부하들 앞에서나 공식적인 자리에서만은 자신의 모든 말이 바로 법이라는 것을 심어주고 있었다. 잘못된 명령일지라도 면전에서 대꾸하다가는 날벼락이 떨어졌다.

"하긴 그래, 어떤 미친놈이…… 예 제가 했습니다. 하고 순순히 자백을 하겠어? 철장으로 직행하는 마당에."

대령은 탁자 위에 있는 녹차 잔을 입으로 가져가 입안을 쭐쭐 헹구면서 꿀꺽 삼켰다.

"그래서 말인데…… 피의자가 고단수로 놀면 수사관도 한 발짝 앞서 가야 한단 말야. 상부에서는, 블랙리스트에 올라있는 놈들은 하나도 빠짐없이 잡으라고 재촉인데, 수사관의 인력을 늘려주기나 하나? 이거 무슨 지원도 특별히 없는 터에 더럽게 시리 여론은 비등하고…… 결국 기술개발이 관건이라고, 관건!"

대령은 자신이 십팔 년 전 보병 중대장을 마치고 정보부대로 처음 전입왔을 때부터 모든 일은 경험과 실전이 중요하다고 믿는 터였다. 경험 없는 이론과 지식이 많을수록 군인은 나약해진다고 굳게 믿고 있었다. 어차피 사람을 다루는 일이 지휘관의 속성이고 보면, 아랫사람들 역시 시간이 지날수록 공감하리라는 판단이었다. 올라갈수록 계급의 구조가 피라미드처럼 치열한 조직사회의 이십칠 년 간 경쟁에서 버틸 수 있었던 그 다운 행동양식이었다. 오로지 밀어붙이는 현실주의자로서 빈틈없이 임무를 수행했다. 다만 전투부대가 아닌 정보부대의 특수성 때문에 방법에 대한 차이만 있을 뿐이었다. 방법을 알차게 진전시킴으로써 더욱 탄탄한 입지와, 별을 달아보겠다는 꿈을 실현하는 욕망이 대령의 몸 어디에나 도사리고 있었다. 앞에 있는 부장들을 보는 마음까지도 자신이 부장으로 있을 때와 똑같은 마음일거라고 속단하면서 꿰뚫어 보는 것이었다. 시대가 변하여 가고 있다는 그의 평소 지론과 분명 모순이었지만, 결국 현실을 자신에게 유리하게 전개시키고 말았기 때문이었다.

"뭐 좋은 수가 없을까?"

대령은 왼쪽과 오른편 부장들을 번갈아 보면서 침묵을 깼다. 그러나 부장들은 조용했다. 아직 자신들이 말 할 기회가 아니라 판단했기 때문이었다. 사장은 물어보는 방법만 택했다 뿐이지, 물음처럼 답변 역시 그의 입에서 나오고야 말 것이 분명했다. 결국은 그랬다.

"며칠을 곰곰이 생각해 본 건데 말이야. 방법이 전혀 없는 것도 아니더라고, 뭐냐하면…… 하기에 따라서는 아주 쉬운 방법이야."

자신 만만한 얼굴로 대령이 부장들을 보았을 때 부장들은 귀를 쫑긋하며 관심을 집중했다.

"고문, 특히 원시적인 방법은 가급적 피하고 최대의 효과를 노리는……."

사장의 눈을 보고 있던 어떤 부장이 목구멍으로 침을 꼴깍 삼킨 소리가 들렸다.

"환각제라든가 약물 같은 것을 주입시킨다면 정신이 혼미해지겠지? 바로 그걸 노리는 것도 좋아. 그렇지? 그러면 부작용 나지 않고도 술술 불 거란 말야.”

부장들의 눈동자들이 땡그랗게 굳어 있었다. 참으로 어이없는 발상이었지만, 대령의 밀어붙이는 성깔대로라면 충분히 현실화 될 수밖에 없었다.

“일제 때 관동군에서 무슨 세균실험을 했단 소린 들었지만, 우선, 아직까지 우리나라에서 그런 실험을 했단 소린 듣지 못했으니깐 일단, 한번 생각들 해봐요. 부하들 중에서 정신상태가 썩어 빠진 놈들 대상으로…… 요즘 민주화다 뭐다 해서 이 오염된 것이 흘러들어 군기가 빠져서 곤란해. 당신들에게도 문제가 있어. 부하들을 너무 관대하게 다루는 것 같아. 그러는 게 아냐! 풀어주게 되면 기어오른단 말이야 …… 계속 긴장이 이완되지 않도록 꽉 조여야 해요.”

대부분 그러하듯 회의는 사장의 일방적인 지시를 전달하는 분위기로 끝났다. 복도를 나선 부장들 중 누구 하나 입을 떼지 않고 자신들의 사무실로 들어갔다. 지능적인 방법이란 고문의 기술을 한 단계 더 높이는 것과 다를 바 없는 것이었다. 결국 자신의 출세가도를 달려온 방법론을 들려준 것에 불과했다. 언제나 시의 적절한 변신 로보트의 기질이 살아 움직이는 대령이었다. 부하들에게 자상한 것 같으면서도 은근히 자신의 욕구를 강요하는 양면성을 보였다.

초겨울로 접어든 을씨년스러움이 앙상한 가로수 가지들을 휘감을 무렵, 육군소령 계급장을 붙인 장교가 사무실을 노크했다.

“들어와요.”

“접니다. 매형! 별고 없으십니까?”

“오랜만이야. 그래 장인 어른께선 잘 계시고…….”

전방에서 근무하고 있던 처남이 소식도 없이 불쑥 찾아온 것이었다. 하긴 때때로 매형의 덕을 가끔 보아온 터였으나, 근래 이르러 저간의 일로 처남 매부지간에도 뭔가 삐걱거리는 느낌을 서로 떨쳐버릴 수 없었다.

"누님을 만나 뵙고 오는 길입니다. 사돈 마님께서도 건강하시더군요"

"야 오랜만인데, 조금만 기다려. 일 끝내고 시내로 나가서 한잔하자."

까만 승용차가 트렁크 꽁무니에 날카로운 안테나를 곧추세우고 시내로 달렸다.

"중문관 쪽이 아냐! 거기……있잖아!"

운전병이 깜짝 놀라며 핸들을 왼쪽으로 꺾었다. 운전병과 대령의 얼굴이 동시에 붉어졌고, 대령의 귀밑은 한참동안 열이 오른 사람처럼 벌개져 있었다. 차를 타기 전에 운전병에게 목적지를 일러주지 않아서 운전병은 제 나름대로 귀한 손님을 자주 모시고 가던 중문관 쪽으로 달렸던 것인데, 또 다른 곳으로 가자는 의도를 뒤늦게 알아차린 것이었다. 운전병은 순간 자신의 착오를 알고 나서야 겸연쩍었다. 중문관은 대령과 살림을 같이하는 여인이 경영하는 요정이었기 때문이다. 제일물산 직원들과 기관장들 정도라면 다 알만한 일이지만, 대령의 가족들은 전혀 낌새도 몰랐다.

그들은 떡 벌어지게 차려진 술상을 마주하고 몇 순배의 술잔을 돌렸다.

"매형, 아무래도 내년을 놓치면 진급은 힘들 것 같습니다. 지금부터 힘 좀 써주셔야…….”

거나해진 대령이 한참동안 처남을 바라보면서 입을 열었다.

“믿어라, 내가 장군이 다 된 마당에 까짓 것 소령 진급하나 못 시키겠냐. 언질 받았어! 사령관한테…….”

그는 빈 잔을 자신있게 내밀면서

“알았지? 비밀이다.”

그러니 걱정 마라는 투로 처남의 말 쐐기를 꽉 박았다. 자신은 그간 잡으라는 공안사범도 많이 잡아들였고, 부대지휘 경력으로 보나 정보 사령부에 떠도는 여론으로 보아도 진급 가능성이 높은데, 더구나 사령관과는 사관학교의 선후배 사이로 사전에 충분한 언질을 받았다는 이야기를 강조하여 처남은 어렴풋이 짐작할 수 있었다.

“지역출신을 고려해도 그렇고, 장교 임관순서로 따져봐도 꿀릴 것 없어”

자신의 라이벌을 염두에 둔 말이었다. 그는 자신만만하게 술잔을 쭈욱 들이켰다. 처남이 밤 열차로 임지로 떠나자 대령은 승용차를 몰아 시내를 지나고 있었다.

“아파트로 가자! 어디서 연락 온데는 없었겠지?”

대령은 목을 시트 뒤로 젖히고 가볍게 눈을 감자, 동기회 모임에 별이 반짝거리는 정복을 입고 들어서는 자신의 모습이 스치고 지나갔다.

머리를 단정하게 빗어 넘긴 운전병은 시내 중심지를 벗어나 다리를 지났다.

둔덕진 곳에 고층 아파트들이 불을 밝히고 있었다. 다섯 동이 들어선 아파트 단지는 조용했다. 승용차 뒷문을 열어주고 난 운전병이 머리를 숙였다.

"부대에는 나 이곳에 있다고 연락하지 마라, 아침 일찍 오도록 하고……."

엘리베이터가 숫자판 불을 하나씩 깜박이면서 한참 후에 멈췄다. 더 이상 올라갈 수 없는 꼭대기 층에 내린 대령은 계단 앞까지 두어 걸음을 지나서 초인종을 눌렀다. 대령의 헛기침 소리가 멎자 현관 안에서 가냘프게 여자 목소리가 들렸다.

"형부세요?"

둔중한 현관문이 열리자 머리를 수건으로 들어올려 묶은 아가씨의 얼굴이 보였다. 거실 샹들리에 불빛 아래서 대령이 물었다.

"언니는?"

"진즉 들어 오셨어요"

"일찍 오셨네요. 연락이나 하셨음 저녁 준비하는 건데……."

"아, 일없어. 밖에서 먹고 왔지"

어느 새 안방 문을 열고 나온 여인이 분홍색 빌로드 가운을 걸친 채 서서 말을 건네자 대령이 받아넘겼다. 여인은 대령의 윗옷을 받아 들고 그의 등을 안 방으로 떠밀었다. 두툼한 요와 꽃무늬가 수놓아진 이불이 정갈스럽게 펴 져 있었다. 밉상은 아니지만 결코 미인도 아닌 여인은 삼십은 훨씬 넘었으나 사십은 미처 안 되어 보였다. 약간 치켜올라간 코와 작은 눈을 빼면 하얗고 적당한 살집으로 앳되어 보였다. 아무래도 여인이 도청 소재지에서 내 노라는 손님만 들락거리는 중문장의 마담이라고 한다면 곧이 들리지 않을 정도로 평범했다. 여인의 목소리는 깨끗한 음성이었다.

"조금씩만 드세요. 술을 너무 마셔서 좋을 게 뭐 있어요"

"알았어, 이 사람아. 술장사가 손님생각 해주는 것은 고마운 노릇이고, 여하튼 빨리 결혼하는 거나 신경 써요"

장롱 속에서 대령의 속옷을 꺼내들던 여인이 입을 삐죽거리며 눈을 흘겼다. 방구석 밝히는 전기 스탠드의 불빛이 약해지면서 붉게 변했다. 대령은 여인의 손이 자신의 가슴팍으로 오는 것을 느꼈다. 아래 부분이 꿈틀거리며 뜨거워졌다.

가끔 생각해보니 그것은 지금 본가에서 막내아들과 시어머니를 챙기고 있을, 아내를 처음 만나 신혼을 보낼 무렵과도 달랐다. 좋은 집안 며느리를 고르고 골라서 부모들이 이대 독자라고 일찍 장가를 보낸 자신의 처지가 지금까지 행복하다고 느낀 적은 전혀 없었다.

대령의 집안은 자식이 귀했을 뿐, 원래 부유한 편이었다. 어머니가 칠성당과 절간이며 푸닥거리 등 온갖 축원을 다했으나, 형제라곤 딸과 아들 하나가 전부였다. 어려서 너무나 귀염둥이로 자라서 버릇이 나빠질 것을 염려한 부친이, 일찍 군대에 보냈다가 제대를 시키면 강해질 것이라고 굳혔던 것이 직업군인으로 되어버린 것이었다. 손자를 일찍 보기 위해 서둘러 결혼을 시키면서 유독 집안다운 집안을 골라 데려온, 며느리의 심성은 부잣집 맏며느리감으로서 나무랄 데가 없었다. 대령이 줄곧 군대에서 잔뼈가 굵으며 임지를 옮겨 다닐 때에도 며느리는 본가의 부모와 아이들의 차지가 고작이었다. 어쩌다 휴가 나왔을 때나 부모의 성화로 부인이 보약첩이라도 가지고 근무지를 방문할 적에 잠자리를 가졌던 것이 딸과 아들을 보았던 것이다. 그러자 젊은 장교인 사내는 적적한 시간을 현지에서 눈맞은 여자들과 보냈고, 임지를 옮길 때마다 여자관계는 자연히 생기기 마련이었다. 처자식과 별로 접촉하지 않은 군대생활 속에서 그가 자신의 임무에 집요하게 몰두할 수 있게 된 것은 당연했다. 그럴수록 승부욕만 쇠처럼 강해질 뿐이었고, 결과 역시 발전을 거듭했다. 본가에서 빌딩 임대와 사채놀이로 집안을 꾸려 가는 부인은 옹골찬 마음으로 아이들을 키우는데 전심했다. 대령이 군 생활을 통 털어서 봉급 한푼을 집으로 보낸 일은 거의 기억에 없었다. 집안 걱정은 별로 하지 않고 자신의 일에만 강한 집념을 가지고 보내왔던 그였다. 돈 같은 것은 아예 생각해 볼 겨를도 없이 상관이나 부하에게나 흥청망청 선심을 썼으니, 어떤 근무지에서든지 인기가 나쁘지 않았다. 또 그만큼 폐쇄적인 군대 사회는 대령이 소신껏 자신의 성취욕을 이루는 데 좋은 여건이었다.

무관심, 그것은 무관심일시 분명했다. 오십대가 된 후에도 늙은 모친이 보기를 원하여 본가에 들어가서 부인을 만나면 어쩐지 서먹서먹한 기분을 맛보아야 했다. 부인 역시 감정이 무디어가고 있다는 편이 옳았다. 누구의 잘못임을 따지기 앞서 그들 부부의 의식구조는 나이가 들수록 치유하기 힘들었다. 이럭저럭 살아오면서 자식을 낳고 집안에 불성실한 것은 대령 자신의 책임이 큼에도 불구하고 그는 그다지 죄책감을 가지지 않으려 했다. 그러면 그럴수록 근무지를 현실여과하는 곳으로 알았고, 그때마다 여자가 바뀌었던 것이다. 무엇보다 대령이 소속된 정보부대는 업무의 특성상 대인관계가 많았고, 대인관계가 많을수록 유흥가 출입이 잦았다. 대령의 호탕한 것 같은 성격도 따지고 보면 군대 생활을 하면서 후천적으로 길들여진 것이라고 보는 것이 타당했다.

불이 켜지면서 바빠지는 곳이었다. 한식 기와집을 본 딴 이 층 건물은 주차장을 지나서부터 갖가지 수목으로 둘러 서 있었다. 북서 계절풍이 사정없이 내리 꽂히는 바깥과는 달리 방마다 훈훈함이 깃드는 집안은 그야말로 별 천지였다. 청바지와 양장으로 들어서는 아가씨들이 중문장이라고 초서로 휘갈겨 쓴 현판을 지나서 방으로 들어서면, 얼마 후 그들은 사뿐히 날아갈 듯한 한복차림으로 변했다.

"애, 그 말이 사실이야. 정말 확실한 거냐구."

"그래요 언니…… 언닌, 내가 언제 거짓말하는 거 보았수."

측은해하는 것 같으면서도 확신에 찬 어조로 말한 것은 아파트에서 함께 기거하는 아가씨였다. 언니라고 부르면서도 전혀 닮지 않는 그들은 친형제가 아니었다. 요정에서 일하는 젊은 아가씨 가운데서 귀염성이 있고 눈치가 빨라 뵈는 것 같아 한 이년 함께 아파트에서 살던 터였다. 고향도 비슷하고 대학을 중퇴한데다 붙임성이 있어 동생처럼 잔일도 시키면서 손님 시중은 못 들게 했다. 그런 관계 때문에 거의 매일 아파트에 살다시피한 대령에게는 처제가 되는 셈이었다.

"거, 왜 당번병 아저씨 있잖우. 그 아저씨가 아까 아파트로 전화했더라구요. 사무실에서도 초상난 것 같은 분위기라구……."

처음에는 자신의 귀를 의심했지만, 마담으로서는 차츰 맥이 빠지기 시작했다. 그 때문에 주방에서 쓸 시장 보아온 물건들의 품목표를 아무리 전자계산기로 두들겨도 계산이 틀리기만 했다.

"애, 아무래도 안되겠어, 내가 지금 제정신이 아닌 것 같다. 애…… 이것 결산정리 좀 해봐. 나 지금 잠깐 나갔다 올게."

직접 몰고 온 하얀 승용차가 화강암을 벽돌처럼 붙여 쌓은 정문을 위병의 아무런 제지도 받지 않은 채 통과했다. 당번병의 풀 죽은 얼굴을 슬쩍 훔쳐본 뒤 마담의 실 같은 기대는 더욱 움츠러들었고, 넓은 집무실 책상 앞에 머리를 처박고 있는 대령의 자세를 확인하는데 이르러 더 이상 알아 볼 필요조차 없었다.

그들은 헬멧을 쓴 위병의 부동자세를 뒤로하고 하얀 승용차를 몰고 시내를 벗어났다. 물론 이년동안 그들의 밀회는 거의 이런 식이었다. 직할시 도시라지만 얼굴이 잘 알려진 사람들의 자기보호적인 방편이었다.

"내 실수였어, 사령관을 믿었던 것이."

세찬 강바람을 맞고 서 있는 장어구이 집에서 소주 한 병을 다 마시고 난 후에야 대령이 입을 열었다.

"지나간 일을 자꾸 말해서 무슨 소득이 있겠어요. 앞에 닥쳐올 일들이나 생각하세요."

술잔을 몇 번 따라주다가 혼자서 거푸 마시고 있는 대령을 물끄러미 쳐다보던 마담이 처음으로 그의 말을 무질렀다.

인사불성으로 만취된 대령과 함께 아파트로 돌아온 마담은 잠자리를 살펴주고 거실 소파에 앉았다. 열려진 커튼 사이로는 시가지의 불빛들이 촘촘히 반짝거리고 있었다. 아직 문간 방 아가씨는 오지 않았다. 마담이 끝마쳐야 할 일들을 마저 하고 올 모양이었다. 한참 좋을 때지, 나지막하게 그녀는 뇌까렸다. 커피포트 끓는 물이 소리를 낼 때서야 그녀는 싱크대 쪽으로 가서 커피를 타 들고 와 다시 소파에 주저 앉았다.

막막함이 밀려왔다. 생각해보면 사십 고개까지 오는 동안 거친 세파에 닳지 않는 때가 별로 없었지만, 지금 부딪쳐 오는 막막함과는 다른 것들이었다. 남들이 흔히 인식하는 술집 여자, 혼자 몸으로 술장사를 하는 여자로서 남들이 자신에게 갖는 선입견이야 어찌되었든 간에 정말 지금까지 세상을 버텨온 것은 장한 일이었다. 결혼 팔개월만에 딴 여자와 남편의 관계를 알고 나서 이혼한 그녀는, 돈을 보는 쪽으로 마음을 정했을 때부터 두 군데의 짧았던 도시에 몸을 담았던 것을 제외하면 십여 년을 줄곧 이곳에서 지내온 셈이었다. 얼굴 잘난 데는 없어도 몸가짐 똑바르고, 돈 하나는 똑소리 나도록 억척스럽게 모아온 것으로 소문이 났던 터였다. 중문관 말고도 시내에 빌딩 한 채를 가지고 있었으니 사내들이 슬금슬금 군침을 흘렸지만, 십 년이 지나도록 지저분한 소문이 없었던 걸로 보면 자기관리 또한 철저했던 것이 분명했다. 더구나 그곳을 출입하는 남자치고 사회적으로 품을 잡을만한 인사들이었고, 미인은 아니지만 그녀가 주는 신선감으로 하여금 접근하는 부류도 꽤 있었다.

객지에서 혼자 지내는 중년 남자로 안 것은 나중 일이었고, 다른 기관장들 보다 끊고 맺는 게 정확한 손님인데다가 돈에 인색하지 않는 인상이 그만이었다. 술마시는 태도는 물론 점잖은데다 알고 보니 그 무서운 곳의 책임자로 있다는 것이었다. 그러나 그런 것까지도 그녀의 구미를 당길 정도는 아니었다. 단골손님이 되고 나서 서로 안면이 두터운 뒤로는 가끔 점심까지 얻어먹으러 왔었고, 구질구질한 구석이 전혀 없는 성격도 퍽 좋게 보였다. 바뀐 전임자들에 비해서 훨씬 대범하다는 귀뜸도 그쪽에 근무하는 부하들에게 살짝 들은바 있었다. 남자와 여자임을 확인한 끝에 그들을 단단하게 묶을 수 있었던 것은, 본처와 이혼한다는 것과 곧 장군으로 승진할 수 있으리라는 현실적인 이해 관계가 그녀를 쏘옥 빠지게 만들었던 이유였다.

이제라도 끝내야 해. 마담은 바닥에 남아있는 커피를 홀짝 마시고 나서 입을 사려 물었다. 아무래도 처음부터 승산 없는 도박이라고 후회의 한숨을 쉬었다. 자신과 지낸 동안 그는 천진난만한 대목도 가끔 있었다. 나이에 걸맞지 않게 사랑을 고백하면서 결혼하자고 조를 때는 꼭 어린아이 같아 보였다.

처녀로 시집갈 형편은 엄두도 내지 못했으나 아직까지 남의 재취로 갈 생각은 해 본적이 없었다. 그러나 사십 나이에 자신의 꼴을 돌이켜 보면 말이 아니었다. 돈이야 있지만 소화할 그릇은 실로 우스운 것이었다. 지나간 것은 술장사의 세월이었고, 만약 장군의 부인이 될 수 있다면? 아니야, 늦었지만 이 정도에서 끝내야 해. 마담은 시가지의 불빛들을 커튼으로 닫으며 안 방으로 들어갔다.

진급 발표가 있고서야 한동안 불편한 심기를 지그시 누르고 있던 대령에게 본가에서 한 통의 편지가 날아들었다. 부인이 쓴 것이었다. 내용인즉, 당신이 집안에 대한 무관심은 남의 일이라 여겨지나 아이들의 장래를 위하여 빌딩과 부동산을 전부 자식들 앞으로 등기해 두었으니 오해 말기 바란다는 요지였다.

대령은 뒤통수를 얻어맞은 기분이었다. 전혀 생각지도 않았던 곳에서 불쑥 화살이 날아온 격이었다. 자신은 불성실하였지만, 막연히 믿고 있던 곳의 한 귀퉁이가 무너진 느낌이었다. 그간 절제하였던 폭주가 시나브로 시작되었고, 마담의 잔소리를 건강에 대한 위로로만 받아들이지 않았다. 망년회를 보내고 마음속으로 가라앉는 자신의 상처가 겉으로는 미봉되었을 무렵,

"……방문 일정이 변경되었답니다. 사령관께서 오늘 도착하실 거라는 텔렉스가 왔습니다."

"그으래? 왜 바뀐 거야? 원래 다음 주 초잖아?"

"침투지역을 답사하시면서 시간 절약상 우리 지역을 경유하는 것이 좋겠다고 말씀하신 모양입니다."

"알았다. 그런데…… 수행참모는 누구라나?"

"총무처장이 계속 동행 해왔다고 합니다."

주무부장의 보고를 듣고 난 대령은 방문계획에 대한 준비를 서둘러 시켜놓고, 당번병이 가져온 정복으로 갈아입었다. 울긋불긋한 약장이 왼쪽 어깨 끝까지 꽉 차있었고 그 오른쪽 가슴에는 빨간 대통령 표창 2개가 달랑거리고 있었다. 통치권자들이 준 충성의 답례 표시였다.

그는 책상 옆에 세워진 대형 거울 앞에 서 보았다. 왠지 자신이 초라해 보였고, 은빛 계급장마저 빛을 잃고 있는 것 같았다. 그는 두 발짝 앞으로 섰다. 거울 속에 나타난 것은 늙은 군안일 뿐이었다.

정오의 해가 옆으로 기울 무렵, 무선 안테나를 단 까만 승용차 두 대가 미끄러지듯 정문으로 들어오다가 사장실로 통하는 현관 입구에 섰다. 감색 싱글 차림의 키 작은 사내가 앞차에서 내리자 장군 정복을 입은 키 큰 사내는 뒤차에서 어느새 내렸다. 현관밖에 도열하고

있던 사내들이 갑자기 차렷 자세로 뻣뻣하였다. 거수 경례를 받고 고개를 끄덕이는 감색 신사복 차림인 대머리는 대령의 안내에 따라 현관 안으로 들어갔다.

"…… 이상 부대현황을 말씀 드렸습니다."

짙은 국방색 정복을 입고 서 있던 대령이 현황판을 짚어 대면서 설명을 마친 다음, 지휘봉을 거둬들여 세웠다. 현황판 맞은편 정면에 감색싱글이 앉았고 약간 뒤 오른쪽으로 별 한 개가 번쩍거리는 키 큰 장군이 팔짱을 낀 채 앉아있었다.

도열해 있을 때부터 심기가 불편한 얼굴로 굳어 있던 대령은 될 수 있는 대로 사령관의 시선을 피하려고 애썼다. 아니, 도열하기 조금 전 수행참모가 총무처장에서 감사처장으로 바뀌었다는 연락을 받고 나서 대령의 마음은 장마구름처럼 무거워져 있었다. 감사처장은 대령보다 1년이나 임관이 늦은 후배이고 라이벌이었기 때문이었다. 대령이 그토록 달고 싶어하던 그 별을 대신 달아 붙인 장본인이 상급자의 한 사람으로 나타난 엄연한 사실에 대하여, 아무리 대범한 척 하려해도 어색한 것을 숨길수가 없었다.

"…… 감사처장은 질문할거 없소?"

싱글차림의 대머리가 고개를 옆으로 돌리면서 별 한 개에게 씨익 웃어 보이며 말하자 장군복은 팔짱을 풀면서 대신 손가락으로 현황판을 가르키더니…….

"방금 사령관님께서도 지적하신 바와 마찬가지로 이 부대는 지나친 건수 위주의 업무태도가 문젭니다. 시국사범은 그렇다치고 용공사범을 기껏 송치해봐야 결국 재판과정에서 증거 불충분으로, 또는 허위자백으로 기각 해버리는 게 큰 문젭니다. …… 우리 사령부의 명예가 실추되는 것은 물론, 통치자에게 큰 부담을 드리는 누를 끼쳤습니다."

이제까지는 많이 잡아서 좋은 성과를 올리라는 사람들이었다. 대령의 얼굴이 하얗다못해 귀밑까지 벌겋게 타올랐다. 진급은 걱정하지 말라고, 언질을 주었던 사령관은 대략 부대를 한 바퀴 휙 돌고 나서 의례적으로 격려 말 몇 마디를 남긴 채 떠났다.

적어도, 제일물산 직원들이 엉거주춤한 상태로 사장의 눈치를 슬슬 보는 그의 행동거지는 여느 때와 마찬가지로 비슷했다. 굳이 살펴본다면 풀이 꺾인 듯한 표정이 역력했던 것 외에는.

이틀 동안 술기운이 온 몸 구석구석까지 번진 상태로 독수리 눈조차 힘없이 뜨지 못하던 대령에게 마담이 톡 쏘아주었다.

"잘 되었군요 이제…… 버릴 것 다 버리고 술로 사시겠다는 거예요? 당신은."

처음으로 심한 말다툼을 밤새 벌였던 마담은 아파트에 대령이 잠든 것을 지켜보고 나왔으나 통 신경이 쓰여졌다. 중문관에서 건 전화도 몇 번이나 계속 통화중 신호음만 띠띠띠…… 거릴 뿐이었다. 당번병에게 수소문한 끝에, 시내의 또 다른 술집에서 혼자 술을 퍼마시고 있던 대령을 발견할 수 있었다.

그녀가 몸을 가누지 못할 지경으로 만취된 대령을 하얀 승용차에 싣고 아파트에 온 것은 어둑신한 그림자가 깔려 올쯤이었다. 밤이 깊어질 때까지 그들은 말이 없었다.

"말하기조차 지겨워요. 도대체 당신이란 사람은…… 무엇으로 나를 위해줄 수 있어요. 군복을 벗고 나면, 어떤 것으로 나를 잡아맬 거냐구요. 정말…… 지긋지긋해요.”

얼마동안 가만히 누워있던 몸을 일으킨 대령은 머리를 수그린 채

“다 끝났다는 말 같구만, 그렇게 쉬운 말을 빙빙 돌리니, 나 같은 놈이 알아들을 수 있어야지…….”

졸고 있는 담 벽 외곽 가로등이 택시에서 내린 사람의 그림자를 길게 잡아당겼다. 정문 위병소 안에서 헬멧을 쓴 초병이 뛰어나와 누구냐고 소리를 지르다 말고 큰 구호와 동시에 거수경례를 붙였다.

“당직실에는 연락하지 마.”

사내의 뽀얀 입김이 바람 따라 금방 날아갔다. 몸의 균형은 약간 삐뚬하나 태연스럽게 정문을 지나 안으로 걸어갔다. 사내는 초병의 시야를 벗어나 어둠 속으로 사라졌다. 어둠이 드리워진 현관 앞에 또 한 명의 초병이 서 있었지만, 사내는 아무런 제지를 받지 않고 계속 안으로 들어갔다. 3층 건물은 전부 불이 꺼져 있었고 아래층 끝 부분만 밖으로 불빛이 새어 나왔다. 건물 안은 썰렁한 바깥 날씨와 달리 훈훈했다. 저벅 저버억 사내의 구두 발자국 소리가 긴 복도를 울렸다. 차가운 형광등 불빛이 복도 옆에 쭉 붙어있는 문짝들을 비췄다. 그는 방광의 요의를 느끼면서 집무실 문을 밀었다. 전기 스위치를 올리자 끔벅거리던 불이 켜지면서 갑자기 사방이 밝았다. 그리고 나서 책상 옆을 지나 하얗게 칠된 문을 밀었다. 하얀 타일벽이 여자의 속살처럼 눈부셨다. 변기에서 흘러내린 물이 거품을 죽이고 있었다. 타일 벽만 보이던 거울 속에 사내의 얼굴이 불쑥 나타났다. 이마가 벗어진 얼굴에 깊게 패인 주름살 몇 가닥이 수척한 표정을 더해주었다.

충혈되어 붉어진 눈끼리 서로 쳐다보았다.

그럴 테지, 개 같은 세상. 그는 작은 목소리로 뇌까려보았다. 끝내야지. 다른 도리는 없어. 빠를수록 좋겠어. 내가 잘못한 건가. 세상이 잘못된 것인가. 답변할 상대도 자신이었다.

똑 똑 똑똑. 이 때 집무실 밖에서 노크소리가 났다. 그는 물기에 젖은 손을 수건으로 훔치고 나오면서

"들어와!"

대위 계급장을 단 전투복 차림의 젊은 당직사령이 송구스런 몸짓으로 서있었다.

"추운데 고생 많구나. 별 일 없지?"

"네 그렇습니다."

"아 그리고 총기는 어떻게 보관하고 있나? 내 총기 말이야. 한번 꺼내와 봐!"

조금 후 가져 온 38구경 권총을 요리저리 살펴본 사내는 다시 당직사령에게 되돌려주면서.

"그런 것으로 가져와 봐"

대위가 차고 있던 45구경 권총을 눈으로 가르키며 하는 말이었다. 대령이 다섯 발의 총알이 든 탄창과 권총을 가지고 집으로 떠난 시간은 자정이 지나서였다.

"혼자 조용히 있겠어."

거실에 앉아 있던 여인에게 눈을 주지도 않고 안방으로 들어가던 대령이 말했다.

여인은 그를 빤히 쳐다보다가 열대어들이 움직이는 수족관을 향

하여 고개를 돌렸다.

더 이상 멈출 수 없어. 지금까지 오십 년을 달려온 속도만큼 갈 수 없다면. 대령은 진분홍빛 커튼을 마주보고 앉아서 허리춤에 찔러 둔 권총자루를 만지작거렸다. 내 자신을 위해서 무엇을 하였던가. 아니, 남들을 위해서 한 일은 과연 있었던가 하는 회한 같은 것이 스쳐 지나갔다. 남을 짓밟고 올라서는 희열 뒤에 고통스런 피해자가 있을 수 있다는 생각까지는 못갔다. 여러 사람들의 얼굴이 책장 넘어가듯 휘딱휘딱 넘어갔다. 알만한 동료들과 진급을 밀어준다고 언질을 한 사람들이 떠오르자 그는 비시시 웃었다. 아이들과 부인, 그리고 어머니…… 허옇게 센머리를 쪽진 어머니의 환영은 오래도록 그를 붙잡았다. 다른 때에는 전혀 생각나지 않았던 사람들까지 머리를 스쳐갔다. 그렇지만…….

"…… 그만 주무시도록 해요. 자 일어나세요"

방으로 들어와서 자개농을 열고 이불을 내려놓으며 여인이 말했다.

이 여자는? 아니야. 열심히 살아왔던 사람이지. 대령은 서 있는 여인을 다시 한번 쳐다보려다 그만 일어섰다. 여인이 장롱에서 베개를 들어낼 순간이었다.

대령은 허리춤에서 꺼낸 권총을 자신의 턱밑에 갖다 대었다. 그리고 검지 손가락을 방아쇠 울속으로 집어넣었다. 쾅. 두 사람이 거의 동시에 쓰러졌다.

현장에 도착한 부하들이 발견한 총구의 약실 속에는 총알 하나가

삽탄되어 있었고, 나머지 세 발은 그의 바지 오른쪽 주머니 안에 들어있었다. (1995)

퇴 직

사람들이 그에게 정신 이상 증세가 있다고 수군거린지도 벌써 해가 지났다. 그러나 정작 당사자는 아무렇지 않다는 듯 일상생활을 그냥 지냈다. 주변에서부터 모든 사람들이 가재미 눈으로 심상치 않게 바라볼수록 식구들만 초조하다가 맥이 풀리는 것이 요즈음 하구 씨네 분위기였다.

어떻게 왔는지도 모르게 집에 온 하구 씨는 땀에 푹 젖어 버렸다. 아내는 없었다. 오층 아파트 베란다에서 하구 씨가 숨차게 올라 온 것을 보았는지 현관 문 앞에 영미가 서 있었다.

“어디 다녀오세요? 어머, 어머나! 이 땀 좀 보아. 아빠 빨리 목욕하시고 나오세요.”

하구 씨는 딸의 애원 어린 얼굴을 슬쩍 쳐다보고는 넋이 나간 사람처럼 거실 바닥에 털썩 주저앉았다. 영미가 다시 채근할 때서야 화장실 문 안으로 떠밀려 들어갔다.

욕조에 차 오르는 물을 바라보면서 하구는 아내가 틀림없이 며느리의 친정에 갔을 것이라고 생각했다. 산고가 들어 있던 며느리는 안사돈이 출산할 때까지만이라도 데리고 있겠다고 하여 마포 친정으로 간지가 십여 일이 지났다. 물이 반쯤 차 오르자 손을 쑤욱 넣어봤다. 미지근했다. 연탄을 갈아넣은 지가 얼마 되지 않았나 보다. 그나마 연탄 보일러가 가열되어야만 온수 꼭지에서 나오는 물이 더워졌다. 알몸이 된 하구 씨는 주황색 플라스틱 바가지로 물을 좍좍 끼얹었다. 개운했다. 정신이 조금은 맑아지는 것 같았다. 머리털도 북북 긁었다. 샴푸 냄새가 향긋했다. 젊었을 때 아내에게 났던 냄새 같기도 했다.

방에서 수건으로 머리를 털고 있을 무렵 아내가 들어왔다. 아내는 입고 왔던 원피스를 장롱 속에 집어넣고 나서 집에서 입는 허드레 옷으로 갈아입었다. 아내는 걱정스런 얼굴로 하구 씨를 바라보았다.

"여보, 어디 또 다녀오셨어요? 영미가 그러는데 땀을 많이 흘리면서 힘없이 들어오시더라고 해서 무슨 일이 있었나 했죠. 어디 갔다 왔어요?"

부드럽고 은근하게 물어 본 아내의 물음에는 걱정 어린 말투가 더 내비치고 있었다. 하구 씨는 아내 쪽은 보지도 않고 방바닥으로 머리를 숙이며 수건으로 문지르기만 하였다.

"으음, 직장에…… 다녀왔지."

아무렇지 않은 얼굴로 하구 씨가 말했다. 순간 하구 씨의 아내는 금새 검은 구름이 낀 우울한 얼굴이 되더니 한숨을 내쉬었다.

그녀는 달포 전인가 그 일이 불현듯 떠올랐다. 하구 씨 혼자서 집에 있으면 며느리가 불편해 할까봐 답답할 것 같은 하구 씨의 머리도 식힐 겸 딸아이와 함께 셋이서 동대문 시장 쪽의 포목점, 수예점 등을 돌아 다녔다. 여기저기를 돌아다니면서 꼭 계획한 물건만을 샀어도 생각보다 분량이 많은 편이었다. 작은 쇼핑백을 이리 합치고 저리 합해도 몇 덩어리의 짐이 족히 되었다. 아내는 차라리 하구 씨와 같이 오게된 것을 잘 했다고 생각하면서 오랜만에 남편과 나들이 한 것이 여간 흐뭇했다. 그녀는 때 마침 점심을 먹을 시간도 되었고 하여 딸아이와 모두 가까운 식당에라도 가서 오붓한 식사를 하자고 제의했다.

하구 씨와 딸아이도 흔쾌히 승낙했다. 동대문 시장 가까운 곳은 아무리 둘러봐도 그럴싸한 곳이 눈이 띄지 않아서 종로 4가 쪽으로 걸었을 때, 하구 씨는 양손에 짐을 들고 아내 앞을 걸었다. 남편은 구청에 다닐 적만 하여도 짐을 들어주기는 고사하고 못본 척하는 편이었다. 언젠가 공무원들에게 도시락 지참하게 하던 시절에 마지못해 두어 번 싸 가지고 다니다가 그만 둔 적이 있는 위인이었다. 남자 형제들 속에서 자란 막내아들의 소심한 태도였다. 빨간 보도블럭이 깔린 인도 옆으로 택시를 잡으려는 사람들이 줄서 있었다. 그 뒤로 용달차와 승용차량들이 늘어서 있었고 아내가 하구 씨 옆으로 바짝 다가갔을 때, 검은 고급 승용차 한 대가 막 멈추어 섰다. 하구 씨와 그의 아내는 승용차 뒷문을 밀고 내려서는 말쑥한 중년 신사와 우연히 눈이 마주쳤다. 신사가 손을 들어 아는 체 하자마자, 하구 씨는 얼굴이 새빨개졌다. 시중 은행의 지점장으로 있던 친구였다. 아내는 그때서야 친구의 사무실이 바로 그 부근이었다는 것을 기억해 내고는 하구 씨를 흘낏 바라보았다. 순간 하구 씨의 얼굴 근육이 실룩거리면서 수치심과 부끄러움으로 가득 찼다. 그는 갑자기 양손에 들고 있던 짐을 팽개치고 오던 길을 되돌아서 뛰기 시작하였다. 생각할 겨를조차 없는 순간이었다. 딸아이도 친구도 어안이 벙벙했지만, 아내는 하구 씨의 행동을 알 것 같았다. 그 때에도 하구 씨는 아무 일도 없었던 것처럼 미리 집에 와 있었던 것이다.

하구 씨는 또 수위실 쪽으로 걸어갔다. 다만 그 전에 비하여 다른 점이 있었다면 뚜벅뚜벅 걸어간 것이다. 쭈뼛거리거나 엉거주춤하였던 것과는 대조적으로 부끄러운 기색을 전혀 보이지 않았다. 그만큼 하구 씨에게는 습관이라든가 버릇 같은 것에 한번 익숙해지면 의젓한 행동이나 당연함을 만들어 주었다.

정문 한 켠에 숨어 있던 수위실이 나타났다.

"오늘도 또 나오셨군요. 계장님!"

뺘족 턱의 늙은 수위가 모자 챙에 손을 올리다 말고 입을 열었다.

"어, 으, 예, 예."

하구 씨는 계면쩍은 표정을 얇다란 웃음으로 범벅 칠하면서 혼잣말로 무슨 말인지 알아들을 수도 없이 흘리고는 고개를 끄덕였다.

"들어오세요. 네 이쪽으로."

수위는 짐짓 깍듯한 태도로 의자를 내밀었다. 하구 씨는 한 발은 밖으로 뺀 채 얼마 간 서 있다가 수위의 권유에 이끌려서 안으로 들어왔다. 그리고는 여느 때처럼 수위실 안을 휘휘 살피더니 의자에 살며시 주저 앉았다.

"별 일 없지요?"

"네? 아 그럼요. 별 일이 있을 까닭이 있나요."

수위는 그제서야 하구 씨의 물음을 의례적으로 알고 대답하였다. 그리고 나서는 흑표지에 편철된 출입자 명부를 펼쳐놓고 볼펜으로 무엇인가 적으려다 말고는 다시 표지를 덮고 하구 씨를 바라보았다.

사실 하구 씨는 구청에 근무하는 직원들의 인사 이동이 궁금하여 별일이 없느냐고 막연히 물어본 것뿐이었다.

본청 건물에서 사람 떼거리가 듬성듬성 나오기 시작했다. 점심 시간이었다. 구내 식당이 있어도 직원들은 바깥에서 점심을 먹는 축이 많았다. 관청 울타리를 벗어난다는 해방감뿐만 아니라, 대민부서 중 물 좋은데 근무하면서 알게된 사람들과 만나는 버릇에 길들여졌기 때문이었다. 하구 씨처럼 고지식하거나 별 볼장 없는 부류들만이 구내 식당의 단골 고객이었다. 본청 건물과 수위실의 간격은 한참 걸어 나와야 할 정도로 사이가 떴다. 사람들의 윤곽을 알아볼 정도로 커졌다.

그는 그제서야 자신도 배가 고픈 것을 느꼈다. 사람들의 윤곽이 커지면서 식별이 가능해질수록 하구 씨는 안절부절하였다. 수위는 하구 씨의 그런 행동을 건성으로 지켜보았다. 두 명의 여직원들이 조잘거리면서 수위실 앞을 통과했다. 한 떼거리의 남자직원들이 수위실 앞을 통과했다. 또 한편의 남자와 여자 직원 둘은 아무 말 없이 수위실을 지나 왼쪽으로 올라갔다. 그렇게 직원들의 목적지는 구청 인근으로 두서넛씩 헤어져 갔다. 시간이 지날 수록 사람들이 건물에서 많이 나오기 시작했다.

그러자 하구 씨는 이제 바깥쪽을 아예 외면한 채 시선을 벽으로 꽂았다. 수위는 차츰 이상한 생각이 들었는지 무언가 말하려다가 그만두고 바깥을 주시하였다. 그때 남자 두 사람이 서로 얘기를 주고받으면서 나오고 있었다. 그들 중 하나, 즉 밤색 신사복 차림의 젊은이가 수위실을 쳐다보다가 멈칫거렸다. 수위가 고개를 약간 수그리며 눈인사를 했다. 그는 인사를 받지 않고 이상한 얼굴로 다가왔다. 벽을 보고 있던 하구 씨의 고개가 바깥쪽으로 돌려짐과 동시에 그들의 시선과 맞부딪쳤다.

"아니! …… 이거, 김 계장님 아니십니까?"

"정말이군요. 웬일로 여길……."

뜻밖이라는 듯 두 사람이 동시에 입을 열었다. 그들의 행동에도 약간의 정중함이 포함되어 있었다. 그들이 양지에서 음지로 들어온 고양이 눈동자처럼 똥그랗게 하구 씨를 주시하자 그의 얼굴은 차츰 붉어졌다. 이어서 무안스러운 그림자가 스쳤다.

잠시 후 또 한 사람이 수위실 안으로 뛰어 들어왔다.

"아이구 계장님 아니십니까? 이 주삽니다. 오랜만에 뵙습니다."

깡총거리는 작은 체구는 하구 씨의 손을 덥석 잡았다. 순간 하구 씨의 눈동자는 그자의 시선을 얼른 비키더니 손을 뿌리치고는 의자에서 일어섰다. 그러자 수위는 물론 모두 어안이 벙벙한 표정으로 하구 씨를 바라보았다. 그의 왼쪽 안면근육이 실룩실룩 경련을 일으켰다. 뭔가 말하려는 듯이 입술은 달싹거렸으나 말소리는 들리지 않았다. 무척 부끄럽고 당황한 표정이 분노 같은 것과 겹쳤다. 수위실에 무슨 일이 있나하고 지나던 사람들의 수효가 금시 늘어나면서 길을 멈추고 있었다. 창 밖을 보던 하구 씨는 더욱 알 수 없는 얼굴이 되더니 마침내 석고상처럼 굳어졌다. 그러더니 드디어

"으어어!"

하는 반벙어리 같은 음색이 터져 나왔다. 그 소리는 컸다.

하구 씨는 도저히 참지 못하겠다는 듯, 작은 체구의 사내를 옆으

로 밀쳐내고는 밖으로 뛰쳐나갔다.

빨개진 얼굴빛이 노타이 차림의 목 부분까지 퍼져서 드러났다.

"이 쌔에끼들아! 아니야! 아니란 말이야!"

모여 섰던 사람들을 제치고 하구 씨는 왕복 6차선 도로를 가로질러 뛰었다. 지나가던 노란 택시가 급브레이크를 끼익 잡았다. 누가 뭐라고 소리를 치거나 말거나 그는 계속 길 건너 편 위쪽으로 달려갔다. 어디서 그런 기력이 솟아났는지 미친 듯 계속 뛰었다.

그렇게 하여 집에까지 온 것이다. 일벌이 벌통을 찾아오는 귀소본능을 그도 가지고 있었던 것이 다행한 일이었다. 아내의 한숨 소리를 옆으로 흘리면서 그는 화장대 앞으로 엉금엉금 기어가더니 초록색 머릿기름 통을 집어들었다.

"뭐 하게요. 그냥 머리만 말리지……."

아내는 하구 씨의 행동을 막으려다가 그만 두었다. 예전처럼 구청에 출근할 때 지성스럽게 머리에 기름을 바르고 넘기는 것까지 못하게 한다는 것이 그의 가슴을 아프게 할 것 같았기 때문이다. 이렇듯, 하구 씨 자신의 어이없는 행동에 대하여 가족들이 묵인할수록 그들 모두가 이상한 행태에 젖어 들었다.

산에 올라설수록 숨이 가빴다. 그만큼 오르막길은 하구에게 무리한 힘을 요구하였다. 물 오른 가지에 새잎이 돋아있는 포플러 숲 사이에서 바람이 불었다. 하구 씨는 한켠으로 듬성듬성 모아진 나뭇잎 더미를 딛으면서 바꿔지는 다리에서 중압감을 느꼈다. 꼬불한 오솔길을 따라서 걸을수록 드넓은 도시 어디에서나 깔린 매연이 나무숲을 지나면서 간헐적으로 들리던 소음과 함께 걸러지고 있었다. 그는 차츰 수축되어 있던 마음은 물론 육신마저 갑자기 풀리고 있음을 느꼈다. 그러자 거의 다 닳아버린 건전지처럼 불안했다. 아래를 더 많이 내려다 볼 수 있는 산 위쪽을 향하여 부지런히 움직였다. 산 중턱에 돋아 있는 봉우리까지는 갈 생각이었다. 한눈에 한 조각씩 서울이 들어왔다. 이 만큼 넓은 시야를 확보하였으면 그만이라고 생각하면서 하구 씨는 더 이상 무리하게 올라가지 않고 편편한 바위 위에 앉았다. 가빠지던 호흡이 상큼한 공기에 접촉되면서 조금은 마음이 안정되었다. 부옇게 흐린 도시가 널려있었다. 빌딩 숲과 임의로 구획된 도시의 삭막한 조형이 섞어져 있었다. 그는 탈출감에 충만된 기분으로 심호흡을 했다. 저기 저런 곳에서, 매연이 독버섯처럼 퍼져있는 콘크리트 그늘에서, 몸뚱아리를 썩혀 왔었다는 것에 생각이 미치자 불현듯 하구 씨는 잠시 잊고 있었던 형들과 자신의 관계가 떠올랐다.

김상구, 공화국이 몇 번 바뀐 후에도 계속 국회의원을 했던 큰형이었다. 왜정 때부터 만석꾼이었던 선친 덕분에 일본 유학을 마치고 돌아왔던 큰형을 수재라고 생각 해본 적은 없었다. 공직 생활로 시작된 형은 한 번 잡은 기회는 어떤 수를 써서라도 잃지 않았다. 모나지 않은 성격, 형은 두루뭉실했다. 가까이는 물론 멀리라도 가급적 적을 만들지 않았다. 하구 씨는 비열한 큰형이 우둔함까지 가지고 있기 때문이라고 멸시한 적이 있었다. 그러나 큰형은 성격 때문인지 몰라도 항상 조금씩 늦으면서도, 탈없이 완벽한 자리를 구축하였다.

자유당 시절. 전쟁 후의 어려움이 모든 사람들에게 도사리고 있을 때에도 하구 씨네 집안은 팡팡 돌아갔고, 오히려 형 상구의 성장에 힘입어 튼튼한 집안이 되었다. 형이 국회의원으로 탈바꿈하게 된 것이 일제시절 만석꾼과 일본 유학 상표가 만들어 준 것만은 분명했다. 타고난 천운이라고 모두 입이 마르게 칭찬할 때에도 시대 흐름에 쏙 맞게 처세하여 빌붙는 형의 계산이 적중한 것이라고 생각했다. 그리하여 큰형은 군사 쿠데타의 싹쓸이와 어지러운 대세 속에서도 걸러지지 않고 출마하여 또 당선이 되었던 것이다. 하긴 따지고 보면 형의 일은 그와 별 상관없는 일이었다. 형들과 야합하는 부친에 대하여 하구 씨는 편안하게 스스로를 격리시킨 지 오래였으니까.

둘째 형 김중구. 큰형을 힘으로 업고 사업으로 성공한 수단꾼이었다. 하기 싫은 공부를 팽개치고 노력한 둘째형의 수완을 특별히 무시할 성질만은 아니었다. 아무튼 형들의 상승과 집안의 상승곡선은 항상 일치했다.

어쩌면 하구 씨가 그 또래에서 대학이라도 나온 것은 형들의 지원이 있었기에 당연했다. 그러면서도 그는 이율배반적인 사고방식에 사로잡힌 자신의 어거지스러움을 발견할 때는 부끄러웠다. 형들을 못마땅하게 생각하고 항상 그들의 그늘에서 자란 그였지만, 그 역시 특출난 구석이라곤 별로 없었다. 하구 씨는 자신의 성격이라든가 행동이 핏줄을 거역하여 탈출 할 수 없다는 것을 알았다. 아무래도 태어날 때부터 천성일 거라고 치부해버렸다. 지긋한 나이에 접어들어서도 하구 씨에게는 특별한 패배의 요인이나 생활의 큰 기복은 없었다. 결혼 후 지금까지 큰 여유를 부리지도 못했지만 구차한 살림도 한 적이 전혀 없었고 오히려, 공직생활 중 그에게 부탁하려고 찾아오는 사람들만 있었다.

하구 씨가 처음으로 인생의 아픔을 체험한 것은 큰형 상구의 좌절과 몰락이었다. 아니 그것은 어쩌면 겉으로야 경멸했지만, 하구 씨를 받치는 힘의 한 쪽을 허물어져버리는 현실이 분명했다. 아련하게 힘이 빠져나가는 동기는 그것에서부터 시작되었을 것이다.

수뢰사건이 신문에 대문짝만하게 취급되자 형의 정치생활은 끝나버렸다. 하구 씨가 큰형 상구를 마지막으로 본 것은 동대문 시장통 근방의 3층 빌딩에서였다. 세 내주고 남은 위층을 형은 살림집으로 개조하여 기거하고 있었다. 다 팔아먹고 남은 유일한 부동산이었다. 하구 씨는 계단을 올라갔었다. 큰형은 파자마 바람의 고의춤에 두 손을 집어넣고 있었다. 눈꼽이 형의 무기력하고 핏기 없는 눈 가장자리에 붙어 있었다. 저렇게 변모될 수 있을까? 하구 씨는 핏줄로서 안쓰러움보다는 사람의 흥망성쇠에 더 마음이 착잡했었다. 그게 마지막이었다.

상구 형의 3층 빌딩이 만석꾼 시절 머슴살이했던 박서방의 아들 박동칠에게 넘어갔다는 것을 소문으로만 들었다. 박동칠에게 넘어간 것은 정말 우연일 것이라고 그때 하구 씨는 생각했었다.

어느 해 여름 장마철 초등학교 가던 길에 같은 또래였던 박동칠이 자신을 업고 냇물을 건너주었던 기억이 가끔 났다. 고향 사람들의 말로는 사업을 하여 한 밑천 단단히 잡았다는 소문을 간간이 들은 적도 있지만, 하구 씨에게 그것 이외 박동칠과는 어떤 기억도 잔영으로 남은 것은 없었다.

상구형이 죽었을 때에는 그래도 국회에서 조화라도 보내왔었고, 일간신문에 몇 줄의 활자라도 박아 나왔지만, 중구형은 무엇이었던가.

중구 형은 자신의 욕심에만 급급했었다. 부모 제삿날에도 업자들과 술상을 넘나들고 한없이 돈으로 바벨탑을 쌓아 올렸던 중구 형. 딸 같은 여자와 청평 별장에 놀러 갔다가 교통사고로 변고를 당한 둘째형의 시신 앞에서 유산 상속 문제로 조카들끼리 칼부림하는 꼴을 하구 씨는 묵묵히 지켜만 보았다.

그렇다면 죽지도 못하고 이날까지 어영부영 세월만 갉아먹고 살아왔던 자신은 무엇인가. 구청의 말단 계장자리 하나만을 지키고 살아온 것이 창피했다. 나이가 들면서 형들에게 반항했던 기억을 문득 하게되면 가끔 남모르는 부끄러움이 생길 정도였으니.

원래 윗사람에게 비위를 잘 맞추지 못한 하구 씨의 사람 됨됨인, 동료들이 계장 너머로 속속 승진했어도 계속 계장자리에 머무를 수밖에 없었지만, 자식들의 뒷바라지를 하다보니 직장을 탈출하지 못했다. 그 동안 형들의 만류도 전혀 없었고 하구 씨 역시 어떤 타성이었을지, 아니면 직업의식이 깊이 박힌 탓으로 돌리기에는 우선 현실의 올가미가 야무졌다. 동사무소에서 구청으로, 구청으로 오로지 한 길 세월을 보낸 도시의 월급쟁이라면 하구 씨는 가히 전형적인 표본이었다. 그러는 동안 세상은 날마다 되풀이되었고, 연속인 것 같아도 조금씩 자신을 압박하다가는 풀어놓고, 또 풀렸다가도 잡아당기면서 변했다. 비교적 내성적인 성격이었지만, 밑에 사람들에게는 자상하게 대하는 하구 씨가 승진에 탈락될 때마다 주위의 동정을 받았다.

어쩌면 하구 씨에게 있어서 직장은 가정 보다 더 그의 생활이었을 뿐만 아니라 모든 것이었다. 취미가 텔레비전 시청이니 말할 나위가 없으려니와 기껏 해봐야 가끔 동네 약수터에 나가는 정도였다. 그러니 퇴근하면 자연히 아내와 아이들 속에서만 어울리는 것이었다. 물질적으로 풍요한 편은 아니었으나 궁핍에 찌들린 적도 없었다. 아들 밑으로 딸 둘, 하구 씨가 살아오면서 유일하게 자신을 확인 할 수 있는 증거였다.

자식을 이긴 부모 없다지만, 외아들 영수는 항상 문제아였다. 고등학교 다닐 적에도 여자 친구에게 임신을 시켜 아내가 그 뒤치다꺼리를 곤혹스럽게 하였던 터였다. 군대에 갔다온 후에는 사람이 될까 기대했으나 지금까지 빈둥빈둥 놀고만 있는 것이었다. 취직을 시켜놔도 금방 그만 두고 나오는 주제에 결혼을 서둘러 시켜놓았으니 함께 집에서 기거할 도리밖에 없었다. 사업을 한답시고 몇 번인가 자금만 축낸 아들의 후유증으로 이십 년이나 정든 집을 팔아먹고 변두리 신개발 지역의 주공 아파트로 이사온 지도 삼 년이 넘었다.

경제적인 운영이야 순전히 아내의 의견을 좇아 한 것이었지만, 하구 씨로야 가장으로서 낭패함이 이 또한 어디 있겠는가. 불행과 행복은 항상 함께 오는 것이 아니었다. 물론 퇴직 전에는 마음의 각오야 단단히 하였지만, 막상 직장을 나오고 보니 세상은 자신이 바라보았던 시야와는 전혀 별천지였다. 무엇보다도 생활의 리듬 한 덩어리가 쏙 빠져 버린 것을 단순히 허탈이라고 할 수만은 없었다.

모든 것이 다 답답했다. 아파트 단지 한 중간에 서 있는 십팔 평짜리 아파트가 좁아서 그런 것만은 아니었다. 물론 한옥에서 비록 시멘트로 발라진 손바닥만한 마당일 망정 하늘을 보고 싶은 때 맘대로 꺼내볼 수도 있었다. 그런 것이 무슨 대수랴. 하구 씨네 집에 가득한 우울한 냉기류를 불어 제낄 변수는 아니었다. 아직까지 이 거대한 도시의 외곽일 망정 발뻗고 잘 집이 있겠다. 큰 딸아이만 출가시키면 그다지 큰 부담이 있을 리 만무했다.

그런데도 아내는 요즘 들어 부쩍 눈물이 잦았다. 자신 때문이라고 생각했다. 그러니 과연 자신은 어떻게 해야 할 것인가. 휴유, 하구 씨는 길게 한숨을 쉬었다. 그러다 보니 더 울적해졌다.

찬 바람이 목덜미며 옷자락 틈 새로 스며들었다. 이제 땅거미가 까맣게 밀려오고 있었다.

하구 씨는 내려가야겠다고 마음먹으며 어렵사리 일어나 엉덩이를 톡톡 털면서 되돌아 내려갔다. 올라올 때 보다 힘이 적게 들었지만 뭔가 더욱 허전한 것만은 사실이었다. 산다는 것에 관련된 여러 생각들이 일시에 이리저리 엇물리면서 그를 혼란스럽게 만들었다.

나무들 틈 사이로 아파트의 잿빛 벽면이 부옇게 보였다. 약수터까지 질러오면서 여느 때 보다 많은 물통이 놓여 있어서 그는 토요일임을 알았다. 갑자기 날짜에 관한 생각이 튀어나오자 자신이 얼마나 한가로움에 길들여져 있었다는 것을 느꼈다. 그러자 다시 부끄러워졌다. 약수터에는 흰 플라스틱 물통이며 물병과 주전자 따위의 약수통이 한 줄로 길게 서 있었다.

서성거리는 사람들은 약간 떨어져 자유롭게 있는 것처럼 보이지만, 그 자신들이 놓은 물통들의 순서만큼은 재고 있었다. 하구 씨는 그들 앞을 천천히 통과하여 다시 집을 향하여 걸었다.

아파트가 가까울수록 사람들도 많아지고 자신의 걸음도 빨라져 있었다. 야산을 발랑 까서 성냥곽처럼 여기 저기 세운 아파트들이 나타났다. 볼품없는 잡목 숲이었지만 푸르름을 주는 원시의 상태를 갈아 제끼고 똑같은 크기로 세운 콘크리트 덩어리들을 볼 때마다 처음부터 하구 씨는 전혀 별개의 세계인 것처럼 느꼈다. 5층 높이로 딱딱하게 서 있는 기성품들은 아무리 살아봐도 정이 붙지 않는 객지의 여관방과 진배없었다.

그는 안방으로 들어갔다. 아내도 따라 들어왔다. 아내는 하구 씨의 얼굴을 요모조모 슬쩍 들여다보고는

"어디 약수터에 다녀오셨어요? 물이나 한 초롱 떠 오시질 않구."

하구 씨는 아내가 별로 마음에도 없는 소리를 하는 것이라고 단정했다. 퇴직 일 년 전부터 하구 씨는 이상스럽게도 더 말수가 줄어들고 있었다. 처음 아내는 심기가 복잡해서 그럴 수 있겠거니 하며 그냥 지나쳤었다. 그러던 것이 정작 퇴직을 한 후에는 그 증상이 더 커졌다. 고칠 수 없는 큰 병이었다.

아무리 괴로운 일이 있어도 아내와 상의하여 자신감을 충족시켰던 하구 씨가 아내에게조차 침묵을 지켜 버렸을 때, 아내는 미칠 것만 같았다. 누구나 퇴직할 즈음이면 으레 그러는 것이려니 하면서도 주위의 격려도 있고 하여 곧 괜찮아지겠지 하며 자위했다. 그러나 그게 아니었다. 신경정신과 의사의 진단에는 특별한 처방이 없어 마음의 안정과 소일할 수 있는 일거리가 해결해 줄 것이라는 정도였다. 병원에서 아무렇지 않다는데, 정작 집에서는 모두가 고통이니 사람 환장 할 노릇이었다.

아내는 아이들에게 집을 맡기고 시골이라도 가서 며칠 있다가 오면 괜찮겠지 싶어 하구 씨를 데리고 친정에 갔었지만 하루도 견디지 못한 그의 채근으로 다시 집으로 왔었다. 아내 역시 하구 씨로 인하

여 야위어 갔다. 아내는 하구 씨에게 울면서 대들어 보기도 하였다. 도대체 왜 그러느냐? 이유가 무엇이냐는 등. 그러나 하구 씨는 아무런 말도 없이 눈물만 주룩 흘릴 뿐이었다. 이후로 아내는 그에게 지나친 관심도 방관도 하지 않기로 작정했다. 그것이 좋으리라고 판단했기 때문이었다.

하구 씨는 가끔 멍한 채 벽을 보면서 눈물을 흘리는 버릇이 생겨났다. 누가 집을 방문하여 인사라도 할 양이면 전혀 모르는 사람을 본 것처럼 반응이 없는 사람으로 변했다. 하구 씨의 아내는 아내대로 그 이유를 모르는 손님들에게 누누이 설명하는 버릇이 생겨났다.

누군가 투서를 했다는 소문이 돌았다. 전임 청소 계장이 용역회사로부터 몇 푼 얻어먹고 잘린 지 이틀만에, 청렴하다는 하구 씨가 전혀 예기치도 않게 자리를 옮긴 것이 시민들의 쓰레기를 담당하는 청소 계장이었다. 검찰청으로 붙들려간 전임자에게 정식으로 인수인계조차 받지 못하고 업무파악만 일 주일 간을 꼬박 정신없이 보낼 때였다. 몇 사람의 용역업자들이 만나자는 제의도 일절 거절하고 자리에만 앉아 있었다.

밤 열 시가 넘어서야 수위실을 마악 나섰는데,

"김 계장님이시지요? 미안합니다만 잠깐 뵐 수 없을까요?"

"무슨 일로……."

안경 낀 청년은 구청 앞 게시판 불빛 앞에서 흰 봉투를 건네주었다. 그제서야 하구 씨는 하마터면 부친상을 당한 이주사의 상가에 들르는 것을 잊을 뻔했다. 청년은 이주사의 친구인데 일이 바빠서 부의금 봉투를 대신 전달해 달라는 간청이었다. 그뿐이었다.

자신이 정말 명예스럽게 퇴직이 되어야하는 대상에 끼일 자격이 있는지 없는지도 모른 채, 명단에 든 것을 안 것도 하루 지나서였다. 어차피 몇 년 남지 않는 마당에 더 있어봐야 승진할 것도 아닌 바에야 나가는 것이 낫다는 판단도 섰다. 하구 씨는 엉겁결에 퇴직을 하고야 만 셈이었다. 아니 사직이라는 편이 옳았다.

청소용역업체 중에서 고향 출신 박동칠이 운영한다는 업체가 있었다는 소식은, 구청을 그만둔 한참 후에야 성묘 때 먼 친척으로부터 주워들었다. 그러나 그것마저 지금은 아무 상관없는 일이 되고 말았다.

아침이 밝았다. 밤과 아침은 늘 서로 잡아먹고, 먹히고 하였다. 하구 씨는 간밤을 거의 뜬눈으로 지새우던 아내를 보았다. 잠깐의 소나기였지만 어두운 하늘에서 땅을 향하여 분노 같은 것을 좌악 퍼붓던 빗줄기를 감쪽같이 해치운 아침햇살은 아내의 얼굴을 드러나게 했다.

이쪽 저쪽은 아직 기척들이 없는 것 같았다. 큰 딸 영미의 결혼식에 참석하려고 시골에서 올라 온 아내 친정 식구들이 거실 바닥의 불편한 잠자리에도 불구하고 피곤에 덮여 있었던 것이다.

하구 씨는 다시 아내를 들여다보았다. 몇 년 전까지만 해도 적당하게 붙어 있던 살집은 다 어디로 가고 광대뼈만 두드러진 얼굴이었다. 항상 아내는 누구에게나 밝은 표정이었다. 그렇게 환한 얼굴은 사람을 편안하게 하였고, 주부의 밝은 표정은 집안의 활력소임이 당연했다.

그는 어쩌면 자신에게서 빠져나간 어두움이 아내를 오염시켰고 심지어 이 집안의 모든 식구들의 우울함도 자신에게서 비롯된 것이라는 생각이 들었다.

아내가 베개를 비비적거리며 얼굴을 옆으로 돌렸다. 무슨 꿈을 꾸는 모양이었다. 항상 적은 봉급에도 불평한 적이 전혀 없는 아내였다. 오히려 아내는 하구 씨의 성실한 직장생활과 직장에 오래 붙어 있는 점을 무능이라기보다는 유능하다고 생각했던 터였다.

몇 시간 후이면 남의 집으로 보내야 하는 딸의 결혼식을 초라하지 않게 하려고 별의별 노력을 다 짜내는 아내. 아내에게서 의무적이나마 열기 있는 밤을 가져 본지도 무척 오래된 것 같았다. 단순한 연륜의 곡선이라고 단정해 버린 것 같은 아내였다. 아내가 슬쩍 바로 누웠다. 그런 아내를 바라보면서 하구 씨는 일어섰다. 말하고 싶었다. 크게, 두서는 없더라도, 무슨 이유가 타당하지 않더라도, 속에 엉킨 모든 이야기들을. 그러나 정작 그의 용기는 발기 직전에 시들어 버리는 물건과 같이 다시 기어들어가 버리는 것이었다.

아내는 영미의 결혼 청첩장을 가까운 친인척에게만 보냈다. 신랑측과 모든 행사 추진까지도 아내가 도맡아 하였다.

하구 씨의 행동이 정상이 아니라고 한 입 건너 퍼져 나갔을 것을 고려한 것 때문이었는지, 아니면 자신들의 살림살이와 눈에 보이는 기준들이 축소된 것을 부끄럽게 느꼈던지 하여튼 청첩장은 아내 혼자서 다 보냈다.

"이발관에나 다녀오세요. 네가 모시고 같이 갔다오려무나."

친척들과 아침을 함께 들면서 하구 씨와 아들에게 아내가 말하였다. 여느 때에는 딸 영미가 거의 학생 전용 이발관 같은 델 함께 동행했던 터였다. 남의 눈에 띄는 것을 극히 싫어하는 하구 씨도 학생들이 다니는 곳이나 시장바닥 같은 데는 별 저항을 보이지 않고 순순히 따라왔다. 아내가 우려하는 점은 하구 씨의 친구들, 특히 번듯한 자리를 가진 사람들과의 부딪힘이 문제였다. 그만큼 식구들은 순간적으로 발작하는 하구 씨를 그런 이유로 외부와 차단시키고 있었다. 벌써 일년 동안이나.

지하철과 큰 길이 교차되는 지역의 예식장이었다. 토요일 정오. 혼탁한 매연과 소음에도 온갖 어지러움이 범벅된 도시의 활기 속에 하늘이 피어 있었다. 하얀 날개를 단 꽃가루가 솜의 파편처럼 훨훨 날아다니는 계절에다가 태양은 뜨거운 입김을 불어댔다. 거리를 오가는 여자들의 옷이 더욱 몸에 붙고 도시의 가로 세로로 난 길이란 길 모두 햇볕에 흠뻑 마르고 있었다.

새로 지었다는 예식장이 이태리 대리석의 초콜릿 빛깔을 반사했다. 넓은 주차장은 번쩍거리는 차량들을 안고 곁으로 둥글둥글한 향나무와 인위적으로 매만져진 수목들이 앙증스럽게 꽂혀 있었다. 각 층마다 중간 홀이 있어 깔끔하게 호사한 축하객들은 왁자지껄 시끄럽게 떠들고 있었다. 어떤 사람은 신랑신부의 부모들에게 혹은, 자신의 오랜 지우들을 만나기 위해서 온 것처럼 들떠 있는 모습도 눈에 띄었다. 바로 홀 중앙의 커다란 전자시계가 있음에도 그의 아내는 손목시계를 연신 들여다보았다. 왠지 초조하면서 두근거리는 가슴을 달래려고, 괜히 영미가 기다리고 있는 신부 대기실과 축의금 접수대를 오가면서 축하객들에게 웃음을 펴 보이기도 했다. 하객들은 시간이 가까워지자 불어났다. 그녀는 더욱 초조한 표정이 되었다. 아래층 계단을 통해서 올라오는 손님들의 수효가 승강기로 운반되는 사람보다 많았고, 그들은 축의금 접수대 앞에서 자연스럽게 만날 수 있었다. 회색신사복을 말쑥하게 입은 아들이 나타났다.

"얘! 아빠는? 아빠는 어디계시냐?"

"걱정 마세요 엄마!"

영수가 말하면서 가까이 다가왔다.

"저어기 화장실에 있어요."

귀에 살짝 대고 말했다.

하구 씨의 아내는 조금은 마음이 놓인 표정으로 신부 대기실 쪽으로 걸어가다 말고,

"네가 잘 해야 한다. 알았지?"

하면서 아들에게 당부하기를 잊지 않았다.

사실 하구 씨 아내는 사람이 많이 운집하는 결혼식장이 은근히 겁났다. 하구 씨의 이상행동 때문이었다. 그러나 아들도 아닌 딸의 결혼식에 애비 되는 사람이 나타나지 않은 상황을 생각이야 할 수 있겠는가. 어엿이 남편이 살아 있는 터에 시초부터 이 쪽의 사소한 약점을 사돈들에게 보일 수도 없는 긴장감으로 하구 씨의 아내는 더욱 초조했다. 잘하겠지 하며 자신을 다둑거려도 시계 바늘은 영 더디게 돌아갔다.

"…… 군과 신부 김영미 양의 결혼식을 거행하겠사오니 밖에 계신 하객들은 장내로 입장하여 주시기 바랍니다. 거듭 말씀드리겠…… 먼저 신랑 입장!"

사회자의 말소리가 또렷이 들려 왔을 때 미색 예복의 믿음직한 사위가 하구 씨 아내의 시야에 성큼성큼 커지고 있었다. 앞자리에 앉아

있던 아내는 자기도 모르게 침을 꼴깍 삼켰다.

조금 전부터 하구 씨는 침이 바싹 마르면서 등줄기에 식은땀이 끈적거리는 것 같았다. 아래층에서 올라오는 나선형 계단으로 가까워지고 있는 남자가 차츰 보였다. 하구 씨는 갑자기 가슴이 두근거리기 시작했다. 이미 하구 씨에게는 자신이 어떤 책임을 수행해야 하는가의 따위보다는 올라오고 있는 남자가 누구인가에 모든 신경이 집중되었다. 그 남자는 안면이 많은 사람이었다. 차츰 하구 씨의 손바닥이 촉촉하게 젖었다.

"기억 나십니까? 박동칠입니다. 알고 보니 신랑이 내 조카올습니다."

목에 힘이 들어간 사람의 두툼한 손이 하구 씨의 손을 덥석 잡아 당겼다.

"으 어어!"

하구 씨는 영문 모를 소리를 뱉으면서 눈을 내리 깔았다.

"아니? 뭐라고요?"

번들거린 얼굴의 박동칠이 말을 끝내기도 전에 하구 씨는 잡혔던 손을 뿌리쳤다.

"…… 고이 기르신 아버지의 손을 잡고 신부가 입장하겠습니다."

사회자의 말소리가 마이크를 타고 울림과 동시에 하구 씨는 예식장 계단을 뛰어 내리기 시작했다. 그리고는 소리를 질렀다.

"으 으어!"

식장 안에서 까닭을 모르는 사람들이 웅성거리고 있을 때 이미 하구 씨는 예식장의 주차장 건너편까지 달려가고 있었다. 1994)

독 백

너는 누워 있다. 침대의 하얀 시트 위에. 건강하였을 적에는 아무리 고달픈 육신일망정 오고 싶지도 거들떠보기 싫던 곳에 너는 갇혀 있다. 네 아내는 네 옆에 엎드려 자고 있다. 너는 식물인간임이 분명하다.

밖에 어두움이 꽉 찰수록 실내는 형광등 불빛으로 더욱 파리하다. 천장에서 내려다본 하얀 시트의 침대들은 즐비하다. 침대들 사이사이로 간호하는 사람들도 밤이 이슥해지면 환자와 같이 잠을 잔다.

출입문 바로 옆, 환자의 신음 소리를 불규칙적으로나마 듣고 있으나 너도 식물인간이다. 그렇다, 이 방에 들어온 환자는 확실히 죽음에 절어있어 마치 소금에 절인 파김치와도 흡사하다.

바깥 날씨는 쌩하다. 바깥보다 더 써늘한 기운이 음산하게 감도는 이 방도 아직은 너의 이승이다. 그렇지만 활발하게 육신을 움직이는 사람들은 누구든지 널따란 중환자실로 들어가는 순간, 주춤해진다. 그리고 이내 두리번거리다가 자신이 찾는 환자를 발견하고 안도의 숨을 내쉰다.

숨쉬고 있음에도 불구하고 문병 오는 사람들과 아내마저 너와 아무런 대화를 주고받지는 못한다. 창백한 피부 색깔과는 달리 누런 링

거 액이 방울방울 투명한 비닐 줄을 따라 육신 속으로 들어간다. 너는 가끔 일그러진 얼굴을 펴지만, 알아차리는 사람은 아무도 없다. 머리맡 왼쪽에서는 가습기의 허연 물 연기가 안개처럼 피어오른다. 물방울의 미세한 입자가 얼굴에 가라앉는다. 이스트에 부풀어오르는 빵처럼 부었다가 빠진 얼굴은 흡사 미라다. 콧구멍과 입 언저리에는 핏자국이 말라붙어 있다. 가끔 술 취한 사람처럼 발갛게 보일 때도 있다. 그러나 너는 대체로 창백한 몰골로 목침처럼 누워 있다.

네가 입원한 지도 한 달이 지났다. 병원에 오기 며칠 전, 너는 산동네 꼬불길을 따라 네 집으로 들어섰다. 꼬방집 안방에는 아이들을 덮었던 이불 한 자락 속에서 발을 빼며 네 아내가 일어섰다. "다리가 아퍼." 너는 미간을 찡그리며 말했다. "벌써 몇 일째예요? 웬만해선 아프다는 말이 통 없더니……." 걱정스런 표정의 아내다. "이상해, 점점 통증이 심해." "내일은 꼭 한번 병원에 가보자구요, 네?"

아내의 말이 채 끝나기도 전에 "시끄러워! 병원에 갈 줄 몰라서 이러는 줄 알어. 돈이 얼마나 드는데 그래…… 의료보험은 거저 공짠 줄 알아." 너는 험악한 얼굴로 악을 썼다. 돈 이야기를 꺼내면 싫어할 줄 아는 아내가 보다못해 말한 것을 너는 쏘아붙였다.

사흘이 지나자 너는 결국 통증을 참지 못하고 병원으로 왔다. 허름한 개인병원이다. 입원할 마음은 전혀 없고 금방이라도 나갈 조바심뿐이다. 진료비가 얼마나 들까 걱정이 앞선다. 정밀 진찰과 엑스레이촬영을 하고 소변 검사 등으로 며칠이 지나는 동안 너의 다리에는 마비 증상이 왔다. 아니나 다를까, 감히 생각조차 해본 적이 없는 병명이다. 심장판막증. 심장의 기능은 이미 떨어지고, 심장의 파편들이

혈관을 따라서 오르락내리락하는 증세다. 혈압은 그 조각들을 너의 온몸으로 돌게 한다.

다시 며칠을 집에 있다가 대학병원의 구급차에 실린 너는, 들것으로 이 방에 들어왔다. 이미 너는 식물인간으로 변했다. 심장에서 떨어져 나간 파면 몇 조각 중 두어 개가 뇌 속으로 갑자기 침투했다. 그리고…… 수술한 결과를 애타게 기다리는 사람은 아내와 너뿐일 것이다. 시간이 지난다. 그러나 좋아지리라는 기별은 오지 않는다.

너는 무척 피곤하구나. 그럴 것이다. 가슴 깊숙이 쑤셔박아 놓은 영상들이 지나면서 너의 뇌리를 괴롭히니 당연할 것이다.

식물인간이 되어 너 혼자서만 볼 수 있는 스크린에는 괴로운 영상들이 불쑥불쑥 튀어나온다. 그것들은 과거와 현재가 범벅된 채, 뚜렷이, 혹은 희미하게 재생된다.

다리에 통증이 올 무렵, 너는 직원들과 술자리에 있었다. 나중에 술자리에 낀 것을 후회했지만, 너 때문에 권고사직을 당한 후배의 송별회식에 나가지 않을 수 없었다. 그래, 너는 후배 이종명을 통하여 너의 철면피함을 다시 한 번 보여주었다. 지방 세무서에 근무할 적부터 알게 된 이종명도 너처럼 돈을 벌려고 노력은 했던 사람이었지. 어떻든 간에 근무부서가 세 번이나 바뀌었지만 함께 근무하게 된 것은 나름대로의 인연이었고 악연이었다. 그 때문에 너와 이종명은 서로의 사정을 잘 아는 것 같았지. 그러나 네가 이종명을 아는 것에 비해 그는 너를 잘 몰랐어. 당연한 것은 너의 그 철두철미한 변신과 감추려는 자신에 대한 은폐 때문이었다.

김계수, 지금 너는 뭔가 변명을 하려고 할 터이지만 그럴 필요가 없다. 너 혼자만이 아는 기억이라도 네가 이 지상에서 살아 있는 인간인 이상 사그리 없애지는 못할 테니까 말이다.

이종명 같은 인물이면 비교적 괜찮은 사람 축에 든다고 봐야지. 부모와 동생들을 부양하면서 장가 못 드는 것도 그렇지만, 너를 친형처럼 따르는 선량한 마음은 어떻고…… 결국 너의 거미줄처럼 얽히고 설킨 방어막을 뚫지 못했지만 말이다. 모든 원인 중의 하나는 분명 너의 이중인격이었고 욕심 때문이지.

소고기 등심이 타고 있었어. 소주잔이 오가고, 동료 직원들의 얼굴에 술기운이 돌 사람은 도는 파장 무렵이었다.

이종명은 십팔번 <유정천리>를 뱉은 후 너를 향하여 시선을 쏘았다. 너는 직선적이고 거침없는 내뱉는 그의 성격을 누구보다 더 잘 알고 있었으므로 내심 긴장했다. 그러나 순간적으로 너는 태연한 표정을 지었다. 대각선 방향으로 앉아 있는 너는, 귀 고막의 신경만 살곰살곰 그쪽으로 열려져서 긴장하였다. "계장님, 아니 김계수 선배님." 모든 시선이 네게로 모아졌어. 너의 맥박이 빨라졌다. "노래 한 곡 부탁합니다. 가거라 삼팔선 있잖아요. 아 아산이 막혀 못 오시이나아요오, 십팔번 한 번 부탁합니다." 바로 일어나지 않고 묵묵부답인 네게 "다 좋은데 그 솔직하지 않는 그 점…… 그 점이 유감입니다." 이종명은 그 점이라는 대목에 가서 갑자기 목청을 낮추었지. 혀 꼬부라지는 소리는 아니었어. 그 순간 주위는 찬물을 끼얹은 듯이 조용하였고 너 역시 침묵이었어. "어허 벌써들 취했군 취했어." 눈치 빠르게 얼른 분위기를 잡아 보려는 박 주사에게 "술 먹으면 그럴 수 있겠지요 뭐." 너는 은근슬쩍 되받아서 딴청을 부렸지만, 나무젓가락은 괜히 타다 만 고깃점을 뒤적거리고 있었다. 옆사람들 모두 너의 얼굴로 눈길이 모아졌어도 너는 시치미를 떼면서 태연자약했지. 너도 생각해 보면 차라리 한켠에서 그런 정도만으로 분통을 삭여 주는 이종명이 고마웠을 테지. 더 이상 비약되지 않는 너의 파렴치함을. 네가 알선한 부동산 브로커들에게 발목 잡힌 것을 이종명이가 끝냈으니까. 이를테면 이종명은 의리를 지켜 준 셈이었지만, 네게는 소모품쯤으로 낙착을 보았던 것이지. 같은 대학 법과를 나온 후배로 똑같이 세무쟁이로 시작할 수밖에 없었던 인연이 너를 더 이상 끌고 가지 않았다고 봐야지.

그 술좌석이 끝나자 너는 한층 불안해지고 있었지. 그렇지만 너는 지하철을 타고 산동네가 아닌 방향에서 내렸다. 네가 지하철 입구로 올라섰을 때 시커먼 밤이 기다리고 있었지. 드문드문 켜진 불빛과 어둠이 범벅된 신개발 지역에 와서도 너는 아직 어수선한 마음을 가라앉히지 못했다. 더듬이가 잘린 개미처럼 주춤거리다가 한참 만에야 너는 움직였다. 술기운이 덕지덕지 묻은 발걸음은 몇 번이고 얼어붙은 골목길 바닥에서 미끄러지다가도 위태롭게 진행되었지. 오르막길 양쪽에 군데군데 들어선 저택들이 어둠에 묻혀 있었다.

너는 하늘을 보았다. 하늘에는 도시의 명멸하는 불빛 때문에 죽어가는 별들이 시디시게 박혀 있었다. 너는 뻐근하게 내리누르는 방광의 통증에서 헤어나려고 손가락으로 물건을 끄집어냈다. 가느다란 오줌줄기가 떨어지고 나서 너는 다시 한 번 하늘을 쳐다보았다. 별이라? 별을 볼 때도 다 있군. 산동네 너의 집에서는 더 잘 볼 수 있는 별을 통 보지 못할 정도로 너는 바빴으니까. 너는 중얼거리면서 차가운 밤 공기 속으로 술기운을 조금씩 뱉어냈다. 동료 직원들이 있던 그 자리에서 할 수 없었던 대답 대신 입김으로 토했다. 그러나 토해 버린 대답들이 너를 옥죄어 오기 시작하였지.

완만한 오르막길을 다 지날 무렵, 왼편 저택의 담장 아래 빙글빙글 붉은 등이 돌면서 번쩍거리고 있었다. 방범초소에 달린 방범등이었지만, 너는 잠시 주춤거렸다. 몇 번씩 아무도 몰래 와본 것인데도 붉은 불빛은 항상 너를 묶어 두었지. 하긴 언젠가 이종명이도 "붉은 색 때문에 팔자를 조졌다."고 말한 적이 있었지.

너는 공터가 있는 뒤쪽에서 그 집을 한번 빙 둘러 훑어보고는 다시 터벅터벅 길을 내려갔다.

네가 다시 버스를 타고 산동네 꼬부랑 골목길을 따라 집 앞에 섰을 때 방금 다녀온 저택들은 저 아래 멀리쯤 보였다. 시멘트 블록 골조가 슬레이트 지붕을 지탱하고 있는 그만그만한 집들은 다닥다닥 산등성이를 뒤덮고 있었지.

이태 전, 이 조그마한 집을 장만했을 때 아내의 기쁜 모습과 어설픈 네 얼굴은 퍽 대조적이었다. 박한 봉급으로 힘들어했던 네 아내는 파출부 노릇을 하면서도 불평 한마디 없었지. 그때 방 한 칸을 전세로 안고 게딱지같은 이 집을 사자고 조를 때, 너는 씁쓸한 표정을 지었다.

더 기다려 보자, 아직 목표는 멀다. 그런 말이 목구멍까지 나왔다가 다시 삼켜졌던 것이다. 아이들마저 게딱지만한 집을 돌아다니면서 즐거워하는 모양을 보고 너는 정말 불편한 얼굴이었어. 아내는 너를 착실한 남편으로만 여겼을 테지. 쥐꼬리만한 봉급이라도 던져 주면 대견해 하는 여인이었어. 아이들이 맺어 준 부부간의 밧줄만 없었더라면 남남이 되었으리라는 위기감을 네 쪽에서 느꼈으니까.

너는 완벽할 정도로 자신의 현실을 살아가고 있었다. 방에 걸린 표창장 액자들과 상패의 내용을 한번쯤 훑어본 사람치고 너를 의심할 사람은 없었으니까—귀하는 청렴한 공직자로 타의 모범이 되므로 이에—귀하는 평소 맡은 바 직무에 충실하며—위 사람은 부조리 척결에 앞장을 선—네 집에 한 번쯤 와본 사람이라면 추호도 달리 생각할 수 없는 동정과 연민의 눈길이 쏠리게 되어 있었다. 어떤 수다스런 이웃집 여자는 "어머 어쩌면…… 애 아빠가 그런 직장에 다니면서 이런 산동네까지 오게 됐어요? 우리 친척 중에는 그런 델 다닌 지 얼마 되지 않았지만 강 건너 고층 맨션에 살면서 잘해 놓고 살기만 하던데." 네 아내의 얼굴은 금시 어두웠다가 이내 펴졌지. 늘 무던한 여자였다. 파출부를 다니면서도 내색하지 않고 식구들의 뒷바라지를 야무지게 해왔으니까. 너는 방 밖에서 들린 그 말을 듣고서 가슴이 뒤틀렸지만 내색조차 하지 않았다.

괴로워하지 마라. 너를 쑤시는 주사 바늘 같은 기억들을 아는 것은 너 자신뿐이다. 날마다 환자를 돌보는 간호원이나 의사도, 밖으로 드러난 표정을 보고 너를 짐작할 수는 없다. 괴롭지만 더 깊숙이 회상을 하자. 정말 꺼내 놓기조차 싫은 기억의 보따리 말이다.

괜찮다. 살아 움직이는 사람들 중 네 과거를 생각해 내는 사람은 아무도 없으니까. 사람들은 자신의 일에 바빠서 남의 일이야 금방 잊어버리기 일쑤지. 잠이 드는구나. 그래 차라리 자거라.

그러나 조각난 영상들은 앞뒤가 잘 맞지 않더라도 활동사진처럼 네 의도와 상관없이 다시 재생된다.

아이를 등에 업은 여인이 걸어간다.

아이는 포대기에 덮인 채 아무런 기척을 보이지 않는다. 바닷바람이 소나무와 상수리 숲을 내질러 흔든다. 여인은 자기만큼 커다란 봇짐을 머리에 이고 있다. 무거운 봇짐의 중량감에도 여인의 표정은 아무렇지 않다. 시뻘겋게 타오르는 햇볕이 소멸되면서 땅거미가 젖은 신작로에 바람이 불어 여인의 치맛자락이 날린다. 여인의 걸음은 조금 빨라진다. 노란 잡목 숲과 소나무가 섞인 산 색깔은 이내 어둡게 변한다. 여인이 슬며시 웃는 멀리서 파도 소리 들린다. 여인이 고개를 지나 언덕을 넘어서자 어두운 바다의 수면이 질편하게 펴져 있다. 아이가 등뒤에서 꼼지락거린다. 그럴수록 여인의 걸음걸이도 빨라진다. 언덕배기에서 내리막으로 내닫자 동네가 희끄무레하게 눈에 들어온다. 초가지붕이 꼬막 껍데기처럼 엎어져 있다.

산 앞자락을 깔고 모여 있는 동네의 어귀가 보인다. 여인은 초가지붕이 두 채 맞물린 마당에 들어섰다.

"엄매? 저 왔어라우."

"누구?" 반백을 쪽진 머리가 창호지 문틈으로 내민다.

"어-매 계수 에미 아니라고." "싸게싸게 들어온나, 아이고 저 어린것을 업고…… 춥겄다. 빨리 들어온나!" 친정 어머니가 방에서 후닥닥 나온다. 어두움은 땅에서 퍼지다가 하늘까지 덮어 버린다. 사위는 어둠과 함께 조용하고 간혹 개 짖는 소리가 간헐적으로 들린다. 여인은 호롱불이 가물거리는 방 아랫목에서 탱탱해진 젖을 어린것에게 물린다. 어린것은 누가 뺏을세라 한쪽 젖무덤을 고사리 같은 손으로 움켜잡고 연신 빨아 댄다. "웬수 같은 놈으 시상에, 니가 이 무슨 젖값을 이렇게 한다냐. 참말로 말이 안 나온다." 코를 훌쩍거리던 친정 어머니는 치맛자락 끝으로 콧물을 찍는다.

"아따 엄매, 지금 시상에 요 꼬라지 하고 댕기는 사람이 나 혼자뿐이라요. 사는 년이나 살아야제." 여인의 대거리는 친정 어머니를 안심시키는 데 있을 뿐 "그래도 니가 언제 고생이라고 제대로 해봤냐."
"팔자소관이지요 엄매."

훅 불어 버린 입김에 호롱불은 꺼졌다. 창호지 문의 윤곽이 희뿌옇게 돋아나면서 벽과 천장의 서까래는 그냥 어둠에 덮여 있다. "그래 물건은 잘 팔리드냐?" 여인과 아이를 덮고 있는 이불을 당겨 올리면서 친정 어머니가 묻는다. "예, 성냥하고 검정 비누는 없어서 못 팔어라우."

김계수? 좋다. 체념하는 마음을 챙기면 모든 것은 편안할 수가 있다. 편안한 꿈을 꾸자.

닷새 장이 서던 날, 삼거리 버스 정류장 앞 간이식당에서 너와 어머니는 국밥 두 그릇을 시킨다. 국물을 다 마실 때까지도 두 모자는 말이 없다. 그리고 일어선다. 정류장 집의 늙은 영감이 두툼한 버스표에 행선지를 써넣고 치익 찢을 때까지 어머니는 침묵을 지킨다. 검정 학생복의 너한테 어머니가 입을 연다. "내 걱정은 말고 건강해라." 낡은 가방을 들고 버스 승강구에 올라설 때 네 검정 옷의 팔꿈치는 흰 헝겊을 받친 것이 얼른 드러난다. 푹 패인 신작로를 덜컹거리는 버스는 누런 흙먼지를 날린다. 너는 버스 안에서 어머니의 초라한 모습이 작아지고 산모퉁이를 휙 돌아 없어질 때까지 버스 뒤켠에서 있다. 버스 안에는 을씨년스런 몰골로 시골 사람들이 듬성듬성 앉아 있다. 너는 고향을 떠나 상급학교에 진학하려고 어머니를 떠났다. 산너머로 떠오른 아침 햇발이 간혹 버스 속을 들여다보나 버스 안은 어둡다. 면장갑을 낀 운전사는 핸들을 좌우로 움직거리며 들판을 지나고 있다. 질펀한 들녘이며 낮익은 야산들이 뒤고 사라지고 잎 떨어진 아카시아 가로수는 앙상하게 내뺀다. 너는 슬픈 얼굴로 무엇인가 골똘히 생각한다.

동네 이장의 쭈글쭈글한 대추 얼굴이 나타난다. "안 된다면 안 되는 줄 알어! 당신 같은 종자들 살려 주는 것만도 고맙게 생각해야 할 것이구만. 빨건 것들이 염치도 좋네 그려." 삿대질을 하면서 시뻘건 얼굴이 되어 고함치는 이장 앞에서 여인은 두 손을 싹싹 빈다.

"구호양곡인께 사람 살려 주시는 셈치고 조금만 도와주시오." "뭐여 이노무 여편네가 누구 모가지 떨어지는 것을 볼라고 작정을 했나." 어머니는 빈 쌀자루를 손에 쥐고 마을 공회당을 떠난다.

객지에서 너는 대학공부와 생활의 이중고에 겹친다. 법학도로서의 대학생활은 쓰디쓴 기억만 있다. 네가 감당해야 되는 생활고는 공부 시간과 사색할 수 있는 여유마저 잠식했어. 그러나 너는 그럴수록 잡초 같은 근성으로 이겨 나갔지. 자학하지 않는 긴장으로 말이야. 고삐를 늦추지 않았던 강한 의지는 네 자신에 대한 도전이었지. 연거푸 두 번씩 떨어진 사법고시는 네게 아픈 상처로 움푹 패였다. 시험에 두 번 떨어진 이유를 너는 나중에서야 어렴풋이 짐작할 수 있었다. 그래, 대학 학과 후배였던 이종명이 당했던 이유와 같은 것이지. 세무서에 들어온 것까지 이종명은 너를 닮아 있었지. 비슷한 처지가 많을수록 서로 공감대를 이룰 수 있는데도 너는 적당한 선에서 이종명을 따돌렸다. 맹목적으로 좋아서 따르는 후배에게까지도 너의 그 철두철미한 벽은 굳세게 막고 있었어. 냉혈한 자기 방어와 자기보호.

뼈저리게 가난한 살림 속에서 어머니와 살아야 하는 네 형편은 이것저것 돌아볼 겨를 없었다. 슬며시 응시하게 된 것은 세무직 공무원 시험이었어. 합격이었지. 그러나 예외 없는 걱정이 너를 다시 따라다녔다. 필기시험과 면접시험을 잘 보아 넘기고도 긴장되었던 것은 신원조회였다. 항상 너를 따라 다니는 보이지 않는 꼬리. 배후불온이라는 말은, 배경이 시뻘겋다는 뜻임을 네 자신이 더 잘 알고 있었다.

얼굴조차 기억하지 못한 아버지가 증발해 버린 이유로 너는 피해를 보고 있었다. 연좌제라는 그 족쇄가 어떻게 너를 피해 갔는지는 모르지만, 너는 말단의 세리 생활을 시작하게 되었다. 언제부턴가 너는 돈버는 것만이 너를 구해 주는 동아줄이라고 믿게 되었지. 특히 제대로 수술도 못해 병으로 숨진 홀어머니가 네게 준 충격이 더욱 컸던 게 분명해. 밑천 없이 돈을 번다는 것이 얼마나 무모한 일인 줄은 네가 잘 알고 있었어.

어디서나 미꾸라지가 냇물을 흐리지만 냇물을 흐리기 좋은 직업이었지. 너는 늘 해먹다가 목 잘린 전임자들의 자리만을 골라서 메웠다. 남들이 피하는 곳을 일부러 찾았지. 타인의 시선이 머물지 않는 곳은 우선 일하기가 편리한 법이니까. 너는 항상 일선 세무서 어딜 가든지 청렴하고 일 잘한다는 소문이 났지. 너를 잘 안다는 동료들도 네가 부동산을 투기하거나 교묘하게 사채놀이 하는 줄은 절대로 짐작할 수 없었다. 너는 또한 국물이 생기는 자리를 일부러 가지 않았다. 대개 남들이 노리는 그런 자리는 안전하지가 못하였지. 그러므로 너는 경쟁이 교차하는 그곳에서 오랫동안 탈나지 않고 견딜 수 있었어. 이 모든 점까지도 너의 완벽하게 계산된 속셈에 포함된 것이니까.

김계수, 너는 잠깐 동안 잠을 잤다. 꿈 같은 것도 사라지면 현실이다. 그러나 너는 지금, 시간에 대한 답답한 개념이 사그라진 상태가 아니냐. 김계수 너, 눈을 뜨고 싶은가 보구나. 그럴 필요는 없어. 네 시야는 열릴 수도 없고 열어 봤자 현실의 아픔은 회한으로 더욱 얼룩지게 되거든. 하긴 벗어진 네 이마는 번들거림을 잃고 있지만 찢어진 눈과 날카로운 코는 아직 여전하다. 그렇겠지? 눈만 뜨면 이기적이고 무서운 너의 꾀가 작용하겠지. 현실을 언제나 걸맞게 끌고 가는 특유의 솜씨가 나올 것이다. 눈꺼풀이 실룩거리는구나. 그러나 부질없는 짓이다. 아무도 볼 수 없으니. 또다시 머릿속에 입력되어 있는 영상의 조각들이 얼기설기 작용하면서 움직이는구나.

약속된 장소로 그 사람이 나온다. 혼자다. 지하다방은 대낮에도 조용하고 가라앉아 있다. 듬성듬성 앉아 있는 손님들을 지나 그 사람은 구석으로 다가온다. 앉았다. 너는 이미 다방 안의 손님들을 전부 훑어보았다. 은밀한 행동과 치밀함이 동시에 치러진 것이다. 언제나 숙련된 상습범답게 침착하고 태연한 너의 표정이다. 예기치 않는 상황 하나라도 고려해 보고 나서야 실행에 착수하는 너답다. 자신있는 일일수록 누구나 가지는 방심을 스스로 경계하는 김계수 너였지. 그 사람은 늙은 편이고 조금 꾀죄죄한 차림이다. 두 사람이 경계의 눈빛을 풀지 않고 인사를 나눈다. “앉으시지요” 너는 자리에 앉아서 말한다.

"급히 온다고 택시를 탔는데 조금 늦었습니다." 다방 레지 아가씨가 우유 잔을 놓고 간 후에야 너는 입을 연다. "양도소득세라는 것이 부동산 투기를 막기 위해서 있는 것인데 사장님께서는 위반하신 겁니다. 일부러 사장님을 죽이려고 만든 법은 아니질 않습니까? 어쨌든 사장님께서 일부러 위반하실 의향은 없었던 것이니까 …… 일단 처리해 보도록 하겠습니다."

"잘 부탁드립니다요 그래도 좋은 분을 소개받았기 망정이지 큰일날 뻔했습니다. 사실 말이 집 두 채이지 전세 안고 은행 융자 빼면 아무것도 아니죠." 그 사람은 비굴한 웃음을 몸 전체에 바르고 있다. "세무사 사무실 같은 델 가보셨겠지만, 고지서대로 납부하시려면 큰 걸루 두 장은 있어야 할 겁니다. 제가 한 장에 해드린다는 것은 사장님의 형편이 어려우실 것 같고…… 여하튼 우리 둘만 알아야 됩니다. 요즈음 세상은 하도 무서운 세상이 되놔서." 고개를 앞으로 길게 뺀 너는 생색과 엄포를 섞어 당부한다. "아까 말씀드린 대로 만원 권으로 가져오셨겠지요." 그 사람이 끄덕거리면서 내민 두툼한 봉투를 너는 안주머니에 챙겨 넣는다.

은행 안이다. 복작거리는 홀 한켠을 길게 뻗어 있는 소파에 너는 앉아 있다. 은행원 아가씨에게서 받은 영수증을 확인한다. 무기명으로 보낸 온라인 예금 영수증이다. 어느 곳에서나 예금과 예금인출이 비밀번호와 신용카드 한 장으로 끝내 주는 신속함이 있다.

그리고 너는 다시 또 다른 곳에 나타난다. 넓은 정원과 주차장을 지나 한옥 건물로 들어선다. 옷 입은 거며 세련된 여자는 너를 안내한다. 여자와 너는 밀실에 있다. 육감적으로 생긴 여자다. 문이 열리면서 나비타이를 맨 사람이 두 사람을 향해 묻는다. "저녁 올릴까요." "그렇게 하지." 여자의 말이 채 끝나기 전에 너는 "전 지금 대단히 바쁩니다. 지금 곧 나가봐야 됩니다. 일이 밀려서 정신없어요. 사장님." 그러자 "다시 연락할께." 여자의 말에 나비타이는 문을 닫는다. "아이 무슨 분이 이러실까? 올 때마다 재미없이." 너는 "미안합니다. 말단이라서 바쁘기만 하고…… 낮에 전화드린 용건 때문에 왔습니다." "며칠째 공치는 날인데." 여자의 말이 끝나기 직전, 너는 말을 막는다. "거래하시는 시장에서 이렇게 물건구입 명세표를 뽑아 보았는데요." 너는 서류를 보여준다. 여자는 갑자기 당황하며 하얀 봉투를 슬쩍 건네준다. 네가 그 집을 나왔을 때, 그 집의 네온사인이 국산양주 상표와 함께 빛난다.

너는 사람들이 복작거리는 상가를 지난다. 길 양켠은 사람들의 눈을 끄는 것들이 진열된 도심 거리다. 유행이 지난 양복을 입은 너는 사람들 속에 섞인다. 사람 물결 흐름 속에서 너는 다른 방향으로 역류한다. 신발가게들이 즐비한 골목이다. 이윽고 네가 멈춘 곳은 구두가 형형색색 늘어선 큰 구두점이다. 너는 무슨 결심이나 한 듯이 쇼윈도 옆 출입문을 밀고 들어간다. "손님 이쪽으로 오실까요." 종업원이 정중한 태도로 너를 부른다. 주춤거리던 너는 그쪽을 무시하고 계산대 쪽으로 발걸음을 돌린다. "구두 사셨어요?" 한참 계산을 하던 경리사원은 계산대 위에 놓여진 구두표를 보고 어안이 벙벙하다. "이거 현금으로 좀 바꿀 수 없을까요? 아가씨." 너는 약간 굽실대며 구두표를 경리사원에게 들이민다. "현금으로 바꿔 달라구요? 구두티켓은 물건 구입밖에 안 되는데요." 네가 더욱 사정조로 나가자 책임자인 듯한 남자가 나선다. "규정상 곤란한데요." 세무사찰을 나갔을 때 굽실거리는 회사 중역들에게 네가 하던 말과 같은 투로 남자가 말한다. "집에 몇 켤레나 새것이 있어서 그러니 좀 바꿔 주세요." "구두는 많을수록 좋은 겁니다." 약간 빈정대는 투로 남자가 잘라 말했으나, 너는 기어이 세무서 직원임을 밝히면서 현금으로 바꾼다. 누군가에게 명절 선물로 받은 구두표를 현금으로 바꾼 너는 다시 은행 창구로 현금을 들이민다. 온라인 예금의 숫자가 늘어난다.

김계수, 너는 지금 육신과 영혼이 분리되어 있는 것이나 진배없어. 벌떡 일어나서 출입문을 응시하고 침대 아래로 다리를 딛고서 뚜벅뚜벅 걷고 싶겠지? 살고 싶다고? 그렇지, 너는 언제나 육신이 움직여야만 살아 있다고 믿었으니까. 그런데 지금은 거꾸로 된 현실이 기다리고 있어. 살아야겠다고 다짐하게 된 이유는 말하지 않아도 될 것 같구나.

너는 아내를 부속품처럼 생각했지? 아니라고? 가만있어 봐. 언젠가 아내는 너에게 처음으로 심하게 하소연한 적이 있었지. 모른다고 할 수는 없을 거야. 그처럼 착한 아내가 화를 냈을 때 너 역시 당황을 감추면서 뭔가 찌르는 것은 있었겠지. 그렇게 겉으로 드러나게 아내가 바가지를 긁은 적은 없었으니까. 아침나절이었던가 네 아내는 구닥다리 투피스를 비키니 옷장 앞에서 이리저리 비춰 보면서 너를 흘깃 쳐다보았어. 그리고 한숨을 길게 내쉬었지. "어디 가?" 퉁명스럽게 묻는 내게 "사촌 언니네 아들 약혼식이라고 연락왔어요" "가지 뭐" 아내가 집을 빠져나가기도 전에 너는 버스를 타고 직장에 나갔다. 일요일에도 너는 사무실에 출근하여 한바퀴 돌아왔다. 라면 한 그릇을 점심으로 때운 뒤 버스를 타고 산동네를 터덜터덜 올랐어. 산 등성이를 따라 조개 껍질처럼 집들이 다닥다닥 붙어 있는 골목길을 지나 집에 들어온 조금 후 "벌써 왔어?" 시큰둥한 너의 물음에 풀죽은 모습으로 아내는 말없이 옷을 갈아입으려다 말고 "언니네는 형편이 좋아졌나 봐요. 전부 새 옷들을 해 입고 나왔던데요." "그래서?" 너는 아내가 무심코 한 말을 뼈있게 받았다. 그 순간 아내는 옷을 벗을 생각도 없이 방바닥에 풀썩 주저앉아 버렸다. "왜요. 난 그런 말하면 안돼요?" 아내는 부엌에서 눈이 퉁퉁 붓도록 울다가 아이들 방에 가서 잠이 들었지. 너도 약간 후회는 하였다. 그러나 구두표를 현금으로 바꾸지 않고 아내에게 줄 수 있는 아량까지도 너를 이미 떠나고 없었다.

너는 눈물을 흘린다. 아주 옅은 물기가 눈시울 속을 적신다. 네가 후회하는 느낌을 가질 때가 다 있구나. 심장판막증에서 살아난 환자는 거의 없다고 담당 의사가 네 아내에게 귀띔을 하였지.

엎드려서 자고 있는 저 아내에게 너는 빚만 잔뜩 지고 있다고 생각하지 않는 거냐? 살고 죽는 것이야 누구나 피할 수 없는 것이니까 어쩔 도리가 없다 치더라도 남아 있는 처자식들에게 그간 가장으로서 한 일이 없으니 후회막심하다는 생각은 드는 모양이구나. 너는 당장 죽을지언정, 많은 표창장을 남긴다고 착각하고 있다. 아마 순직처리를 해도 무방한 일이겠지. 하여튼 모든 상황은 너의 의도와 상관없이 둥둥 떠가는 것이니까. 아하. 그러나 너는 지금까지도 아쉬움을 버리지 못하는구나. 이제 저 썩어빠진 세상에 대한 연민의 정은 소용없는 일이다. 어차피 세상은 살아 움직이는 자들의 기준과 상식으로 주물럭거려질 거니까. 왜? 억울해? 김계수. 너는 참으로 미련한 녀석이로구나. 그만큼 이야기를 하고도 모르는 너 같은 녀석이 하도 많으니까 이해는 간다마는. 그것 때문이지? 곧 만기가 되어 찾을 수 있는 생명보험. 물론 아내가 죽어야만 혜택을 보게 되어 있지. 무기명으로 되어 예치된 몇 억 원짜리 예금통장들도 너 이외에는 아무도 모를 것이고, 그리고 정말 억울한 그것도 있지? 항상 울적할 때마다 찾아가 보는 저택 말이다. 너는 밤이면 일부러 그곳을 한 번씩 빙 돌아보고 나서야, 아내와 아이들이 있는 판잣집을 향했지. 그 집은 네 마음의 든든한 안식처였지. 골목 앞에는 붉은 방범등이 빙글빙글 돌아가는 넓은 저택도 남의 이름으로 등기가 된, 너 혼자만 아는 비밀이었으니까 처자식들이 알아내기 힘들 것이다.

김계수, 분명 너는 누워 있다. 지금 출입문을 열고 간호원이 들어온다. 의사와 간호원이 회진하는 순간도 의례적이고 아내 역시 금방 선잠을 깰 것이다. 그러나 아무도 너의 말과 괴로움을 읽어 낼 수가 없으니. (1989)

도시의 불빛

오늘은 결정을 해야겠다.

누군가 뒤에서 노려보고 있을 것이라는 느낌이 나의 긴장감을 팽창하도록 만들었다. 빌딩 한 개의 층을 툭 터놓은 공간은 사무실로야 손색이 없었다. 업무의 능률을 최대한 높이기 위하여 출입문 쪽을 향하여 길게 횡으로 배열한 책상들은 토막토막 끊어진 뱀 같아 보였다. 흡사 서로를 못 믿어 감시하려고 만든 카메라 앵글이 뒤로 죽 늘어서 있는 것과 같이. 지금은 어느 정도 면역이 되었지만 처음 입사할 적에는 무척 역겨운 생각이 들었었다. 차라리 태어날 때부터 뒤통수에 눈이 하나쯤 더 달렸더라면 저렇게 사람을 옥죄이는 방법도 달라졌을 것이리라. 하루를 거의 소모하는 곳에서 젊음을 요꼴로 전부 흡수시켜 버린다는 것은 아찔하기조차 했다. 그러나 미스 김부터 맨 뒤의 과장, 그 뒤의 부장에 이르기까지 서열대로 배치된 책상 자리에 대하여 불평한 사람은 아무도 없었다.

학교를 졸업하고 회사에 취직되었을 무렵만 해도 나는 정말 가슴이 뿌듯했다. 상장회사의 입사 경쟁률의 높은 숫자가 말해 주듯이 주위의 친척과 선후배들은 부러운 눈길을 보냈다. 물론 나 역시 우쭐했다.

입사 동료인 김달표는 S대학 출신이었고 안경 뒤에 날카로운 뱁새 눈을 감춘 과장이나 뚱뚱한 부장도 S대학 출신이었다. 그들은 나의 고립감을 부채질했다.

"박병종 씨! 당신이 해 온 서류 검토나 해봤오?"

"예, 무슨 잘못된 거라도 있습니까?"

"타이핑한 오 · 탈자까지 꼭 내가 신경쓰도록 만들어서야 되겠어?"

"그것은 사장님께 급히 결재를 받아야겠다고 부장님이 김달표 씨를 시킨 것 같던데요."

"뭐요? 당신…… 본인이 안 했으면 그만이지 다른 사람을 물고 늘어지다니, 알았어요!"

타자기를 두들기다 말고 미스 김이 내 쪽으로 고개를 돌리며 측은한 눈으로 바라보았다. 나는 바야흐로 생존 경쟁 속으로 섞인 것이다.

도시의 불빛들이 눈을 뜨기 시작 할 때 사람들은 눈을 감으려고 집을 향한다. 버스 안은 써늘했다. 나는 하루를 거의 소모하였던 직후라 감촉조차 거친 의자를 털썩 깔아뭉개며 앉았다. 차창 밖으로 날아가는 거리의 사람들도 또 다른 차량들도 지쳐 있었다. 뻥 뚫린 터널을 빠져 나온 버스는 내리막길 첫 신호등 앞에서부터 속도가 줄었다. 어둠은 불빛으로 군데군데 패여 있었다. 한강다리 위로 차량들이 질주할 때 이미 석양의 그림자는 지워지고 없었고, 다리 아래로 모래톱과 웅덩이가 아슴푸레하게 떠올랐다.

강 건너 쪽 아파트 숲이 확 달려왔을 때, 나는 졸음으로 눈이 감겨왔다. 피곤을 떨어버리고 또 다른 시간을 잡아먹기 위해 잠을 꾸벅꾸

벅 잔 것이었다.

아파트 덩어리들은 캄캄한 하늘 속에서 숭숭 뚫어진 쥐불 깡통처럼 많은 불빛 구멍으로 대략적인 윤곽을 만들었다.

"딩동— 딩동— 딩동 딩동딩동……."

나는 허리춤 주머니에서 열쇠를 꺼내들고 둔중한 철문을 열었다. 그러나 여느 때처럼 여자는 물론 그 누구도 없었다. TV수상기의 스위치를 눌렀다. 빨간 조명을 받으며 선정적인 몸놀림으로 노래하는 여자가수는 항상 쇼 프로 어디에서나 낯익었다. 목을 조여 오는 답답함이 갑자기 엄습하는 것 같아 나는 넥타이를 풀었다. 그리고 냉장고를 열고는 소시지 토막과 식빵을 꺼내 베어 물고 벽을 쳐다보았다. 소파에서 마주 보이는 거실 벽에는 길게 누운 여자의 흑백사진이 걸려 있었다. 흑색과 백색은 중간색을 거부하고 무섭게 나를 노려보았다.

여자의 짙은 눈썹은 화가 나 있을 때마다 가장자리가 심하게 실룩거렸다. 거실과 방 둘, 그렇지만 아직까지 방의 수효만큼 더 많은 사람들이 여기에 와 본 적은 없었다.

도시의 뒷골목, 꽁꽁 얼어붙은 빌딩과 상가들 사이로 생긴 골목길은 음침한 겨울이었다. 햇빛이라고는 한 점 들지 않는 어둑어둑한 통로 한쪽으로 너절한 아크릴 간판을 붙인 술집들이 즐비하였고 그 속에 들락거리는 사람들의 행동거지도 그것과 비슷했다. 그날은 눈발이 희끗희끗 날렸다. 군대와 학교에서 하나 둘 나온 우리들은 대학시절 우리들을 묶었던 기억을 재생하면서 다시 불나방 모이듯 합세하였다.

우선 다섯 명이 된 우리들은 배가 출출했던 시간에 독한 소주의 짜릿한 비린내와 걸죽한 감자국으로 위장을 채우고 두서없는 이야기를 했다. 우리들은 이를테면 전부 시골 태생으로 서울까지 올라온 지방대학 출신들이었으므로 동류항이 되었던 것이다. 결혼한 녀석부터 입을 열었다.

"연말 연말하는데 나도 덩달아 연말 기분이 전염된 것 같아."

우리들은 녀석의 말에 동의를 표시하고는 소주잔에 정복당하면서 계속 우리 자신들을 마셔 댔다. 저녁 무렵 밑천들이 드러나자 화제는 별 신통한 것도 없었고 우리들은 결국 그 집에서 스멀스멀 기어 나왔다. 바깥 바람은 몹시 매서웠다.

"난 남편있는 여자와 만났지."

"야, 이새에끼 재주 좋은데?"

친구 두 녀석은 흔히 들을 수 있는 이야기의 줄거리를 요약해 가면서 너스레를 떨고 있었다.

"하여튼 말이야, 나도 개판이지만 세상도 개판 오 분 전이야."

겨울바람이 그들과 나의 귓전을 차단시켜 버렸다. 눈발은 굵어지면서 보도블록 위에 하얗게 쌓였다. 사람들은 거리를 밀물과 썰물처럼 밀리고 빠져나갔다. 얼어 있는 콧잔등에 눈송이들이 섬뜩하게 떨어지면서 입을 벌리고 낼름 내민 혓바닥으로 눈송이가 녹아들었다. 나는 진저리를 치며 거리를 보았다.

여름이면 찬란한 물줄기를 기운차게 뿜어 낸 분수대가 도로 한가운데의 로터리를 을씨년스럽게 지키고 있었다. 분수대야 시원한 물줄기와 연관된 것이니 그렇다 치더라도 주위를 장식하려고 세운 청

동제 조각들은 흰 눈이 덮일수록 더욱 검은 색으로 처량하였다. 여덟 개의 남자와 여자 모양의 조각들은 제각기 형상을 달리하였는데, 고민에 빠진 모습으로 구부정하게 길바닥을 주시하고 있는 벌거벗은 근육형의 남자상이 금방 고개를 쳐들고 나를 볼 것 같았다. 눈은 계속 그들의 벌거벗은 몸뚱아리 위로 한 없이 쌓였다. 밀리는 차량들은 뿡빵거리며 공 엔진을 무겁게 돌리고 있었고 덜 연소된 매연들이 파르스름하게 그들 쪽으로 날아갔다. 왕복 8차선 도로에는 이미 구획된 개념이 없어지고 그저 앞 차량만을 따라 형성된 행렬들이 구불텅하게 늘어서 있었다.

많은 사람들, 버스, 상여의 행렬, 아버지는 겨울에 돌아가셨지. 늙은이들은 겨울에 많이 죽었다. 식물도 동물도 겨울은 견디기 힘든 계절인가. 땅 위의 모든 것들은 서로 잡아먹고 먹히는 반복으로 지구의 가죽을 변화시켜 왔어. 나는 어디서 달려나와 흔적도 없이 꺼져 버리는 걸까. 산다는 것은 죽음으로 가까워지는 것이고 죽은 사람들은 도대체 어디에서 무엇을 할까. 사는 사람들이 두려워하는 그곳에서 그들이 웃고 있다면 우리들의 이 껍데기 같은 장난은 금새 허물어지고 말텐데…….

"병종아, 뭘 생각해? 우리 둘만이 갈 데가 있어."

나는 잠깐 동안 꼬리를 물고 늘어지는 껄렁한 상념에 잡혀 있었던 것이다.

녀석은 같이 자취를 했던 우정을 다시 확인이라도 하고 싶었던 모양인지 동행을 요구했고 나도 별 볼 일 없어서 선뜻 응하였다.

찬바람이 세게 달려와 택시 정류장에 줄 서 있는 사람들을 할퀴고 지나갔다. 나는 곱사등을 하였다. 강을 건너면 야릇한 탈출감이 충만하였다. 휘황찬란한 네온사인과 불빛들이 밤의 환락가를 들뜨게 만들었다. 지하에는 아담한 밀실이 열려 있었다. 녀석과 내가 아가씨들과 앉은 지 얼마 되지 않아서 사내 한 명이 나타났다. 건설회사에 근무하는 녀석의 하청업자임이 분명하였다. 나는 그제서야 녀석이 조금 전 공중전화를 통했던 이유를 알 것 같았다. 납작한 양주병 마개를 비튼 아가씨의 손은 비누처럼 화려했다. 벽에 걸린 동양화의 사슴 두 마리가 나를 내려다보고 있을 때 꿀꺽 삼켜 버린 술이 위장에 닿자 얼굴이 화끈거렸다. 마담으로 보이는 여자가 쑥 들어왔다. 그녀와 나는 왠지 처음이어서 서먹했다. 알 수 없었다. 그녀는 녀석들과 잘 아는 사이 같아 보였다. 양주 두 병이 거의 없어질 무렵에야 녀석들은 게슴츠레하게 눈이 붉어 있었고, 술은 나의 심장 깊숙한 곳까지 찔러 버렸는지 조금은 가슴이 답답했다.

밤은 깊은 곳에서 슬슬 기어 나오더니 조그마한 빛들까지 야금야금 먹어 버렸다. 거리의 바람이 달아오른 뺨을 후려치고는 어디론가 사라졌다. 그 여자와 나는 집 방향이 같아서 차가운 밤공기를 마시면서 걸었다. 결국 나는 나의 수작과 여자의 욕정이 일치한 끝에 살을 섞을 수 있었다. 여자는 내 등짝에 날카로운 손톱을 박았다. 그것은 사랑 없는 행위의 시작이었다.

이미 겨울 아침햇살은 여관 유리창을 뚫고 벽을 훤히 비추고 있었다. 옆에 누운 여자는 벽을 보고 있었다.

여자와 있었던 간밤의 일이 떠올랐다. 서른 살 안팎이 돼 뵈는 여자. 그저 술집 마담으로 나설 만한 얼굴, 서로 전화번호를 교환했던 것이 무료한 나의 생활에 새로운 변화를 가져 올 줄이야.

그래, 오늘은 기어이 결정을 해야겠다.

10층에서 내려다보이는 거리. 갖가지 색깔의 건물들이 질서의 흐름 속에서 교차하였다. 간혹 저 아래쪽으로 떨어져 버릴 충동을 투명한 유리 한 장이 막아 주었다. 거리의 수라장은 삶의 의미인지도 모른다. 우리 눈에 영상으로 보인 모든 것들도. 우리는 서로 보조물이며 우리 모두는 이 지구를 뜯어먹고 사는 기생충임이 분명하다.

"박병종 씨!"

과장의 예리한 목소리가 뒤에서 날아왔다.

"인천 공장에 좀 다녀오시오. 내가 다녀와도 되겠지만, 박 병종 씨의 능력이라면 잘 파악할 것도 같고……, 여하튼 준비하도록 하시오."

과장은 카멜레온 같았다. 분명 과장이 다녀오게 되어 있는 공장 운영실태 보고 건을 나에게 지시한 것이다. 과장 얼굴 뒤에는 개기름이 빛나면서 능글한 웃음이 감돌고 있었다.

지하철 승강장에는 거의 틈이 없을 정도로 사람들의 머리가 들쭉날쭉 모여 있었다. 나는 계단으로 내려가 거울에 비친 몰골을 다시 한번 확인하였다. 거울 속에는 여자들이 모여들고 있었다. 여자들은 화장으로 그들의 얼굴이 획일적으로 닮아 가고 있음을 알고 있는지 표정마저 같았다.

지하철의 안내방송과 역 표지판을 보면서 나는 알고있는 지상 구간을 조금씩 기억해 냈다. 그리고 내가 내릴 즈음 차창에 반사된 얼굴을 다시 한번 쳐다보았다.

역마다 아이들과 나들이 차림의 젊은이들이 많이 보였다. 토요일,

아 잊혀질 뻔하였던 한 주일의 개념이 뚜렷하게 튀어올랐다.

바닷바람 이어서였을까. 인천에서 차디차게 되어 가지고 돌아왔을 때 서울은 또 밤으로 변해 있었다. 빌딩의 밤이 형광등으로 켜졌다. 풀기 없는 형광등이 남아있는 직원 두엇의 얼굴에 하얗게 퍼져 있었고 사무실은 더욱 넓었다. 편했다. 뒤통수에 신경을 쓰지 않아도 될 테니까. 이 도시 어딘가 낮보다 더 활기찬 무대가 있을 지도 모른다. 설혹 그것들이 광란에 가까운 발악일지라도. 나는 갑자기 배가 고팠다.

엘리베이터가 일층에서 섰다. 자동 판매기는 정해진 동전 알맹이들을 먹고 즉시 컵라면을 토해 냈다. 후르륵……. 허기를 채우자 심신은 조금씩 녹아 내렸다. 겨울 하늘은 덜 풀린 물감 빛으로 질퍽하게 젖어 있었다. 눈이 올 것 같았다. 눅눅히 젖어든 공기 속에 폐 깊숙이 박혀 있는 낱말들을 뱉아 보았고 그것들은 하얗게 흐물거리다가 금방 사라졌다.

덕지덕지 비늘처럼 몸에 잔뜩 묻은 피로는 집까지 함께 따라왔다.

열쇠가 끼워지고 나서야 문이 열렸다. 안은 훈훈했다. 커튼이 열어젖혀진 것을 보니 여자는 왔다 간 모양이다.

내가 술을 진탕 마시고 여자와 밤을 보낸 며칠 후 그녀에게서 전화가 왔다. 내가 혼자 산다는 사실을 확인한 여자는 더 우호적으로 변했다. 그리고 여자는 자신에 대하여 설명하였다. 남편은 은행원 출신이었던 그 여자와 결혼할 때부터 사업의 꿈을 가지고 있었다고 했다. 월급쟁이가 싫어서 재산을 정리하고 사업을 벌인 남편에게서 딸 하나를 낳았다. 남편은 사업이 기울면서 주벽과 외박이 잦았고 여자가 결혼생활의 빛깔이 바래져 가는 것을 느낄 무렵, 남편이 집에 오는 것도 의무적이었다고 했다.

이야기를 하면서도 여자는 냉정하려고 무던히 애를 쓰고 있는 것 같이 보였다. 어느 날 여자는 자신의 신체의 변화에 의아심이 들었다. 음부가 가려웠고 통상적으로 흔히 있는 생리병이거니 했는데 그게 아니었다. 따갑고 허물어져 가는 육신의 감각과 남편에 대한 의혹, 병원에서 나온 결과는 매독균에 감염되어 있었다. 이미 간단히 치료할 단계는 지나 자궁을 도려내는 수술을 받았다. 수치심이 분노로 바뀌지면서 용케도 참아왔던 괴로움은 결국 딸아이를 팽개치고 이혼을 결심하게 되었다. 오 년 간 결혼생활은 결코 시간의 두께움만큼 그들을 묶어 두지 못한 것이었다.

여자는 담배를 길게 들이키고는 그렁그렁한 눈물을 뚝뚝 떨어뜨렸다. 자신의 무능을 여자의 능력과 뒷바라지의 부족이라고 단정해 버렸다는 남자. 여자는 아무 곳에서나 우연히 서로 만날지라도 절대로 아는 척하지 말자고 하였고, 당신같이 못된 여자는 충분히 그럴 것이라고 남자는 빈정거렸다고 했다던가.

단발머리처럼 잘 빗어진 머리를 쓸어 올리며 여자는 계속 말을 이어 나갔다. 나는 이 도시에서 흔히 일어나는 이야기를 듣고만 있었던 셈이다.

친정의 도움으로 옷가게를 낸 직후에는 생활에 적응하느라 아이를 잊었지만 아이에 대한 생각은 본능적으로 여자를 잡아당겼다. 그래서 여자는 자리가 잡혀가자 가끔 아이가 사는 곳을 맴돌다 오곤 했고 유치원에 다니는 아이를 멀찍이 서성거리며 보는 순간이 흐뭇

하면서도 가슴아팠다. 그러나 아이에게 한 마디 말도 붙여 볼 수가 없었다. 본능과 억제라는 미묘한 갈등을 일으키면서 그녀는 자신을 억제하는 쪽으로 꽁꽁 묶어 버렸기 때문이었다.

여자는 슬픈 눈으로 벽 무늬를 보고 있었다. 그러나 그것은 시선만 접착이 되었을 뿐 생각과 동일하지 않은 것처럼 보였다. 술집은 의류가게가 변한 최소한 여자의 생활이었다. 술장사를 하면서 술이 자신의 남편을 유혹하였던 이유도 조금은 알 것 같았다고 했다.

토요일 밤이 이슥하였을 때에도, 아침이 거실 창을 뚫고 훤하게 퍼졌을 때에도 여자는 오지 않았다.

눈이 내렸다. 간밤에 하나 둘씩 내리던 싸락눈이 함박눈으로 바뀌면서 땅 위를 덮어 버렸다. 눈은 아파트 덩어리들 사이사이를 영원히 녹아내리지 않을 것처럼 하얗고 두껍게 쌓였다. 고층아파트 창문은 벌집처럼 눈을 뜨고 있었다. 나는 츄리닝 차림으로 천천히 걸었다. 남쪽을 향하여 줄줄이 나 있는 어떤 창 쪽에서 웬 여자의 날카로운 목소리가 들렸다.

"눈 왔다! 애들아, 나와라!"

나는 그 쪽을 보았다. 분홍색 잠옷 차림인 여인은 손을 베란다 밖으로 저으며 안쪽에 대고 소리치고 있었다. 아하, 저 가족들에게는 내가 조그만 점으로 보이겠지. 나는 또 갑자기 뒤통수가 가려움을 느꼈다. 동시에 누군가가 또 나를 노려보고 있을지도 모른다는 생각이 갑자기 엄습했다. 저 많은 창문들 중에서.

아파트 단지를 벗어나면 하얀 타일이 붙여진 3층 목욕탕이 기다리고 있었다. 깔깔한 때밀이 수건을 받아들고 탈의실로 들어섰다. 아파트와 흡사한 옷장이 빼곡이 찬 구멍 한 칸에 나는 껍질들을 벗어 두르르 던져 넣었다. 알루미늄 샤시 문을 열자 자욱한 수증기의 일부가 나를 덮치면서 밖으로 빠져나갔다. 허연 알몸뚱이들이 탕 주변에 걸터앉아 있었고 목만 빠끔이 물 속에서 내밀고 눈을 지그시 감은 사람들도 있었다. 비누거품이 사타구니를 타고 내려갈 때 몸이 잠깐 근지러웠다. 더운 물 속은 호흡을 약간씩 가쁘게 하였으나 나의 어지러운 비듬들을 용해시켰다. 진딧물처럼 천장에 다닥다닥 붙어 있던 물방울들이 뚝뚝 떨어졌다. 별로 늙지도 않은 사내 하나가 때밀이에게 몸을 맡기고 누워 있었다. 왼편 샤워 물줄기 아래 어디선가 본 듯한 희멀건 사십대가 차 유리닦개처럼 연신 한 손으로 얼굴을 훔치고 있었다. 그 녀석의 물건은 삶은 번데기같이 작은 것을 달고 있었고 뚱뚱하게 튀어나온 배에 더욱 가려 있었다. 나는 저 자를 어디서 보았을까. 얼른 기억이 나지 않았다. 그가 출입구 있는 밝은 곳으로 걸어갔을 때 그자의 윤곽이 뚜렷했고 맞은편아파트에 사는 사실을 확인했다. 맞아, 저 자는 아파트 앞에 차가 멈춘 후에도 항상 운전사가 손으로 뒷문을 열 때까지 꼼짝 않고 있다가 거만한 몸놀림으로 천천히 나왔었지.

언젠가 회사 옆 건물 사우나탕에서 김달표와 한참 때를 털어 버리고 있을 때, 김달표는 갑자기 내 옆구리를 쿡 찔렀다. 고개를 돌리고 뒤를 보니 부장은 물에 젖은 얼굴로 느끼한 웃음을 지으며 한 쪽 눈을 찡긋해 보였다. 공과 사를 구분하라고 항상 강조하는 그였다. 오만한 권위와 빳빳한 풀기는 상실하여 버린 모양이었다. 그와 내가 같은 황인종임을 확인하였을 때에 부장의 비대한 체구는 사라졌다. 마치 사무실에서 내가 가능한 한 그를 피하듯이. 점심시간이 지나고 다시 빌딩 사무실의 분주함이 썰물처럼 빠지자 주위는 조용해졌다. 순간 나는 뒤통수가 따가움을 느끼고 고개를 가만히 뒤로 돌렸다. 과장은 자리에서 보이지 않았고 멀찍이 뒷자리에 부장의 굳어진 얼굴이 보였다. 아무리 두리번거려도 김달표는 아직 사무실 어디에도 없는 것 같았다. 똑같은 일에 매달려 있으면서도 김달표와 나는 중간 관리자들인 부장과 과장에게 다르게 부림을 당하고 있었다. 하기야 태어날 때부터 우리들은 편견과 아집에 사로잡혀 있는 것들인지도 모르겠다.

더운물로 몸 속 깊숙이 스며들어 있는 불순물과 잡념까지 땀으로 흘려 버리고 나면 개운했다. 찬 기운에 살갗이 부딪치자 시원했다. 나는 상가건물 지하 슈퍼마켓에 들러 물건을 골랐다. 온갖 상품들의 빛깔은 한데 섞인 채 공존하고 있으면서도 질서정연한 조화로 자리를 지키고 있었다. 식빵, 맥주, 달걀 등을 비닐봉지에 담아 가지고 나는 아까 왔었던 길을 다시 되돌아 거슬러 올라갔다. 아파트는 훈훈했다.

아파트들은 북서풍과 소음이 버무려진 어설픈 곳에서도 그냥 우뚝 서 있기만 하였다. 저 수많은 창문에서 기총소사를 한다면 나는 그야말로 벌집처럼 뚫리다 못해 걸레 쪼가리가 되어 버리겠지. 중간중간에는 바리케이드처럼 차량들이 웅크리고 있었다. 썰렁한 바람은 복도에까지 좇아왔다. 꼭대기층 아파트 문 틈 새로 신문이 그냥 꽂혀 있었다.

여자는 아직 들어온 기미조차 보이지 않았고 거실 벽에 걸린 오뚝한 콧날의 여자 사진이 검은 장막 속에서 살며시 웃고 있다. 냉장고를 열고 가져온 비닐봉지 속의 내용물을 넣어 두었다. 팽개쳐진 회사 사보를 집어들고 뒤적였다. 항상 첫 장에는 몇 가닥 되지도 않는 머리카락을 기름칠한 대머리 회장이 천연색으로 찍혀져 있었고, 수출탑을 쌓아 올린 산업전사들의 소감이 비슷하게 나열되었다. 나는 그것을 다시 한쪽에 던져버리고 햇살이 지나가 버린 바깥을 물끄러미 보았다. 또 하나의 아파트가 거대한 포유동물처럼 언제나 가로막고 있었다. TV수상기를 켰다. 주말 연속극이 재방영되는 장면에는 엇비슷하게 심각한 표정으로 전화를 주고받는 여자들이 보였다. TV는 확실히 삐딱한 거울이었다. 지리멸렬하게 흐트러진 영상을 기껏 보고 나서 머리 속에 정작 뭐가 남아있나 애써 찾는 모순을 만들도록 한다. 그것들이 부리는 마술을 보고 있으면 나의 감각이 조금씩 세뇌되어 사고를 얼려 버리는 것 같았다. 그리고 멍청하게 혼을 빼앗긴 노예가 되었다.

여자는 만나고 일주일쯤 지나고 나서 다시 전화를 걸어 왔다. 퇴근 무렵 도심지의 작은 카페에 얼굴을 내민 여자는 쾌활한 표정으로 뜻밖의 제안을 내놓았다. 그것은 이미 규격화되어 버린 조건들도 상당히 들어 있어서 나는 한참 생각하다가 이 당돌한 여자에게 더 말을 시켜 보기로 했다.

"저와 박선생님은 동거생활을 하는데 기본적으로 구속받지 않을 여건을 구비하고 있다고 생각해요. 덧붙여서 드릴 말씀은 단순히 모든 남자와 여자가 그러하듯, 흔히 이성적 결합으로 욕망만을 충족시킨 후 감당할 수 없는 상처나 흔적 같은 걸 남겨서 항상 괴로운 찌꺼기가 되어선 곤란하겠죠."

"……."

여자는 야물게 다물었던 입술을 달싹거리며 그 작달막한 체구 어디에 축적해 놨는지 일목요연하게 계약에 필요한 항목을 하나 하나씩 제시하였다. 여자가 이런 일을 한두 번 경험한 것처럼 논리 정연하고 그러면서도 진실된 표정으로 말할 때에는 나도 모르게 감탄사가 나올 뻔했다. 그토록 여자는 나를 동반자로 꼬이는데 성공한 것이다. 아니, 나의 무능한 고독이 일조했다고 보는 게 맞을 것 같다.

여자와 나는 이 장난 같은 계약서를 작성하면서도 서로 이해가 달라서 충돌위험이 있는 부분은 가급적 확실히 하였다. 우선 아파트는 거실과 두 개의 방이 딸린 곳을 얻기로 하고 <집세 및 관리비는 공평하게 분할한다. 공동 점유 공간의 부착물 등은 서로 합의하여 부착한다. 취사, 세탁은 개인 스스로 해결하는 것을 원칙으로 한다. 어떠한 이유라도 외인의 출입을 절대 금지한다. 성행위는 일방통행이어서는 안 된다. 그 외 한쪽이 급한 우환이 있을 시에는 보편적인 인간성을 기대할 수 있으나 가능한 피차 서로 심리적인 부담을 주지 않기로 한다.> 그러나 무엇보다도 여자는 중요한 사항으로서 동거기간을 명시하였는데 쌍방이 서로 불필요하다고 느낄 때에는 언제라도 부담을 갖지 말고 해약할 수 있다고 단서를 붙였다.

여자는 미소까지 지어 보이면서 계약서에다 침착하게 서명을 하고 한 통씩 나눠 갖자고 하였다. 순간 여자는 남편과 이혼 도장을 찍었을 때에도 그랬을 것이라는 생각이 들었다.

나는 하숙집에서 책보따리와 옷가지를 달랑 싸 가지고 여자와 합류하였다. 몇 년간 정이 든 주인 할머니는 못내 서운해하였다. 여자와 나의 부부 같지도 않은 생활은 시작되었다. 우리들은 서먹서먹했지만 규정에 어긋나지 않게 생활하였고 예기치 않은 상황이 발생 될 때에는 서로 합의하여 처리하였던 것이다.

내가 우려하였던 것과는 달리 여자는 자신의 아픈 상처에 연연하지 않고 자신의 생활을 냉정히 찾아가고 있는 것처럼 보였다. 보고 싶어하던 딸아이의 이야기도 일체 입 밖에 내지 않았고 과거에 대한 미련을 언급하지도 않았다. 가끔 여자와 나의 동거상태가 성행위로 확인 될 수는 있었으나 자연스런 대화나 함께 외출할 기회는 좀처럼 만들어지지 못했다. 그러니까 우리는 수컷과 암컷으로서 동물의 순리에 충실했다. 내가 직장 일로 늦게 귀가하는 것보다 여자의 귀가는 더욱 늦은 시간이었고 가끔 외박도 하는 편이었으므로. 하긴 여자의 직업은 그럴 확률이 많았으리라. 그러나 우리는 서로 약정한 바와 같이 피차 외로워하거나 크게 불편한 것을 애당초 느끼지 않았고, 그것은 해약 조건이 될 수도 없었다. 오히려 내 쪽에서 빡빡하게 시달린 회사일을 끝마치고 집에 오면 하숙집 할머니 냄새라든가 하숙생들의 시끌벅적한 음성을 듣지 못하여 냉랭함을 느낄 뿐이었다.

건너편 아파트 옥상에 어른거리던 겨울 해의 빛살이 서서히 소멸되어 갔다.

"딩동…… 딩동……"

문이 열리지 않고 있다. 여자는 분명 내가 있다는 것을 알고 있겠지 하며 내가 보조 자물통의 잠금쇠를 비틀자 문이 열리면서 어떤 남자의 얼굴이 쏘옥 걸렸다.

"…… 누구시죠?"

"아이고 미안합니다. 쉬시는데……. 저어, 아주머닌 어디 가셨나요? 월말이라 우유 값을 좀 수금하려고 왔습니다만."

나는 원래 우유를 별로 좋아하지 않는 편이었고 여자가 혼자서 마시는 주문 품목이었다. 이제 자연의 빛으로는 어둑어둑한 실내를 지탱할 수가 없었다. 형광등의 차디찬 빛과 백열전구가 어우러진 조명이 거실을 발가벗기었다. 길게 누워 있는 여자의 사진이 더욱 까만 눈으로 나를 뚫어지게 보고 있었다.

"딩동…… 딩동…… 딩동……"

나는 또다시 보조 자물통 잠금쇠를 비틀며 누구일까 생각했다. 이 시간이면 여자는 낮 동안 풀어진 자신의 감정을 손질한 다음, 술과 여자에게 게걸들린 손님들을 맞이할 것이다. 그러나 여자는 나의 생각을 적중시켜 주지 않고 발목에 걸린 부츠를 떼어 내고 있었다. 화장품에 절인 여자의 냄새가 후각을 간질거렸다.

"종일 심심했겠네요. 전 다시 나갈 꺼예요. 옷 갈아 입구……."

아무렇게나 지껄인 여자의 말은 별로 신경쓸 것이 되지 못했다. 여태 우리들은 그렇게 살아왔으니까.

여자의 얼굴은 다른 날보다 더 창백해 몹시 피곤해 보였다. 그러나 밖에서 자고 오는 날이면 가끔 그럴 때도 있었다.

얇은 블라우스 차림새로 들어간 화장실에서 수돗물 쏟아지는 소리가 들려왔다.

두툼한 검은 색 코트 위로 털목도리가 감겨진 목을 빼들고 여자가 말했다.

"나 어제 저녁, 옛날 그이를 만났어요. 단골손님과 같이 우연히 가게에 왔더군요. 결국 함께 밤을 세웠어요. 무척 늙어진 것 같아……."

여자는 무슨 말인가 하려다가 그만 두었다.

"…… 고통스럽진 않았나요?"

내가 위로의 질문이랍시고 거들었다. 갑자기 심장이 뜨거웠다.

"……."

문풍지가 신발 끌리는 소리를 내면서 다시 현관문이 닫혀졌다. 화장실에서는 아직 여자의 냄새가 남아 있었다. 나는 억제되었던 오줌줄기를 시원하게 뱉어내면서 빳빳한 물건을 추슬렀다.

방으로 들어와 벌렁 누웠다. 눈을 감아도 조금 전까지 남아 있었던 잠은 달아나 버렸다. 어두움은 금방 방안을 꽉 채워버리면서 형체라고 생긴 모든 것들을 묻어버렸다. 칠흙 같은 캄캄함도 시간이 흘러가자 창문을 넘어온 바깥 빛으로 부유스름해졌다. 나는 이불자락을 당겨서 어깻죽지를 휘감아 고개만 쏙 내놓고 천장을 멀건히 쳐다보았다. 북서풍이 매섭게 몰아치고 썰렁한 도시가 움찔움찔거리는 이 시간 모든 사람들은 무엇을 쫓아다닐까. 나는 이불 속에서도 뒤척이면서 별의 별 공상과 생각으로 꽉 차 있었다. 알지도 못하는 여자의 남편 얼굴이 부장얼굴과 겹치다 사라졌다.

콕콕 쑤시는 전자음의 탁상시계 소리에 화들짝 놀라며 일어섰을 때 아침은 열려진 커튼 사이로 들어와 있었다.

나는 서둘러서 거실을 거쳐 화장실에 들어가 세수를 했다.

현관에 여자의 신발 한 짝이 저만큼 떨어져 옆으로 누워 있었다.

내가 잠든 후 여자는 들어와서 자기 방을 덮쳤던 모양이다.

좌석버스는 정류장마다 한참을 머뭇거리다가 손님이 꽉 차야만 그때서야 속도를 내며 쏜살같이 다리를 건넜다. 새로운 월요일에도 사람들은 몸을 웅크리며 등을 펴지 않고 출근했다. 시내로 중심으로 깊이 들어갈수록 차량들과 사람들의 수효는 많아졌다. 길 한가운데에는 퇴색된 남대문이 고층빌딩과 차량들의 홍수 속에 포위되어 있었다.

나보다 더 일찍 출근한 누군가 저 유리창 너머 어디에선가 나를 쏘아보고 있겠지. 나는 어깨를 펴고 팽이처럼 빙빙 돌아가는 출입문에 막힌 채 빌딩 안으로 튕겨져 들어왔다.

늘 변화 없는 사람들의 얼굴이 하나 둘씩 나타났다. 금테안경 뒤로 뱁새눈을 크게 뜬 과장이, 웃는 얼굴로 손을 번쩍 쳐들어 보이면서 앉았다. 나는 토요일 늦게까지 작성해 두었던 기안지를 몇 군데 고친 다음 미스 김 앞으로 밀어 놓았다. 매일 똑같은 일들이 녹음된 테이프처럼 다시 돌아가고 있었다.

점심을 먹고 오다가 엘리베이터 안에서 만난 미스 김이 말했다.

"박 대리님, 오늘 결재 받은 인천공장 건 말이에요. 사장님이 잘되었다고 기분이 좋대나 봐요. 비서실 미스 리가 그러는데 과장이 유능하다는 소문이 윗분들 사이에 오르내리는 모양이에요."

내려다뵈는 도로의 중앙선에는 좌우로 갖가지 차량들이 계속 흘러 오가고 있었고 개미떼같이 많은 사람들이 분주하게 움직였다.

오늘은 기필코 결단을 내야겠다.

퇴근 무렵 과장은 단춧구멍 만한 눈을 좌우로 살피더니

"박병종 씨, 오늘 시간 있오? 전번 주에 고생했는데 내 오늘 쐬주 한잔 사리다. 김달표 씨하고 같이 만납시다."

카멜레온의 색깔이 어떻게 변하든가 그것은 내가 염려하거나 우려할 바는 아니었다. 단지 나는 숨쉬는 작은 벌레처럼 그들과 술을 마시면서 누가 술값을 내든 우리들의 작은 소득이 다시 재분배될 수 있도록 사람노릇이나 하면 되었다. 하늘에서 땅까지 땅거미가 지나고 어둠이 모든 구도를 먹어 버리면 도시는 어설픈 낮이 된다. 그들과 나는 이빨 새에 끼는 삼겹살을 파내며 소주잔을 비웠다. 과장이 살며시 빠져나가자 김달표가 말했다.

"박형! 당신은 참으로 무던합디다."

"고맙습니다."

"며칠 전 동창녀석과 개발해 놓은 데가 있는데 이차 어때요? 박형."

조그맣고 붉은 네온사인 밑으로 계단을 내려가자 지하는 무척 넓은 별천지였다. 무대와 객석이 분리돼 있고 객석은 거의 꽉 찬 손님으로 들떠 있었다.

조명의 소리는 어디서 오는 것일까? 거울 벽, 거울조각이 타일로 모자이크되어 붙여진 벽 앞에서 쪽 빠진 여자 하나가 가운데만 가린 채 음악에 맞춰 춤을 추고 있었다. 벽을 보면서, 자신에게 쏘아대는 뭇 사내들의 눈을 의식하면서, 드러낸 몸뚱아리를 더 드러낼 듯이, 여자는 가끔 무대 구석진 곳이며 조명이 덜 가는 곳에서 분노의 눈초리로 객석을 쏘고 있는 것 같았다. 조명이 번뜩번뜩 바뀌면서 객석을 더욱 들뜨게 만들었다. 암컷의 율동이 격할수록 이빨이 드러난 수컷들의 수효는 증가하였다. 시간이 줄어들었다. 여자의 춤도 음악의 리듬도 사위어 갔다. 그것은 시간이 우리들의 호기심을 파먹었다는 증거이리라.

김달표는 약간 취한 듯이 보였다. 그가 제의하는 것을 마다 않고 나는 그의 집을 방문하기로 하였다. 가로등이 끝나 버린 골목길은 조용한 어둠이 깔리고 있었다. 언덕배기 오른쪽으로 학교 담벽이 골목을 따라 병풍처럼 쳐져 있었고 골목과 빈터가 나타난 얼어붙은 흙길에는 던져진 연탄재가 가끔 발길에 걸리적거렸다.

"지난번 장마 때 밀려 온 흙이 덮여서…… 이거 원."

김달표는 내가 묻지도 않은 말을 변명처럼 늘어놓았다. 그와 내가 차디찬 밤 공기를 가르며 산동네 언덕을 내려왔을 때 김달표는 작은 단독주택 대문과는 떨어져 한쪽켠에 나 있는 샛문을 열면서 나를 밀어 넣었다. 서너살 난 사내아이와 눈이 들어간 그의 아내가 낯선 이방인을 두려운 듯이 맞이하였다. 방은 그다지 넓지 않았으나 많지 않은 살림 때문에 그리 협소하게 보이지는 않았다. 그의 아내가 커피를 끓여 왔다. 아이는 내가 사온 종합선물 과자 상자를 손가락으로 꼼지락거리며 잡아뜯고 있었다.

"박형! 나 사는 게 이렇습니다."

김달표는 TV 위에 있던 유리 재떨이를 방바닥에 놓으면서 말했다. 그의 아내는 잠깐 보이지 않다가 귤과 깎아온 사과를 쟁반에 담아 들고 왔다.

"식사는 못하셨죠? 재훈 아빠 어떡하죠?"

"아, 됐어. 걱정 말고 그거 있지? 전번에 처가에서 가져온……."

꿀물로 나의 막혔던 속이 트였다.

간선도로변까지 나와서 택시를 잡아 준 김달표를 뒤로하면서 내가 다시 도시의 중심을 통과할 때는 우뚝우뚝 선 콘크리트 덩어리들의 불빛은 시름시름 죽어가고 있었다. 택시는 씽씽 날아갔다.

나는 허리춤에서 열쇠를 꺼내 습관처럼 구멍에 쑤셔 넣고 비틀었다. 여자는 화사한 잠옷을 입고 소파에 기대어 앉아 있었다. 여자는 축축이 젖어 있는 눈으로 나를 쳐다보았다. 술에 취해 있는 것 같았다. 여느 때처럼 발정한 암컷의 눈은 아닌 것 같았다.

이번만은 꼭 내가 먼저 제안하기로 마음먹고 나는 가빠 오르는 숨을 억제하면서 무겁게 입을 열었다.

"…… 해약을 정식으로 통보합니다."

그리고 장지갑 속에 깊이 들어 있던 얇다란 계약서를 꺼내 들고 라이터의 불을 붙였다. (1986)

황사현상

"아 하고 벌리세요."

"……아."

"더 크게 하십쇼. 크으게."

"……아아."

"네 되었어요. 그대로 잠깐 계세요."

잇몸 사이로 꾹 찌르는 필름판 모서리가 와 닿아 무척 신경이 거슬렸다. 그러나 나는 아주 유순한 아이처럼 따를 수밖에 도리가 없었다. 치과의사의 지시를 받은 엑스레이 기계 옆에 서 있던 조수의 손가락이 내 입 안을 들락거렸다.

"손가락을 요렇게 해 보세요."

"네 그렇게…… 네네."

내 검지 손가락이 엑스레이 필름조각을 누르고 있을 때 이빨의 뿌리가 촬영되었는지 조수는 동작을 원상태로 환원시켜 주었다.

병원 3층 유리창 밖에서 도시의 작은 소음들이 들렸다. 차량들이 중앙 차선을 중심으로 개미떼처럼 서로 엇갈리며 꼬리를 물고 한없이 줄행랑치고 있었다.

"됐습니다. 저쪽 방에 가서 선생님께 다시 보이면 됩니다."

작달막한 키의 조수는 상냥하게 말했다. 나는 약간 뭉기적거리면서 왔던 복도를 거슬러 좌측 방으로 들어섰다.

금테 안경 뒤의 날카로운 눈빛은 원인을 알고 있다는 듯 고개를 끄덕이면서,

"잠깐 앉아 있으면 결과가 나옵니다. 조금만 기다리세요."

편안한 소파 앞에는 주간지와 화보집 따위의 잡지들이 꽂혀 있었다.

나는 그 중 아무것이나 한 권을 뽑아 펴보았다. 입술에 루즈를 잔뜩 바른 여자가 억지로 미소를 짓고 있었다. 그러자 다시 아내가 떠올랐다.

안방구석에 놓인 텔레비전에서 코미디 프로가 진행되고 있었다. 베개를 벽에 붙인 채 등짝을 기댄 내게 아내는 커피 두 잔을 타 가지고 와서 권했다. 그리고 웃겨주는 사람들을 따라서 적당히 깔깔깔 웃었다. 나는 시선만 화면에 머물러 있을 뿐, 조각난 생각들이 머릿속을 꼬집으며 혼란스럽게 했다. 그러자 방문 쪽에 멀찌감치 떨어져 있던 아내가 다가오더니 갑자기 내 얼굴을 들여다보는 것이었다.

"왜 그래?"

"무슨 언짢은 일이라도 있으세요. 시무룩해 보여서 그래요."

"웃을 일이 있어야 웃지."

"……그래도."

아내는 무슨 말인가 할 듯 말듯 하다가 다시 화면으로 눈을 돌리면서 숙연해지는 것 같았다. 우리는 멍청하게 화면에 시선을 고정하고 제각기 다른 공상에 사로잡혀 있었다.

멍청하게 앉아 있던 나는 이발관 의자처럼 생겨먹은 치과 의료용 기구인 덴탈유니트 체어가 로보트 팔과 머리통을 쩍 벌리고 있는 모습을 멀거니 바라보았다. 대머리가 반쯤 올라간 의사는 손을 세면대에 담아 씻으면서,

"자 시작해 볼까요? 이쪽으로 앉으시죠."

하고 로버트 팔 사이의 치료용 기구에 앉도록 권했다. 나는 엑스레이를 찍었을 때처럼 발을 쭉 뻗었다. 그러나 원체 긴장한 탓인지 그다지 편안하지는 못했다.

"원장님! 여기 있습니다."

문이 열리면서 작달막한 조수의 음성이 그의 몸과 함께 들어왔다. 의사는 통통하게 살찐 하얀 손으로 화투짝만한 엑스레이 필름조각을 쳐들었다. 정오의 햇빛이 투과된 유리창 쪽으로 비쳐 보이는 필름조각을 요리저리 보던 금테 안경 너머의 실눈은 나를 히뜩 내려다보았다.

"요게 문제였군 그래. 선생, 아직도 유치(乳齒)가 박혀 있어요. 보시겠소? 바로 요거요, 요것 말이요. 이놈이 심심할 때마다 선생을 깐죽거리면서 심통을 건드렸을 겁니다. 대개 이빨을 갈 때 새로운 이빨이 나오게 되는 이것은 여지껏 그대로 있다가 일부분이 끊어져 나가 차츰 썩어 간 겁니다."

신경쓰이는 일이 있을 때마다 덩달아 이빨을 쑤석거리던 그 통증은 아내의 그 일이 있고 난 후부터 갑자기 더해지기 시작했다.

아내와 나는 평소에 아파트 현관 문 앞에서 벨을 네 번 누르도록 약속했던 터였다. 네 번. 우리들의 은행예금 구좌의 비밀번호도 4444

아파트는 104동 414호 남들이 대개 피하는 4자로 우리들은 즐겨 놀음하였던 것이다.

아이가 없었던 아내는 좁은 아파트 이 구석 저 구석을 말끔하게 치워놓고 무료한 시간을 어떻게 달랬을까. 아이가 없는 아내는 어쩌면 죽을 때까지 철창 안의 무기수처럼 모든 것을 체념하고 들어앉으려 했을지도 모른다.

츄리닝을 선적하여 요구서대로 보내야 할 시일은 거의 다 되어 가는데, 포장 완료했다는 소식이 없어 성남시에 있는 하청업체의 출장을 마치고 회사로 들어갈까 하다가 집에 잠깐 들리기로 했었다. 오후 두 시가 조금 지나 어차피 중간 길목에서 차를 바꿔 탈 수밖에 없었던 노릇이어서 집에 들렀던 것이다.

을씨년스런 계절이 아파트의 계단까지 따라오다가 후딱 꺼졌다. 3층 정도까지는 그런 대로 오를 만했지만 올라갈수록 나는 빈손으로 온 것을 후회했다. 과일 가게에 들러 귤 한 봉지라도 들고 올 것을. 혼자 있는 아내를 위해.

벨을 누르려다 말고 언뜻 현관문이 열려 있는 것을 보았다. 나는 아내를 부르려다 말고 아내를 놀라게 해주어야겠다고 생각했다. 살그머니 들어섰다. 직사광선이 깊이 파고 들어오지 못한 실내의 그늘은 착 가라앉아 있었다. 현관 옆의 신발장 위에 걸린 거울에는 한 사내가 도둑괭이처럼 박혀 있었다. 나였다. 나는 순간 그림자가 또 하나의 실체로서 어디서나 할 것 없이 따라다닌다면 어떨까 하고 생각했다. 그림자가 실상과 똑같은 형태. 그것은 웃기는 일이었다. 갑자기 뭔가 앞발치에 걸리적거렸다. 아내가 집에서 늘 허드레로 신던 굽

높은 슬리퍼였다. 가지런하지 못한 신발은 제각기 한 짝씩 떨어져 있었다. 맞보이는 거실 벽에 낯익은 사진이 눈으로 들어왔다. 아내와 나의 결혼사진을 확대 인화하여 걸어 둔 액자였다.

아내의 인기척은 없었다. 어딜 갔나. 옆집에라도 간 것일까 하다가 화장실에 들어가 있을지도 모른다는 생각이 들었다. 아내의 배설은 불규칙적이고 유동적이어서 나는 그럴 때마다 아내를 놀려댔다. 벽을 따라 계속 안으로 훑어갔다.

발바닥의 감촉이 이상했다. 내려다보니 나는 신발을 그대로 신고 있었다. 아내를 놀라게 해준다는 강박관념이 신발조차 벗지 않게 하였던 것이다. 하긴 가끔 그런 적이 있었다. 늦잠을 자고 나서 출근시간에 늦지 않으려고 허겁지겁 집을 나온 후, 뭔가를 까먹고는 아파트 계단까지 나섰거나, 혹은 버스 정류장에 거의 다 와서야 깨닫고 다시 진땀을 빼며 올라가 현관을 통과하고, 구두를 신은 채 안방까지 들어가면 아내는 질겁하는 것이었다. 나는 구두를 벗어 놓고 까치발로 살금살금 걸었다. 참 이상했다. 매일 몸뚱아리를 눕히고 호흡하여 살아온 공간이 간혹 내 행동과 생각에 따라 남의 집처럼 여겨진다는 것이.

현관을 지나서 오른쪽이 화장실이고 거실을 대칭하여 안방과 작은 방이 연이어 있었다. 작은 방은 평소 잘 쓰지 않는 편이었고 바른쪽이 부엌이니까 단순한 평면구조였다. 화장실 문이 반쯤 열려진 틈새로 안이 보였으므로 아내는 화장실에 있을 턱이 없었다. 어디에 있을까 하고 숨바꼭질하듯 나는 가벼운 흥분을 지그시 누르면서 거실을 휘휘 둘러보았다. 열린 미색 커튼 사이를 뚫고 미약한 바깥 빛이

기역자로 꺾어진 소파와 밤색칠 장식장을 적시고 있었다. 거실에 있지도 않으면 안방인가. 그러나 삐긋이 열려진 안방 문을 밀고 살짝 들어섰으나 맞보이는 화장대 거울은 내 모습만 비출 뿐이었다.

여기도 아니라면. 아 그렇지, 나는 작은 방을 생각해 내고 웃음을 흘렸다. 내가 회사의 잔일을 가지고 퇴근하여 안방을 차지하면, 아내는 방해가 될세라 거실에 있든지, 아니면 작은 방에서 소롯이 잠들 때도 더러 있었다. 나는 더욱 가슴에서 일렁이는 흥분을 삭이면서 부엌 쪽으로 갔다. 작은 방 안에서 미세한 인기척이 나는 것 같았다. 작은 방이군. 살짝 틈만 보이게 열려진 문짝. 그렇지, 제까짓 게 가긴 어딜 가. 낮잠이나 퍼주무시겠지 생각하면서 나는 입 밖으로 나오려는 웃음을 애써 참으며 다가갔다. 나는 다시 살짝 발바닥을 세워 접근했다. 그리고 방문 손잡이를 잡았다.

이때 전혀 예기치 못한 이상한 소리가 들렸다. 아내의 음색과 똑같은, 헉헉거리는 또 다른 동물의 소리. 어우러진 소리의 파편들이 내 귓전을 사정없이 뚫었다. 머리가 쭈뼛거렸다. 어느새 나도 모르게 문을 확 밀었을 때, 천장에 매달리다시피 한 북향의 작은 창문에서 새어나온 빛이 어스름한 방바닥의 물체를 비추고 있었다. 문 반대편 벽면으로 남자의 뒷머리가 향해 있고 아내는 깔려 있었다. 아내의 허연 허벅지와 까발린 남자의 아랫도리가 엉켜 널브러져 있었다.

갑자기 나는 오금이 저려 왔다. 아 아, 나도 모르게 흘린 탄성으로 옆으로 돌려 있던 아내의 얼굴이 나와 부딪쳤다. 심장의 피가 머리를 강타하면서 갑자기 어뜩거렸다. 순간 마주친 아내의 눈이 크게 홉떠졌다. 나의 가슴이 뜨겁게 타올랐다.

어둠 속의 고양이 눈처럼 커진 동공. 아—악. 아내의 발악이 터졌다. 엎드려 일에 몰두하던 남자가 고개를 모로 돌려 나를 쳐다보았다. 낯선 남자였다. 야수같이 붉게 충혈된 남자의 눈. 나는 부르르 몸을 떨었다. 그리고 그 모든 일은 아주 순간적으로 지나갔다.

"선생님! 그럼 빼야겠지요?"

내가 조심스럽게 물었다.

"빼야겠지요. 놔두면 자꾸 고름 낭(囊)이 커져 옆에 있는 이빨까지 금방 상하게 합니다. 빼고 새로 해 박는 편이 좋을 것 같군요. 물론 지금 빼더라도 당장 새 이빨을 할 수는 없고 한 달 정도 있다가 해야겠죠."

나는 망설일 필요가 없었다. 나는 비시시 웃었다. 일년도 넘게 아내는 늘 나를 치과에 가도록 권유했다.

"호미로 막을 걸 괜히 삽으로 막기에도 힘들게 하지 말고 병원엘 가요. 내일이라도 잠깐 시간내믄 되잖아요. 네."

그러나 나는 선뜻 치과엘 가지 않았고 아내는 되풀이해서 채근하곤 했다. 나의 게으름은 아내의 무관심을 불러 왔다. 그러나 나의 모든 기능이 얇디얇은 도시생활의 일반적 관성의 흐름에 따라 매일 그날로 판에 박혀 일정하게 흐르는 와중에도, 그 불규칙적으로 쿡쿡 와 닿는 치통의 자극은 어느새 기묘한, 그리고 조금 생소한 크기만큼 끝내는 일상의 한 부분이 되어 있었다.

"어떻게 할까요?"

의사가 빤히 내려다보았다.

"아무래도 빼는 것이 좋겠지요?"

나는 당사자임에도 어정쩡하게 말한 것이 계면쩍어 약간 얼굴이 화끈거렸다.

로보트 팔 하나가 이마 위로 오더니 내 머리통을 겨냥하고 있었다.

"아 하고 크게 벌리세요."

순간 로보트 팔에 매달린 불이 빛을 발했다. 의사의 금테 안경도 벽에 붙여진 해골 이빨의 해부도도, 금방 멀리멀리 화면 속처럼 희미해 졌다. 대신 네모난 철판 상자에 갇혀 있는 불빛은 강렬하게 나를 쏘아왔다. 눈을 감았다. 꽉 힘을 주어 감아버렸다. 입을 벌린 채 나는 굳어졌다.

바늘같이 예리한 자극이 잇몸을 쿡쿡 건드렸다. 얼얼한 마취가 퍼져 나간다고 생각했다. 입 천장 어디선가 타액이 고여 나와 숨쉬기가 거북했다. 의사는 잠시 타구(唾具) 속의 침전물을 뱉게 했다. 다시 입을 쩍 벌리자 그들은 작업을 계속했다. 얼얼한 감각조차 못 느낄 무렵 아래턱 송곳니 부근에 심한 통증이 왔다. 잇몸을 찢어발기면서 뿌리깊게 내린 이빨을 공기층으로 뽑아내는가 보았다.

나는 나도 모르게 번쩍 눈을 떴다. 전기 불빛의 강한 눈초리가 노려보고 있었다. 그렇다. 아 저건, 그때 아내의 눈빛이었다. 천장을 쳐다보고 있다가 내 시선과 마주쳤을 때 번갯불 같은 그 눈빛. 음지 속에서 먹이를 놓친 암코양이의 동공. 상냥함과 수줍음이 금시 증발되어 증오와 원망이 가득 담긴 동물 본능의 눈빛이었다.

눈이 부셨다. 불빛은 조금치라도 딴청을 부리지 못하게 하려는 듯 그 때 아내의 눈길 마냥 나를 노려보았다.

대체 아내에게 나는 무엇이었을까. 또한 나는 아내에게 무엇이었을까.

아파트에 둥지를 틀고 살아온 3년은 아내와 내가 호적에 등재된 세월이었다. 자연 유산을 내리 몇 번인가 하였다는 사실을 빼놓고 아내는 자신의 나이보다 더 싱싱했다. 신혼의 기간이 긴 것은 자연 유산을 한 덕분일 터이었다.

단지 연약한 아내는 내게 항상 상냥한 웃음을 보여줬다. 그것은 늦게 장가든 내 또래의 친구들이나 이웃이 이미 아이들을 옹기종기 딸려 있는 것에 대한 선망 섞인 민감한 성격 탓이라고도 보여졌지만, 정말 나를 좋아했던 표현이었을 것이다.

섬유수출업체의 영업부. 아내는 참외만한 얼굴을 들어 바로 맞은편 책상 건너의 내 얼굴과 수시로 맞닥뜨렸다. 우리들은 수줍고 괜히 무안한 듯한 얼굴과 표정을 슬슬 교정해 나가기로 했다. 노총각과의 데이트는 사내 분위기로 봐서 상당히 눈치를 봐야 했던 아내의 긴장감을 몸에 배이게 하였던 것 같았다. 내 입장으로서도 드러내놓고 떠벌릴 필요는 없었던 것이다. 이상하게도 아내와 나는 누가 먼저 제의한 것도 아니었건만, 일단 회사에서 일하는 시간동안은 전혀 모르는 타인들처럼 행동했다. 오히려 그런 점이 자연스럽게 대하는 회사 안의 다른 남녀들에 비하여 두드러지게 어색했을지도 몰랐다. 다만 거래처에 대한 출장과 하청업체를 독려한다는 명목상으로 밖에 나다니는 내 입장이 그 시간만큼은 그녀를 긴장에서 해방시켰을 것이었다.

임대아파트를 얻어 살림을 차린 것도 따지고 보면 아내의 독려와 지속적인 충고에 의한 것이라고 봐야 타당할 것 같다. 그 흔한 연극

구경이나 음악회를 가는 대신 가급적 공원산책과 분식으로 메꾸다 보니 자연히 나의 술값이 억제된 것은 당연한 것이었다. 활기차게 밀어붙이는 아내의 탄력이 힘을 잃어간다고 생각되었던 것은 두 번째 자연유산 무렵이었다. 산부인과 의사는 선고공판정에 선 우리들의 조마조마한 마음을 깡그리 무시하면서, "조심하셔야 합니다. 영구히 불임이 되어 버릴 수도 있으니까?" 라고 판결을 내렸다.

"다 끝났습니다. 내려오세요. 그 솜뭉치는 꽉 물고 계셔야 합니다. 지혈될 때까지 빼면 안됩니다."

눈을 뜨자 로보트 팔에 달린 불빛은 감쪽같이 없어지고 말았다. 심장을 경직시켰던 아내의 눈빛도 보이지 않았다. 등짝이 축축이 젖었다. 안도감과 작은 허탈감이 동시에 밀려 올 때, 욱신거리는 통증 대신 야릇한 간지러움이 잇몸 안쪽으로부터 번져왔다.

바람이 소리를 윙윙거리며 날아다녔다. 햇볕이 좌악 쏟아져 내리고 아지랑이가 도시의 거리 이곳저곳을 꿈틀대고 있었다. 흐느적거리는 사람들의 물결. 바겐세일 현수막이 현란한 백화점들. 나는 갑자기 눈부신 거리를 따라 군데군데 서 있는 플라타너스 가로수 잎눈들의 빼초롬이 튀어나온 생명의 빛을 보고 봄이 왔음을 새삼 확인했다. 아내도 어디에선가 분명 봄을 느끼고 있을지 모를 것이다.

어둠을 스치는 구역등을 보면서 나는 약간 피곤했다. 칙치익칙 지하철 전동차와 천장에 붙은 고압선 간의 스파크 마찰음이 나면서 불꽃이 튀었다. 그렇게 서너 개의 역이 지리하게 지나갔다. 내가 서 있던 위치는 열차와 열차의 칸이 이어진 이음새 바로 옆이었으니까 빤히 보이는 세 사람중 한 사람만 일어나도 앉아 갈 수 있었다. 피로가 위에서 아랫도리로 쏠리면서 풀린 나사처럼 육신은 흐느적거렸다. 또 다음 역이 보였다. 중학생 정도의 두 아이가 동시에 일어서더니 열린 좌측 문 밖으로 급히 뛰어갔다. 이제 후줄그레 젖은 듯한 몰골의 사십대 작업복 차림 남자만 남았다. 내가 남은 자리 끝에 앉자 남자와 나의 틈은 비어 있었고, 마침 서 있는 사람이 없었는지라 좌석은 그냥 이빨 빠진 거나 진배없는 모양이었다. 나는 혼자 쓰디쓰게 웃었다. 잇몸에 박힌 솜덩어리가 새삼 느껴졌다. 나는 엉덩이에 하중을 실어 약간 푹신한 군청 빌로드 시트에 몸무게를 의지하며 그리고 가만히 눈을 감았다.

그렇지. 이렇게 이빨이 빠졌지. 일년 동안이나 속을 썩이던 이빨을 오늘 분명히 빼버렸어. 아주 개운해. 개운하고 말고, 그러나 그럴까. 진짜 개운한 것일까.

아내는 정말 그녀의 말대로 그 순간, 달리 어찌해 볼 수 없는 형편에 있었던 걸까. 그럴지도 몰라. 부지런한 천성으로 보아 아내는 커튼을 활짝 제치고 청소를 하였던지, 자연 유산으로 아픈 가슴을 누르며 나의 귀가만을 기다렸을 거야. 현관에서 아내의 신발에 내 발이 걸렸을 때 그 녀석의 신발은 보이지 않았어. 그래 그놈은 신발을 신고 허겁지겁 바로 아내를 끌고 방으로 갔을 것이다. 내가 조금만 일찍 집에 들어섰다면 어땠을까. 출근이 늦었을 때처럼 계단을 두 세 개씩 뛰어 올라갔었더라도 어쩌면, 차라리 그냥 성남에서 회사로 곧장 직행하였더라도 아내의 말대로 모든 것은 없었던 것으로 되었을지 모른다.

차내 방송에서 코맹맹한 여자 목소리가 다음 역을 예고하였을 때

나는 슬그머니 눈을 떴다. 그러자 어두운 굴속에 똑바로 선 유리창은 검은 거울이었고 그 거울을 등지고 하얀 블라우스 아래 하얀 스커트 속으로 다리를 내보인 여자가 앉아 있었다. 이십 초반으로 보이는 저 여자는 먼저 나를 발견하였을지도 모른다. 서너 개의 역이 경과할 때에도 승객들은 가득 차 있었으니까. 하긴 내 뒷모습을 저 여자에게 노출시켰던 터였으니까 당연한 이치였을 것이다. 여자는 내 얼굴이 마주치자 금방 책에다 시선을 내리깔고 있었다. 잠깐 훔쳐본 여자는 입은 옷만큼이나 깨끗한 용모에다가 짙은 눈썹이 확연히 어디선가 본 듯한 여자 같았다. 어디서 보았을까. 불현듯 아내가 떠올랐다. 그리고 보니 아내의 눈썹처럼 굵은 눈썹과 갸름한 얼굴이 비슷했다. 나는 그때부터 전동차 출입문 위에 붙여진 지하철 노선표의 역의 개수를 헤아리면서 지루함을 달래는 짓을 그만 두었다. 그리고 여자의 모습을 살금살금 훔쳐보았다. 여자 옆에 앉아 있는 오십대 신사복이 반백의 머리칼을 손가락으로 넘기면서 나를 쳐다보았을 때 나는 도둑질을 하다 들킨 사람처럼 무안을 슬쩍 애써 감췄다. 다음 역은 노선이 다른 역끼리 교차하는 곳이었다. 태극표시가 기둥과 벽에 표시되었고 노선 행선지가 화살표로 구분되었기 때문이다. 승객들이 한 차례 나가고 또 다른 떼거리가 왕창 밀려 들어왔다. 비어 있던 자리에 밝은 옷 빛깔 하나가 펄썩 주저앉았다. 나는 옆으로 돌아보지는 않았으나 사각의 느낌으로 그가 여자임을 짐작했다. 그리고 나서 다시 앞의 또 다른 여자를 주시하였다. 앞에 앉은 여자와 오십대 신사복과의 벌어진 틈 사이로 유리창은 거울 역할을 했고 비쭉이 바로 옆에 앉았던 밝은 옷이 거울에 비췄다. 하얀색에 가까운 미색 투피스였다.

역에서 멀어질수록 바깥 불빛들은 소멸되어 갔고 차창에 비추인 옆 여자의 모습이 선명해졌다. 여자를 관찰하는 초점의 시간이 길수록 부옇게 보이던 그녀의 모습이 뚜렷해졌다. 어디에선가 본 것 같은 여인. 아내와 닮은 것 같기도 하였고 누군가 닮은 여자였다.

그러자 내 앞의 하얀 옷차림의 여자와 유리창에 판박이된 미색 투피스의 여자가 시야에 함께 나타났다. 차장에 나타난 여자와 앞에 앉은 여자의 두 얼굴이 쌍둥이처럼 보이면서 거기다가 아내의 얼굴까지 세 개의 얼굴이 어지럽게 겹쳐 혼돈되었다. 레일토막이 중간중간 끊긴 부분을 통과할 때마다 약간의 진동과 덜컹거리는 소리가 청각을 두드리지 않았더라면 나는 기묘한 당혹과 고통을 더 맛보아야 했을 것이다. 아래턱이 아려왔다. 솜뭉치가 이빨 빠진 자리에 대신 들어앉아 있다는 생각이 박혔다. 덜컹덜컹덜컹 더얼컹 디잉동 딩동 딩동 딩동 덜커덩.

문득 책을 보던 여자의 얼굴에는 왠지 호의적인 표정이 스치고 지났다고 생각되었을 때 여자는 다시 종전의 자세로 돌아갔다. 내가 유리창에 비추인 내 옆의 여자 얼굴을 영상으로 보았을 적에 여자들은 함께 나타났다. 감정이 앙금처럼 가라앉은 그 위에서 아내와 여자들을 혼동한 나의 의미를 한숨과 함께 밀어냈다. 흰 스커트 밑으로 나온 여자의 오른발이 왼쪽으로 꼬아졌다. 그것을 바라보고 있는 내 시선을 내 옆의 여자가 어두운 유리창을 통하여 보고 있었다. 아까 신사복에게 들킨 무안보다 더 큰 당혹감이 엄습했다.

— 출입문 닫겠습니다아. 다음은 잠실역입니다아. 내리실 문은 좌측입니다아— 안내방송은 목표에 접근해야 할 나에게 안도감을 주

었다.

아파트입구 상가에서 소주 한 병과 훈증으로 구워진 오징어포를 사 가지고 나는 쓸쓸한 둥지의 현관문을 비틀었다. 열리지 않았다. 벨을 누르던 습관은 고쳐졌건만 아내가 열어주리라고 믿는 습성만은 그대로였다. 손잡이 끝에 열쇠를 집어넣고 비틀어서야 마지못해 문이 열렸다. 쭉 잡아 내리자 거꾸로 말려 올라간 양말짝을 윗도리 위에다 휙 던져놓았다. 누웠다. 콘크리트 속으로 가늘게 들리는 자동차 소음이며 도시의 잡다한 공해가 스멀스멀 기어 들어왔다. 머리 속은 텅 비어 있었다. 텅 빈 이 머리 속을 정리할 방법이 없을까 머무적거리면서 나는 소주병을 어금니로 따려다 비로소 솜뭉치가 여지껏 입안에 있다는 것을 알았다. 손가락을 집어넣어 피묻은 솜뭉치를 빼내었다. 벌건 핏빛이 솜세포에 골고루 퍼져 있었다. 순간 나는 치과병원에서 나와 처음으로 온전히 웃음답게 픽 웃었다. 아내를 여관까지 유인하여 처음 반 강제로 풀어제끼던 날, 하얀 침대시트에서 본 붉은 처녀의 흔적이 연상되었기 때문이다. 지혈이 되었는지 입 안에서 짭짤한 맛은 더 나지 않았다. 소주병이 반쯤 남아 있을 때 얼얼한 기운이 온몸에 조금씩 피어올랐다. 무엇인가 여느날 같지 않은 일상생활의 큰 뭉텅이가 빠져버린 듯한 이 느낌.

눈 앞 화장대 옆에 전화기가 보였다. 어느새 나는 아무렇게나 다이얼을 돌리고 있었다. 다이얼은 반쯤 돌다가 삼분지 이쯤 거듭거듭 돌더니 제자리에 멈추어 섰다. 처갓집으로 돌렸던 모양이다. 발신음은 꾸르륵 꾸르륵 가는데 응답이 없었다. 그런데 이상하게도 주고받는 말소리가 들렸다. 혼선이 된 목소리들이 귓전을 파고들었다. 나는 수화기를 들고서 두 남자들의 대화를 가만히 듣고 있었다.

카랑카랑한 목소리의 주인공이 말했다.

"…… 이 치유되기 어려운 생활이 도대체 무엇 때문인 줄 아시오? 허나 나는 딱 한가지 그걸 말하고 싶소. …… 듣고 있습니까?"

"아 예!"

나는 화들짝 놀라며 그 목소리에 크게 대답하고 말았다. 잠시 가슴이 멈추는 것 같았다. 그러나 내 목소리는 그들에게 전혀 들리지 않는 죽은 소리였다. 그들의 통화만 내게 청취되는 혼선의 전화였던 것이다.

"…… 소유욕 때문이오. 당신은 내가 이런 말을 하니까 너무 뚜렷한 이야길 또는, 하나마나한 이야기를 왜 하느냐고 말할 거요. 중요한 문제는 당신 욕심이며 그것의 한계설정과 인간에게 섞여 있는 동물의 본성이거든."

듣고 있는 반대쪽 남자는 반말 짓거리의 카랑카랑한 목소리에 거역할 수 없는 무엇이 있었던지 끌려가고 있었고, 나 역시 지남철에 빨려 가는 쇠붙이처럼 듣고만 있었다.

"당신이 요즈음 그 일을 심각하게 받아들이는 이유를 굳이 말해 볼까?"

"……."

"그럴 꺼요. 당신이나 나나 똑같이 당하고 있는 고민거리, 아니 지금 이 시대를 살아가는 사람들의 공통적인 문제이기도 할 걸. 당신 부부의 문제…… 그렇지? 여잔 남성의 소유물이 아니거든."

갑자기 울화가 치미는 듯한 목소리가 반격했다.

"아니, 왜 그렇게 비약합니까? 왜! 그것은 나의 문제라구요. 그게 무슨 일이라구 남의 가정 일을 들춥니까? 들추길."

"제가 전화드렸던 건……."

"아 알아요. 알아요."

부아가 치밀었던 것 같은 그 목소리는 상당한 위험 수준에서 누그러졌다.

"허허허…… 여보십쇼. 내가 과한 말을 했다면 미안하우. 그러나 조금 더 들어보면 당신께서도 조금은 이해할 거요."

수화기에서 들려오는 그 과장이 섞이지 않고 차분한 목소리는 다시 말을 이어나갔다.

"아주 먼 옛날로 거슬러 올라갑시다. 그땐 아마 모르면 몰라도 분명 모계사회가 형성될 수밖에 도리가 없었을 거요. 소위 인류학자들이 말하는 호모 사피엔스가 나왔던 그 이후까지도 말이요. 그 시대에 있어서 인간은 네발 달린 동물과 다를 바 없었겠지. 먹고 자고 먹고 그 다음에 하는 일이란 교미하는 거 아니겠오. 종족번식의 배설은 동물의 본능이니까 누구나 하게 되는 것이고 또 새로움을 주는 것이기도 하지. 허나 섹스 뒤에 오는 게 무어요? 신이 주신 보너스인 것처럼 생각하지만 번식은 당연한 거요. 혹 같은 그것은 이미 생물들에게 당연한 귀결이요. 요즈음처럼 피임기술이 발달한 현실에도 자식을 낳고 안 낳기가 힘든 일일진대 동물 세계에서야 섹스하면 낳는 것이 당연하지. 헌데 문제는 그 후에 오는 것이오. 사유 재산제도가 거의 없었던 원시 공동사회에서, 더더구나 인간의 윤리가 공백된 그 상태에서, 네 것과 내 것의 구별이란 그저 알량한 자기 몸뚱아리 외에 뭐가 있겠오. 그래서 암컷은 수컷의 씨를 누구 것인지도 모르고 잉태하였던 일들이 비일비재하였을 것이오. 아마 그런 의미에서 볼 때 당신과 나는 물론 이 지구상에 떠도는 모든 인종들은 구태여 그렇게 원수처럼 지낼 필요가 없을 것 같다고 생각하고. 으흠…… 이야기가 옆으로 빗나간 것 같지만 계속하겠오. 그렇게 태어난 자식들은 자신의 어미하고도 상관했을지도 모르는 일이고……."

"아니……뭐요!"

듣고 있는 사내와 내가 거의 동시에 소리쳤다.

"아 아니 그것은 물론 내 추측일 뿐이니 오해하지 말고 계속 들으시오. 그러나 세월이 지나고 정착된 사회가 형성되어 갔고 동물과는 다른 예리한 두뇌의 인간이 자신의 것을 가까운 데서부터 찾기 시작하면서 남의 것 내 것을 구분 짓게 되고 자신의 것을 철저히 지키는 게 습성화되면서 지금 우리들의 비극은 싹텄을 게요. 인간의 손으로 만든 물건이야 영원한 임자가 어디 있겠오마는, 일순간에 왔다가 사라져버리는 남녀간의 풋풋한 애정이란 익어갈수록 떨치기도 힘들겠지만 또 쉬이 끊어져버릴 수도 있는 것 아니겠오."

나는 으슬으슬 추워지는 한기를 느꼈다. 마치 한 여름 무더위 속의 학질 걸린 사람처럼 나도 모르게 서늘해졌다. 그러나 언제 그랬는지 수화기를 자연스럽게 턱과 목언저리에 걸쳐 누르면서 땀나는 손가락으로 담뱃갑을 만지작거리고 있었다.

"윤리적인 불문율은 그때쯤 사람들에게 새겨졌을 것이고 모든 구분이 질서를 잡기 시작했을 거요……. 문제는 욕심이오. 소유욕의 증가는 인간을 생물 가운데 가장 영험한 족속으로 발달시켰으면서도 항상 파멸의 구렁텅이로 유혹하는 악마거든…….”

짤깍. 나는 수화기를 내려놓았다.

아내는 옷을 추스르면서 눈물 한 방울의 흔적도 내게 보이지 않았다. 나보다 더 늙게 보이는 남자가 도망간 한참 뒤 아내는 가만히 내 옆에 앉아 맥주 한 컵을 권했다. 나는 기갈 들린 짐승처럼 단숨에 마셔 버리면서 아내에게 따귀를 힘껏 갈겼다. 선불리 맞은 아내의 코에서 피가 주루룩 흘렀다. 한 손으로 코를 막은 아내에게 화장지를 뽑아주자 아내는 거절하면서,

“변명은 아니에요. 당신이 조금만 늦게 집에 들어왔어도 나는 아무 일도 없었을 거예요. 주방기구를 월부로 파는 남자라고만 알고 있어요. 처음 보는 남자에게 저를 쉽게…… 허락하리라고 믿어요 당신은? 제게도 문제는 있었어요. 벨을 네 번씩 누르는 사람은 꼭 당신이라고 굳혀버리는 제 습관 때문이었어요. 흉기를 들이대는 강도에게 목숨을 던져서라도 저를 지키라고 하신다면 더 할말은 없어요. 그러나…… 여보, 당신은 내게 무엇을 알고 싶은 거죠?”

시간이 지나고 날짜가 가고 요일이 바뀌었다. 무척 대범해 지려고 하는 내게 아내 역시 겉으로나마 그전처럼 웃었다. 그러나 나는 그만들어낸 웃음 어딘가에 구멍이 뚫어져 있다고 생각했다. 솔직히 내 어두운 마음처럼 아내의 어둠도 괴로웠으리라. 여보 좋은 생각만 해봐요. 힘을 내봐요. 예. 왜요. 역시 안 되는군요. 아……. 자 다시 시작하는 거예요. 차분하게 다시요. 역시 안 되는군요.

아내의 집요한 재촉이 등을 두드릴수록 월부장사의 영상은 내 남성의 시도를 계속 좌절시키고야 말았다. 두뇌의 지시에 따르지 않는

물건이었다.

"좋은 직장 있겠다. 훤한 그 인물에 뭐가 걱정이야. 이봐, 마누라 집 나갔다고 그러지 마. 걱정할 것 하나도 없어. 자자 술이나 들자구."

퇴근길에 함께 만난 친구가 내 눈치를 살곰살곰 훑아보면서 말했다.

"금년에 승진이나 힘써 보고 나서 다른 걱정거리는 하나씩 해결해도 되는 건데 뭘…… 어디 여자가 세상에 하나뿐인가."

내 의식과 그의 격려 같은 부추김은 다행히 일치하지 못했다. 그것이 내 소심한 성격의 한계였다.

촉수가 낮은 전등 뒤의 여자가 바보처럼 웃고 있었다. 연못에 파문이 일 때 비춰진 아내의 얼굴과 흡사한 포장마차집 여자는 건강해 보였다.

투명한 액체를 홀짝이던 친구가 연신 해대는 말이 귓속을 그냥 통과하여 증발했다. 그는 나의 그러한 표정을 재빨리 알아차렸는지 이제는 주인 여자에게 말을 걸기 시작했다.

"아줌마, 이 장사도 계절 타지요? 언제가 괜찮아요?"

"겨울이에요. 메뚜기도 오뉴월 한철이라고 뭐니뭐니 해도 추울 때가 나아요."

포장이 둘러쳐진 틈바구니로 바깥바람이 솔솔 들어왔다.

내가 한 입에 톡 쏘는 술을 털어넣을 때 친구는 말동무가 생겨 재미가 있는지 계속 그녀에게 관심을 주면서 반은 이죽거리는 것이었다.

"이렇게 안줏감을 준비해 오자면 상당히 시간 꽤나 걸리겠네. 그렇지요? 시장으로 어디로 돌아다녀야 할 거구……."

"그럼요. 우리 애 아빠가 거들어 주지 않음 힘들어서 못해요. 그래도 한 오 년간 이거라도 탈없이 할 수 있게 된 건 아빠가 그만큼 힘써준 덕분이거든요."

여자는 작은 체구 어디에서 발산되는지 야무진 삶의 의지를 자신의 남편에게 기대고 있음이 분명한 것 같았다. 아내도 그랬을지 몰라. 내가 그녀를 믿었던 것처럼. 나는 유리컵을 거푸 입으로 가져갔다. 돼지고기 기름이 연탄불에 타는 독한 연기가 포장마차 안 어디나 할 것 없이 꽉 찼다. 매운 연기가 눈을 집적거렸다.

나는 과연 아내에게 최소한의 양심을 지켰던가. 부부간의 속임수는 저울로 꼭 달아봐야 하는가. 울적한 기운이 가슴에서부터 조금씩 번져왔다.

친구는 돼지고기 살점이 까맣게 그을린 채 남겨져 있는 접시에 나무젓가락을 대다 말고 나를 흘낏 쳐다보았다. 전등이 밝게 느껴졌다. 밖은 더 짙은 어둠으로 잠겨 가는 모양이었다.

"아줌마, 한 오 년 하셨으면 많이 벌었겠네."

친구는 아직도 나를 의식하고 있었는지 여자와 대화를 진행시키고 있었다.

"누가 밥이야 굶겠어요. 그러나 이것저것 다 제하고 나면 뭐 있겠어요. 배운 게 도둑질이라 하는 거지요. 우리 아빠 없으면 난 못해요. 그 양반이 하두 열심이라서 원"

여자는 꼼장어를 시커먼 칼로 톡톡 썰면서 대답했다. 살짝 열려진 천막이 넓게 벌어지면서 남녀가 들어왔다. 그들은 연신 서로 쳐다보면서 무엇이 그리도 우스운지 깔깔댔다.

그 일이 있고 나서 아내는 종전에 볼 수 없었던 수다스러움을 자주 보여주었다. 아내의 진심과 거리가 먼 허위의 동작. 자신을 위한? 나를 위한? 두 사람을 위한? 나는 문득 요도가 뻐근하도록 오줌이 마려웠다.

어두운 골목 담벽에 시원한 물줄기를 만들었다.

밤이 찾아들었다. 이 순간을 살아 움직이는 모든 사람들이 모두 같은 과정을 겪어가면서 막상 다 같지 않은 생각으로 살면서도 항상 자신들의 불찰은 혼자 콩까먹어 버리고 타인들의 잘못을 꾸짖는 행태에서 세상이 모든 괴리와 모순을 덩어리째 궁그르면서 헤맨다고 말하고 끝까지 자신은 파멸될지라도 잘못을 인정하지 않지만 그 양심이라는 묘한 전자파 같은 고차원의 화살은 끝까지 그들의 가슴을 파고들어 오그라들게도 하고 섬찟하게 하여도 갈수록 더 저항력이 강한 심장과 철면피한 얼굴 가죽으로 무장한 인간들의 발광에 대하여 내 자신 스스로 과연 가슴 속 저 깊은 곳 아래 끝까지 추적하여 발본 색원할 양심의 화살을 쏘아볼 자신을 가졌는가 하는 것이며 모두가 갖기 싫어하는 그 아픔이라는 것을 조금치라도 나누어 가져보겠다는 일말의 양심 찌꺼기라도 생각조차 해보았느냐는 꼬리가 나를 괴롭게 했다. 나는 남아 있던 반병의 소주를 다 마셔버리고야 잠이 들었다.

서해안의 바다가 저만큼 보였다. 갯벌 색깔과 차이나지 않게 닮아 있는 희뿌연 평면이 아직도 황량한 간척지와 연결되어 있었다. 반월

공업단지는 아마 저 야산 등성이들이 굼실굼실한 바깥쪽일 것이라고 짐작됐다. 멀었지만 바라보는 위치가 바뀌어져 자세히 살펴보니, 공장지역에서 연기를 뿜고 있을 텐데도 반대편 하늘과 구분이 되지 않았다. 버스는 모래바람으로 왼통 흐려진 하늘 아래 공업지역과 주택지역을 들판으로 구분해놓고 야산이 울타리 쳐진 아담한 도시의 전체를 멀찍이 빙 돌아서 달리고 있었다. 아슴푸레했던 구획들이 내 시야에 들어올수록 나는 내가 가야 하는 목적지와 현재의 위치가 벌어진 거리감만큼 조바심을 느꼈다. 황량한 들판이 뒤쪽으로 달아났다.

나는 버스 안으로 고개를 돌렸다. 좌석이 드문드문 비어 있는 버스는 권태로운 진행을 하다가 비스듬히 서 있는 버스 정류장 푯말을 훨씬 지나서야 멎었다.

두리번거리던 내 눈길과 운전기사의 눈이 마주쳤다.

"성포리에서 내린다고 했소?"

"예. 공단 못 미쳐라던데."

"여기 내려서 한참 걸어야 할거요."

덜컹 안내양이 문을 접어주었다. 버스에서 뿜어내는 매연이 바람을 따라 콧속으로 파고 들어왔다. 아황산 가스의 강한 냄새가 계절풍에 씻기면서 건조하고 세찬 기운이 피부에 와 닿았다. 간선 도로 변에는 사람의 그림자도 보이지 않았다. 도로를 질러 동네 쪽으로 무턱대고 걸었다. 밀집된 동네의 초입에 이르러 너절한 부동산 간판이 눈에 띄었다. 나는 잘 되었다고 생각하면서 금새 들어선 듯한 동네를 기웃기웃 둘러보았다. 드르륵, 알미늄샷시 창문을 밀었다. 갑자기 늘어난 공단인구를 다 먹어버리겠다고 벽에 붙여진 도시계획도와 사십대의 남자가 동시에 나를 바라보았다. 내 차림새를 눈여겨보자마자 사내의 호의적인 표정은 금방 시큰둥하게 굳어지며 턱짓으로 동네 안쪽을 가리켰다.

맨 먼저 보이는 다방의 간판은 상가 지하입구에 붙어 있었다. 계단을 따라갔다. 빨간 화살표가 날아간 방향을 쫓아서. 나는 문을 밀었다. 금방 아내가 반갑게 맞아줄 것 같은 느낌으로 나는 가슴이 울렁거렸다. 그러나 약간 꺼진 듯한 느낌을 받으면서 발을 내딛는 순간, 거의 당황에 가깝도록 어뜩했다. 다방 안이 캄캄했기 때문이다. 몇 시간을 오후의 강한 봄볕에 길들인 나의 시신경은 지하의 어둠에 얼른 적응할 수 없는 것이 당연한 것이건만.

나는 출입구에 가까운 자리를 더듬거리며 앉았다. 아무래도 더 걸어가면 넘어질 것 같았다. 실내 어둠이 차츰 신경을 통하여 젖어오자 내 망막은 차츰 안정을 되찾기 시작했다.

"뭘 드시겠어요?"

엽차 잔을 놓고 서 있던 뚱뚱한 여자가 굵은 목소리로 물었다. 이 여자는 내가 어둠 속에서 버둥거리는 꼬락서니를 분명 지켜보았을 터인데, 이제야 다가온 것이다. 그러나 나는 아내와 전혀 다른 이 여자를 보고 나서 안도의 숨을 쉬었다. 널찍한 공간이 의자에 채워진 채 시야에 들어왔다. 작은 형광등 두 개가 주방과 홀 가운데에 걸려 있었다. 짧은 형광 램프들의 밝기로는 도저히 지하의 공간을 환하게 할 수가 없었다. 뚱뚱한 몸을 뒤뚱거리는 여자가 탄산가스 방울이 유리컵에 톡톡 튀는 사이다를 접시에 받쳐들고 서 있다가 내려놓고 가려다 내가 앉을 것을 권하자 묘한 웃음을 지으면서 앉았다.

"언니, 나 인삼차 한잔마안."

주방 쪽을 향해 여자의 굵은 목소리가 날아갔다.

"이곳은 처음이죠?"

이렇게 묻는 여자에게 나는 침을 꿀꺽 삼키면서 찾아온 목적을 다시 말했다. 별스럽지 않은 이야기라는 표정을 지으며 발을 건들거리던 뚱보 여자는,

"맞아요. 미스 김, 얼굴이 작고 서울에서 내려온…… 근데 두 사람은 어떤 사이죠? 일주일 전에 어디 간다는 말도 없이 관뒀어요. 공단 근처에서 본 사람이 있다든가 ……."

미스 김으로 통한 아내, 내가 찾으러 올 줄 알고나 있었던 것처럼 달아나 버린 아내의 흔적이 새로 해 박은 금니처럼 잇몸 속에서 간질거림을 느꼈다. 지금쯤 회사에 제출한 사표는 수리되었겠지. 구직난에 아우성들인데 반려될 리 만무할 거야. 나는 아직 직장에 대한 미련이 남아 있었다.

손목시계를 들여다보았다. 네 시 사십 분. 피로가 스멀스멀 허리께부터 기어들었다. 나는 싸구려 산수화 밑의 카운터를 바라다보았다. 뚱뚱한 여자는 두 팔에 턱을 괴면서 껌을 질겅질겅 씹고 있었다. 빨간 루즈가 칠해진 입술을 달싹거리는 부분 위로 주간지 표지모델의 입술이 겹치면서 아내의 어색한 웃음이 지나갔다.

공단입구까지 가는 버스는 한참 기다려도 오지 않았다. 나는 걸어가기로 작정했다. 아무 말 없이 웃어 줄 것만 같은 아내에게 나 역시 씩 웃을 수밖에 없으리라. 우리의 이 모든 과정은 정말 우연일 뿐이

다. 모래바람이 지나가듯 일시적으로 스쳐가는 구름일 것이다. 걸음 속도에 비하면 공단입구는 아직도 멀리 떨어져 있었다. 먼지를 섞어 휘저어 놓은 하늘. 흙먼지로 가득 떠 있는 하늘 저쪽에서 바람이 휘몰아치고 있었다. 모래바람이 불었다. 어디엔가 있을 아내. 내 이빨로 박혀주어야 할 아내. 모든 것을 날려버릴 것 같은 진한 계절풍이 달려오더니 머리 속으로 회오리쳤다. (1988)

단 추

동굴 속은 서늘했다. 지하 건축물임이 분명한데도 햇빛과 차단된 지하 특유의 음습한 분위기는, 처음 이곳에 들어온 사람들에게 색소를 잃고 퇴화된 박쥐나 곤충이 금방이라도 나타날 것 같았다. 더구나 훤한 바깥 날씨와 실내의 어둠이 갑자기 뒤바뀌진 상태이니 까닭 없이 기분 나빠지는 것이었다.

"소대장님, 전화 받으십시오."

"뭐냐?"

"예, 통시장비 점검이 완료되었으면 보고하랍니다."

걸쭉한 목소리의 상병이 두 손으로 전화기를 건네주자 중위는 경례구호와 함께 이쪽 형편을 상급자인 중대장에게 보고했다.

"지시사항은 완료했습니다."

"예? 아 예!"

"그렇습니다."

"아까 간부 소집 때 받은…… 예? 병사들에게요? 알겠습니다."

"여군 헌병들이요? 함께 교육시키겠습니다."

중위의 목소리는 부하인 병사가 자신에게 보고할 때 보다 더 복종하는 말투로 끊어서 답변했다.

그는 수화기를 내려놓고 생각했다. 여군 헌병들과 합동근무를 지시 받은 것은 아무래도 좋았다. 여군 1개 분대를 휘하에 배속시켜 훈련기간을 함께 보낸다는 것은 기분 나쁠 것 없었다. 이필호 중위의 뇌리에 애인 미주의 얼굴과 조금 전 얼핏 본 여군들이 잠깐 겹치면서 스쳐갔다. 그는 씩 웃었다.

헌병들을 태우고 온 몇 대의 트럭들이 이곳에 도착한 것은 정오가 되기 바로 전이었다. 포장도로를 따라온 트럭들이 멈추자 미리 와 있던 지휘관은 광장 한쪽에 서 있었다. 그가 서 있는 곳은 책상만큼 큰 자연석이었는데 원래 그곳에 있지 않고 다른 곳에서 옮겨온 것이었다.

대기해 있던 군용 지프 옆에서 오른손에 쥔 지휘봉을 들어 지휘관은 건물 쪽을 가리켰다. 명령이 떨어지자 맨 앞에 서 있는 트럭의 꽁무니에서부터 병사들은 뛰어내리기 시작했다. 얼룩무늬 철모를 쓴 병사들은 전투복 위에 완장이며 어깻죽지에 몇 바퀴 감긴 견실을 매단 번거로움과 같이 뛰어내렸다. 사정없이 내리쪼이는 8월의 햇볕은 그들의 허리 버클과 잘 닦여진 군화를 핥고 있었다. 그들은 트럭에서 내리는 즉시 삼열 종대형으로 줄을 섰다. 다리미 주름이 선 전투복과 흰색 견실이 달린 외모의 위엄처럼 행동 역시 민첩하고 절도가 있었다.

그들이 이곳으로 들어오기 전, 트럭을 타고 멀리서 보였던 것은 화강암 바위가 덮여 툭툭 불거진 봉우리들이었다. 소나무들이 잡목과 엉킨 칙칙한 숲의 짙푸름은 두개골처럼 흡사하게 튀어나온 바위들과 함께 이글거리는 햇빛에 반사되어 묘한 대조를 이루었다. 그러나 멀리 보였던 작은 봉우리들은 가까이 볼수록 규모가 컸고 웅장한 자태였다. 산 속으로 들어오면서 계속 연결된 포장도로 좌우에 늘어선 비자나무와 향나무의 다듬어진 깔끔함이 야산의 거친 인상을 어느 정도 무디게 했다. 그 오르막길이 끝나는 곳에 넓은 광장이 질펀하게 깔려 있었는데, 산세와 비교하여 상당히 넓었다. 광장을 중심으로 좁은 계곡들이 패여 흐르고 산기슭 여기저기에는 콘크리트 건물들이 듬성듬성 머리를 쳐들었다. 광장과 야산 곳곳에 처박혀있는 건물들만 제외한다면 여느 보통 야산과 별다를 바 없었다. 건물들은 2, 3층으로 성냥곽처럼 엎드려 있었다. 맨 윗산의 주봉에서 흘러 튀어나온 작은 봉우리들이 연결된 전체 산세는 콘크리트 건물들이나 광장 따위의 이 모든 것들을 넉넉하게 감싸고 있었다.

숲과 거의 같은 색깔 복장의 병사들은 수판알처럼 질서정연하게 서 있었고 대열 위로 따가운 햇살이 내리꽂혔다. 지휘봉을 옆구리의 탄띠에 차고 열중쉬어 자세로 훈시를 끝낸 지휘관이 떠나간 후 각 병력들은 인솔자를 따라 성냑곽처럼 생긴 건물 속으로 들어갔다.

건너편 건물에는 이미 또 다른 소대규모의 병력들이 먼저 와 있었는데 여군들이었다. 병사들이 가지고 온 장비와 개인군장을 풀어서 정리할 동안 소대장급 이상 장교들의 교육이 소집되었다.

지위관인 대대장의 거무데데한 얼굴이 전투모를 쓴 바깥에서 보다 더 늙게 보였다. 종이차트가 축 늘어뜨려진 배경을 뒤로 두고 대대장이 일어섰다.

"…… 다시 말하지만, 이번 군사훈련은 비록 짧은 기간이라 해도 에…… 실지 전쟁을 하고 있다는 마음자세로 에…… 임해야 된다

이말이야. 따라서…… 에…… 우리 헌병의 명예와 전통은 물론에…… 병사들의 훈련이 실전에 응용되도록 에…… 간부들의 관심이 필요하다 이거야. 에…… 특히 말이지. 기간 중에는 높은 분들을 모시고 한다니까 에…… 경비에 만전을 기하는 것은 말할 것도 없고 에…… 안내라든가 시설물 보호에 각별히 신경을 쓰도록 에…… 애들 통솔에도 하자가 없도록 하고 에…… 그리고 작전과장이 설명하겠지만. 이 지역은 특수한 요새로서 에…… 매년 하는 훈련이지만 방심은 금물이야. 에…… 통산 여러분이 늘 부딪치는 지역들과 다르다는 것을 명심하고 에…… 지속적인 긴장이 필요하다 이거야. 알겠나?"

에……를 뺀다면 대대장이 뱉어낸 말은 이곳에 오기 전부터 누구나 충분히 짐작하고 있었던 사항이었다.

작전장교가 차트 걸게 앞으로 나가 설명하기 시작했다.

"…… 그렇습니다. 방금 대대장님이 말씀하신 것과 마찬가지로 이 지역은 특수비밀 취급인가자 외에는 전혀 출입할 수 없는 지역입니다. 여러분이 이 지형도를 봐서도 알겠지만, 이 미로처럼 나 있는 길들은 실제로 지하 방공요새들의 통로인 것입니다. 유사시에는 더 많은 인원을 수용하도록 완벽하게 만들어진 요새입니다. 특히 이곳은 화생방 및 핵폭탄 등을 완전히 방어할 수 있도록 특수장치가 된 세계의 몇 안 되는 전략요새 중의 한 곳입니다. 그렇기 때문에 모든 시설물은 중앙통제실에서 연결된 컴퓨터로 조작되는 아주 예민한 기계장치와 연결되어있습니다. 특히 이 점을 염두에 두기 바랍니다."

유사시 대통령이 직접 지휘하는 전략 지휘본부로 사용하기 위한 곳이었다. 아군이 전선에서 멀리 후퇴하더라도 이 지휘본부에서는 통신수단을 이용하여 얼마든지 아군을 지휘 통제할 수 있도록 설계가 되었고, 원자폭탄 투하와 생화학전쟁까지도 대비하여 완벽하게 건설된 것이다. 훈련기간 동안에만 사용될 뿐, 소수의 병력으로 청소 및 점검관리 정도가 고작이었다. 아군의 모든 군시설이 적의 수중에 넘어가도 이 요새만은 끄떡없으리라는 것이 지금까지 전문가들의 견해였다.

벙커 안에는 무공해 전기차량과 사람 등이 통행할 수 있도록 사통팔달의 길이 나 있고 정부 각 부처가 사용할 수 있게끔 사무실이 배치되어 있었다. 마치 큰 도시의 축소판처럼 영화관, 식당, 휴게실, 당구장, 목욕탕까지 있어 작지만 생활에는 큰 불편이 없도록 꾸며져 있었다. 그 규모와 복잡함은 대단하여 처음 이곳을 방문한 사람들은 안내자가 없으면 길을 잃어버릴 정도였다. 그래서 아무리 머리가 좋은 사람도 미로처럼 나 있는 길을 몇 번 좌우로 헤매다보면 자신이 처음 출발한 지점을 찾지 못하였다. 비축식량과 벙커 안에 파 놓은 우물만으로 만여 명 정도는 몇 개월을 무사히 견딜 수 있도록 만들어졌다.

"이런 상황임을 감안할 때, 우리들에 부여된 임무는 만에 하나라도 침입할 수 있는 불순분자의 시설물 파괴나 V. I. P의 신변보호에 대한 위해요소를 사전에 미리 확인해야 됩니다. 따라서 부단한 순찰활동과 출입자는 물론 상주인원을 면밀히 체크해야 합니다. 그래서 우선 각 소대별 책임구역과 임무별 편성표를 말씀드린다면……."

이필호 중위의 책임구역은 바깥에서 요새 안으로 들어오는 출입문과 2킬로 떨어진 반대 출입문까지 주통로의 순찰이었다. 물론 소대장이 위치하여 병사를 장악하고 임무 수행하는 곳은 출입문 안에 설치된 제2초소였다. 그곳은 전화와 무선시설을 비롯한 통신장비가 중앙통제실과 연결된 곳이기도 했다.

여군 헌병 선임하사관은 중사였다. 국방색 군복에다, 전투모를 긴 머리에 눌러썼으나 젖가슴은 불룩 나왔다. 병사들에게 교육을 시킨 후 근무조 교대가 끝날 무렵, 두 명의 하사를 인솔하고 온 중사가 초소 안으로 들어와 이필호 중위에게 경례를 붙였다.

"오 중삽니다. 주간 3교대 근무지시를 받았습니다."

부드러웠으나 다부진 데가 있는 말씨였다.

"…… 선임하사는 근무위치가 어딥니까?"

함께 온 여군 2명을 가리키면서 중사가 말했다.

"출입구에서 인원 표찰 확인과 안내입니다."

"잘 되었군. 그리고 출입인원을 안내할 때 인원 확인 통계 부탁해요."

약간 검은 피부였다. 오순연. 전투복 명찰을 힐끗 쳐다본 이필호 중위는 여군 중사의 건강한 얼굴과 걷어올린 전투복 밖으로 드러난 가무잡잡한 팔을 훔쳐보았다. 이쁘다기보단 상냥함이 배어 있는 얼굴이었다.

중위의 지시로 초소 밖 출입구 통로 벽에 바짝 붙어 있는 책상을 앞으로 당겨 의자를 갖다놓고 여군들이 앉았다. 그리고 선임하사관인 오순연은 초소 안에 위치하여 밖을 볼 수 있게 하였다. 조용한 정적을 깨고 다시 기계음이 커졌다.

이필호 중위가 동굴 요새에 들어오면서 곤혹스러웠던 것은 우선 귀를 징징 울리는 소음이었다. 검문소에서 근무할 때 들렸던 바깥 차량들의 시끄러운 소리와 이곳의 소음과는 전혀 달랐다. 도시에서 들리는 잡다한 소음들은 그래도 끊겼다가 이어지지만 이곳의 기계음은 일정한 흐름으로 소리를 제대로 흡수하지도 못하는 지하의 공간을 기분 나쁘게 울리고 있었다. 천장이라든가 벽이 들쭉날쭉했다면 부딪치면서 여과되어 조금이라도 소음을 빨아들일 수 있겠지만, 민둥하게 마감된 흰 벽에서 소리는 오갈 데 없는 미아가 되어 그 안에서만 빙빙 도는 것이었다. 알고 보니 그 소리는 송풍기 돌아가는 소리였다. 사방이 거미줄처럼 뚫려있는 굴 속의 습기와 공기를 내보내고 공기를 정화해주는 송풍기가 굴 입구마다 설치되었다. 만약에 원자폭탄이 떨어지면 거기에서 발생하는 높은 열과 태풍 같은 후폭풍을 완충벽에서 차단시켜 프라스트 밸브가 걸러주는 노릇을 하겠지만, 보통 때는 송풍기를 하루종일 계속 가동시키는 것이었다. 야외 확성기 같은 것을 여러 개 묶어 만든, 이를테면 문어다리에 돋아난 빨판처럼 생긴 것이 프라스트 밸브였다.

이필호 중위가 앉아 있는 초소 안에서 정면으로 빤히 보이는 것이 막다른 벽에 설치된 송풍기와 프라스트 밸브였으니 귀가 따갑고 정신이 멍해지는 것은 당연지사였다. 그러나 그는 어쩌다가 구조물 자체가 무너지면 어쩌나 하는 생각이 들었다.

“잘 들리지 않으세요?”

갑자기 다가서는 인기척에 놀라서 중위는 고개를 돌렸다. 오순연이었다. 초소 밖에서 안으로 들어왔었던 모양이었다.

"이 안에 들어오면 조금 덜 하기는 한데…… 밖에 있으면 귀가 멍멍해서 큰 소릴 쳐도 무슨 말을 하는지 못 알아듣겠어요."

"시간이 지나면 적응이 되겠지만 나도 마찬가지지요."

상급자의 품위를 잃지 않으려는 어정쩡한 말투였다. 사실 그는 상대방이 여자가 아니었다면 그 어정쩡함마저 거둬들였을 것이었다. 여자이기 때문에 초면의 대화는 서먹서먹하게 겉돌고 있었다. 더구나 공적인 대화는 딱딱하기 일쑤인 것이다. 그러나 오순연이 상냥하고 붙임성 있게 말을 할수록 그런 점들은 조금씩 누그러지기 시작했다.

바깥과 차단된 그곳에서 시계를 들여다보기 전에는 도무지 시간감각을 익히기 어려웠다. 일정한 간격을 두고 박혀있는 전등, 배전판을 따라 뻗어나간 비상벨 누름판, 백골빛이 도는 흰색 천장과 벽은 시야 마저 묶어두고 있었다.

근무조 교대시간 후 이필호 중위와 오순연 중사는 저녁 식사길에 동행하게 되었다. 제5식당은 하사관과 영관장교까지 사용하는 곳으로 동굴 입구 초소에서 오백 미터 가량 더 안으로 깊숙이 자리잡고 있었다.

그들은 나란히 걷지 않고 앞서거니 뒤서거니 불편한 동행을 했다. 오다가다 만나는 상급자와 병사를 의식한 이 중위의 걸음새와 사방으로 뚫어진 그만그만한 동굴 속의 통로 때문이었다. 한 줄로 쭉 늘어선 대열에 끼어 합성수지 평식기에 담아 준 음식을 먹어치울 때까지 그들은 아무 말 없이 숟가락질하는 데에만 열중했다. 서먹서먹한 피차의 입장에다 식사시간에 맞춰 한꺼번에 몰려 서 있는 대열 때문이었다. 식당 밖으로 나가는 숫자가 안으로 꾸역꾸역 들어오는 숫자를 감당할 수 없을 만큼 식당은 혼잡했다.

이필호는 식당 아래쪽에서 자동판매기 커피를 뽑아들고 오순연을 기다렸으나 나타나지 않자 혼자서 초소를 향해 걸었다. 식당에서 중앙통제실에 이르는 길목은 여느 통로보다 넓고 높았다. 주차장에는 몇 개의 전기자동차가 서 있었다. 가끔 천장의 중간부분은 일부러 만들어 놓은 것처럼 굴착할 때 생긴 화강암반의 울퉁불퉁하게 깨진 면이 그대로 노출되어 있었다. 얼른 보면 마치 뼈다귀들을 얼키설키 엮어 놓은 것 같았다.

이필호 중위는 초소와 식당 사이의 한 중간쯤에 오자 갑자기 용변이 마려웠다. 날마다 아침이면 보던 버릇이 이곳에 도착하기 며칠 전부터 병력 준비 때문에 바쁜 일과를 보내다보니 습관마저 바꾸어져 버린 것이다.

화장실은 통로 중간중간에 표지등을 달고 있었다. 그는 양변기에 걸터앉아서 어수선한 머릿속을 정리시키려고 애를 썼다. 전방 소대장시절 교통호나 콘크리트 벙커 정도를 기껏 봤을 뿐이다. 하다 못해 큰 도시들의 지하상가나 전철 아니면 지하다방 정도의 땅 밑 축조물에 대한 실상의 접촉조차 익숙하게 접하지 못하던 터였다. 서울에서 간혹 미주를 만날 약속을 하고 지하 레스토랑 같은 데 앉아 있다보면, 여자 종업원들의 데드마스크 같은 맥없이 창백한 얼굴과 관엽식물 화분들조차 어두운 조명 속에서 허약하게 보였던 일이 엉뚱하게 생각났다. 햇볕을 보지 못하고 캄캄한 밤에나 집으로 돌아가는 사람들이 창백할 것은 당연해…… 그는 뇌까렸다.

그는 갑자기 고층건물 사이를 걸어다니는 도시인들의 물결과 핏기 없는 얼굴들이 겹쳐 왔다. 그리고 미주의 하얀 얼굴과 깎아지른 듯한 윤곽이 오순연 중사의 가무잡잡한 모습과 묘하게 겹치면서 머릿속을 떠다녔다.

약혼까지 순조롭게 발전할 것 같은 미주는 차갑고 쌀쌀맞은 여자였다. 생도시절 알게 되어 지금까지도 사이가 급격히 발전되지 못한 콧대높은 부잣집 딸이었다.

오순연. 그보다 오 중사라는 이미지가 더 선명히 다가온 것은 그의 마음 깊숙이 잠재되어 있는 이성과 계급이 엇갈리는 묘한 이중구조였다. 이필호는 두루마리 화장지를 손바닥에 잡아 당겼다. 슈우욱. 물줄기 속으로 오물이 빨려 들어갔다.

일어서자 허리띠 버클 속의 잠금쇠가 걸쇠와 부딪치면서 금속성을 냈다. 떼구르르. 무엇인가가 타일바닥으로 떨어졌다. 고의춤을 여밀 때 바지 앞부분에서 떨어진 것은 단추였다. 이필호는 그것을 주워서 주머니 속에 집어넣었다.

밤이 되었다. 아스팔트 광장을 물엿처럼 젖게 한 무더위도 동굴안까지 들어오지는 못했다. 열차가 지하철 통로를 밀고 오는 시원한 바람과도 같았다. 이필호가 밖에 나갔다 들어온 것은, 바깥 건물 숙소에서 근무를 마치고 쉬고 있는 병사들을 둘러보기 위해서였다. 잠시동안 밖에 나갔던 해거름 참에 바깥의 열기는 후끈거렸는데 동굴속만은 별천지였다. 열기가 전달되지 않은 탓도 있었겠지만 냉방장치까지 가동되고 있기 때문이었다. 오히려 짧은 소매 밖으로 드러난 팔뚝이 썰렁했다.

오순연과 여군들에게는 야간 근무가 제외되었다. 아무래도 여자라는 점과 외부 출입인원이 그다지 움직이지 않는 밤근무는 이필호를 포함한 1개조 네 명으로써 충분히 감당할 수 있었기 때문이다. 모터로라의 교신음마저 조용한 가운데 초소 안에 함께 근무하는 병사는 전화기 앞에서 졸고 있었다.

이필호는 문득 아까 바깥 숙소 건물에서 후배 김 소위가 하던 말이 생각났다. 일본 히로시마에 원폭이 투하되었을 때 폭발 중심부 삼백이십 미터 이내에서도 튼튼하게 지은 일본 은행 건물에 숨었던 반 이상의 사람은 살았다거나, 폭풍과 핵폭탄 열에 견딜 만한 지하대피소에 2주일 간의 식량과 필수품만 있으면 충분히 살아날 수 있다는 말들. 작전과장이 상황 설명을 할 적에도 원폭의 방사선과 낙진오염이 문제가 아니라 수소탄보다 더 무서운 중성자탄이 떨어진다면, 건물들은 그대로 남고 인간만을 깡그리 죽여 버리는 가공할 만한 무기의 시대라고 했다. 그저 생도시절 화생방교육 때나 듣고 막연히 무섭다는 상식을 염두에 둔 초급보병 장교의 연상이 이 지하요새에 와서는 제대로 실감난 것이다. 인간이 처음돌멩이를 사용해서 자신을 방어할 때부터 우리들의 비극이 하나 더 생긴 것이 아니냐는 생각을 하는데 프라스트 밸브가 언뜻 눈앞에 보이자 이상한 전율이 몸에 닿는 것 같았다. 그러자 걷어올린 팔 소매 아래로 드러난 팔뚝이 더욱 선뜩했다.

새벽 세 시가 되어서야 김 소위는 졸린 눈을 비비며 근무교대를 알렸다.

"죽을 맛인데요, 아압."

입을 쩍 벌리면서 터져 나온 하품을 손으로 막는 김 소위가 근무일지를 집어 올리면서 의자에 앉았다.

"특별한 것은 없고, 중앙통제실에 가끔 이상 유무 보고하는 거 잊지 말고…… 수고해."

이필호는 병사들의 어깨를 토닥거려 주고는 동굴 속을 빠져 나와 산 밑 콘크리트 건물로 향했다. 밤이슬에 젖은 숲의 공기가 싱그러웠다. 광장을 지나 산턱에 자리한 숙소들이 불빛을 발하고 있었다. 계곡을 흐르는 물소리가 들려올 뿐 사위는 고요했다. 동굴과 비교할 바 아니었다. 이필호는 하늘을 쳐다보았다. 검은 하늘에는 수많은 별들이 깜박깜박 졸고 있었다. 그가 담요 틈 사이에 깔린 하얀 시트 밑으로 몸을 집어넣을 때까지 동굴 속의 기억들이 어둡게 따라와서 박혀 있었다.

이필호가 일어났을 때는 아침해가 벌써 높이 떠올라 간밤에 내린 이슬을 말려 버리고 열기마저 뿜고 있었다. 세수를 한 후 광장을 내려다보니 어제보다 더 많은 군용 차량들이 도착하여 병력들이 속속 지하요새 안으로 들어가고 있었다. 무전기의 교신음이 터져 나오고 호출신호가 들려오자 이 중위는 광장을 향하여 내려갔다. 햇볕이 사정없이 등을 후끈하게 비췄다. 그러나 동굴요새 입구에 들어오면서부터는 온도가 확연히 구분이 될 정도로 서늘한 기운이 얼굴과 가슴께로 엄습해왔다.

밝고 무더운 끈적함이 갑자기 사라진 대신 어둡고 차가운 기분 나쁜 공기가 그를 감쌌다. 송풍기 돌아가는 소음이 차츰 크게 들려왔다.

"잘 쉬었습니까? 별일은 없습니다. 이곳은…… 아 참, 중앙통제실에서 연락이 왔었습니다."

"무슨……?"

"작전과장님이 지시할 게 있나보던데 뭔지 확실히는 모르겠습니다."

김 소위의 답변이 끝나자마자 오순연이 초소 안으로 불쑥 들어왔다. 눌러쓴 전투모자챙에다 손을 올렸다. 이필호는 나가면서 그녀의 눈과 마주쳤다. 그녀도 눈길을 피하지 않았다. 그들의 인사는 이제 조금씩 자연스러웠다.

"그래요. 금방 다녀와서 봅시다."

초소 밖 근무 병사들과 여군들은 출입자들에 대하여 표찰을 일일이 확인하면서 소지품을 검사하고 있었다. 프라스트 밸브 앞을 지나서 직선으로 뚫린 동굴통로를 지나던 이필호는 바지주머니 속에서 손끝에 닿는 단추를 느꼈다. 누군가에게 바늘과 실을 좀 빌려야겠다는 생각이 미치자, 그는 방금 본 오순연이 어제보다는 더 예쁘게 생긴 것 같다는 느낌이 갑자기 들었다. 그리고 아무도 보는 사람이 없건만 자신도 모르게 얼굴을 붉혔다. 중앙통제실은 통로들이 서로 맞닿는 한가운데였다. 감시 텔레비전 화면 여러 대가 한쪽 벽면을 온통 차지하고 있었다. 화면들은 요새의 곳곳을 비추고 있었는데 몇 사람 사이에 앉아 있던 작전과장이 불쑥 일어나며

"음 왔나? 이리 좀 와봐. 저거 있지. 네 번째 화면 말이야. 아. 그거." 이필호가 손끝으로 가리키는 화면을 보면서 작전과장이 말했다.

"그게 문젠데, 초소에서 오다보면 옆으로 꼬부라진 곳에 위치한

차단문이 바로 그건데."

"송풍긴가 하는 기계 뒤쪽에 있는 것 말입니까?"

"아, 그으래 맞아. 그 차단문하고 그것 다음에 있는 제2 차단문은 이곳에서 자동 컴퓨터로 조작하여 개폐하게 되어 있는데 회로 연결이 불량하다니 뭐. 훈련기간이라 사용할 리 만무하겠지만 가끔 순찰할 때 참고하도록. 높은 분이 순시할 때 혹시 작동지시를 할지도 모르니까."

이필호는 되돌아오면서 생각해 봤다. 첨단의 장비라더니 완벽이란 없는 거구나 하고. 처음 들어올 때 예사로 보아 넘겼던 차단문들은 굴 통로 중간중간에 설치되어 벽 속에 숨어 있었다. 세 뼘 가량 두께의 철판으로 우람하게 만들어져 있는 그 차단문들은 도저히 사람의 힘으로는 여닫지 못할 정도로 큰 거대한 원자폭탄 폭풍예방벽이었다.

"상황 들어온 거 없지?"

열심히 오순연 옆에서 근무일지를 적고 있는 헌병에게 이필호가 물었다. 오순연은 의자에서 일어나려다 말고 가볍게 목례만 했다. 작업모를 책상 위에 벗어 놓은 채 머리를 드러낸 오순연은 적당하게 짧게 친 머리 아래 까만 눈빛이 강했다.

"잘 쉬었어요? 오 중사는?"

"네 소대장님 염려로요."

"그리고, 나 부탁이 하나 있는데……."

"네, 말씀하세요."

"…… 단추 달게…… 실하고 바늘…… 좀 부탁해요."

"네, 이따가 갖고 올게요."

되게 콧대 높은 체하던 사람이 웬일이지. 병사들에게 시키면 될걸 가지고 내게 일부러 접근하려고 핑계거리 만드는 것은 아닐까? 하고 오순연은 금새 스쳐가는 생각을 버리고 일어서서 초소 밖으로 나갔다.

오순연은 밖에서 출입인원을 확인하고 통과시키는 여군들과 함께 있었다. 초소문이 열리자 송풍기 돌아가는 소리가 닫혔을 때보다 갑자기 커졌다. 그러나, 처음과는 달리 송풍기 돌아가는 소음도 밖에서 안으로 들어오는 순간 일시적으로만 거부감을 느끼게 될 뿐, 오랫동안 듣다보면 개의치 않게 되었다. 생활이란 처음 적응할 적에 어려운 것이지 일단 그 속에서 살다보면 자연히 순응하게 되는 모양이었다.

단추를 달아주겠다는 데도 굳이 실과 바늘을 얻어 가지고 나간 이필호를 보면서 오순연은 잠시 여러 생각이 엇갈렸다. 대개 사관학교를 나온 초급장교들은 밀랍 인형처럼 꼿꼿하여 융통성이란 눈꼽만치도 없어 보였다. 굳이 딱딱하게 나가지 않을 것도 남자라는, 장교라는 위치를 고수하려고 억지부리는 것을 여러 번 봐 왔다. 그래도 명색이 사내들이라고 여군들에게는 조금 관대한 척 하지만 속내로 여군장교들과 여군하사관을 대하는 편견이 눈에 띄게 많았다. 계급사회에서 통용되는 당연함이겠지만 오순연으로서는 근 3년 간이나 그런 것들을 접하다보니 환멸을 느껴 이제는 그런 쪽에 불필요한 신경을 소모하지 않을 심산이었다. 고급장교들 중에는 끈끈하게 이상한 눈길을 보내면서 부대 울타리 밖에서 만날 것을 제의한 녀석들도 더러 있었다. 참으로 군인이라는 직업만큼 단순한 사람들이었다. 아직 이성간의 부드러운 교제는 말할 것 없고 거친 남자들의 집단에서 그들과 함께 지내다 보니 여성도 남성도 아닌 어정쩡함 같은 것이 몸에 배어 버렸나 보다 라고 오순연은 생각했다. 가끔 이필호 중위처럼 수줍음이 젊음과 섞여 순수하게 보이는 초급 장교들에게는 사실 호감이 안 가는 것도 아니었다. 그러나 그것은 자신 혼자만의 착각일 뿐이라고 늘 단정했던 터였다. 사관학교를 나와 임관한 장교들은 거의 자신과 같은 여군. 그것도 특히 하사관은 거들떠보지도 않는다는 것은 누구나 다 아는 일이었다. 이상했다. 이성간의 관심이 현실에 반추되어 저울질된다는 것이.

겨우 닷새밖에 되지 않았는데 꼭 다섯 달이나 된 것처럼 지루했다. 또한 불안감도 엄습했다. 분위기에 익숙해지게 되니까 그러려니 하고 이필호는 생각했다. 가만히 더듬어보면 그런 이유 말고 또 뭔가 짓누르는 것 때문에 그런 것은 아닐까 하고 반문도 해 봤다. 시끄럽게 돌아가는 송풍기 소리가 끝나자 갑자기 주위가 쥐 죽은 듯 조용했다. 손목시계는 0시를 가리키고 있었다. 초소 밖에서 입총 자세로 꼿꼿이 서 있는 병사도 철모 밑으로 상체가 가끔 흔들리는 것으로 보아 졸고 있음이 틀림없었고, 전화기 옆 병사 역시 졸음이 감염돼 있는 듯 고개방아를 찧고 있었다.

이필호는 낮에 푹 쉬지 못했는데도 이상스럽게 눈이 말똥말똥했다. 아직 근무교대를 하자면 시간이 멀었으니 슬쩍 눈을 붙여도 별일은 없었다. 그러나 잠이 오지 않았다.

그는 오른손으로 턱을 받치고 바깥 동굴 천장을 쳐다보았다. 밤과 낮이 없는 막막함과 시간의 굴절을 느끼지 못하는 이런 상태가 지속

되면 어떻게 될까. 아무래도 햇볕을 거부하고 오랜 시간을 동물로 지내다 보면 인간도 어쩔 수 없이 야광충처럼 길들여질 것이라는 생각이 자꾸만 들었다.

슬슬 피곤함이 진드기처럼 달라붙었다. 어디서 날아왔는지 모기가 앵앵거리고 불나방 떼들이 초소 백열등 주위로 달려들었다. 밖에서 날아들어온 것은 틀림없는데 어떻게 왔을까. 생명의 묘한 본능. 음습한 이공간에 날아와서 뭘 어쩌겠다는 것인가. 오랜 시간 동굴 속의 기계 돌아가는 소리에다 음습하고 눅눅한 공기까지 감염되면 몸조차 그것들과 함께 섞여져서 여지없이 썩은 고기가 되겠지. 그러면 날아다니는 모기나 곤충들이 낮게 떠다니며 나의 피부를 툭툭 건드릴 것이고 온갖 세균들과 미생물들조차 발악을 하며 즐거워할 것이고 몸뚱인 더 시들어질게 틀림없어. 다만 이 손목에 감겨진 시계만이 전지가 다할 때까지 그냥 벽과 천장, 혹은 바닥에서 그냥 맴돌 거야. 영원이란 바로 그런 것일 거야. 영원. 죽는 것이 영원일까.

갑자기 어둠과 동시에 기계 돌아가는 소리가 뚝 그치자, 그는 공상의 침잠 속에서 벌떡 일어났다. 그것은 순간적으로 일어났다. 동굴 속의 속도와 환기상태가 제대로 조절되었다 싶으면 자동적으로 꺼지는 송풍기가 멈춘 것이다. 그것뿐만이 아니었다. 동시에 정전이 되어 전등조차 나가 버린 것이다. 보조 발전기조차 곧바로 연결되지 못했다.

이필호는 책상 밑을 더듬거려서 플래시를 집어들어 켜고는 모토로라를 입에 대고 상황실을 불렀다. 그쪽도 이쪽처럼 암흑이기는 마찬가지였다. 십여 분 정도가 지나서야 다시 가동이 된 굴 속은 시치미를 뚝 떼고 환해지더니 다시 원래대로 시끄러워졌다. 전화기로 확인된 내용은 전기 공급실의 변전과정에서 문제가 있었다고 했다. 컴퓨터, 최신장비, 완벽…… 사람을 마음껏 조롱하고 기만할 수 있는 낱말들을 좋아했기 때문에 저질러진 실수였다.

조금 후 장비조작 군무원이 달려오더니 변전판을 열어보며 이것저것 만지작거렸다.

이필호는 초소 밖으로 나갔다.

"왜 정전된 겁니까?"

"고압선이 끊겼답니다. 처음부터 너무 급하게 시설을 해서 그렇다나요."

"그래도 쉽게 발견하였네요?"

"다행히 밖으로 노출된 쪽이라 망정이지, 말도 마십시오. 남들은 초현대식 시설이라고 하지만 여기서 오륙 년 근무했는데도 항상 불안해요. 또 어디가 고장날는지…… 원."

변전판을 닫아 놓고 사라지는 군무원의 뒷모습을 보면서 이필호는 까닭 모를 불안감이 스치고 지나갔다. 자신의 근무 영역과는 하등에 상관도 없는 동굴 속의 시설과 이상한 생각들이 자꾸 연상되는 까닭이었다.

이튿날 이필호의 근무교대가 막 끝나서 초소 안에 있을 무렵에야 오순연이 나타났다. 보통 때보다는 훨씬 늦은 시간이었다. 그녀가 없더라도 다른 두 여군 헌병이 있었으므로 근무에는 별다른 차질이 없었다. 5일 간의 근무로 그들은 처음보다 상당히 가까워졌다. 주로 근무시간대인 다섯 시간 이상을 초소 안에서 함께 지내거나 초소 밖

순찰과 식사하러 갈 때에는 동행으로 보냈기 때문이다. 서로가 처음과는 달리 딱딱함이 많이 누그러졌다.

"아까 나온 갈비탕 괜찮지요?"

"거의 끝나갈 무렵이라 먹는 것도 더 잘 해주는 것도 같고."

"아이 참. 그런 뜻이 아네요. 전……."

"알아요. 이 지옥 같은 델 좋아하는 사람이 어디 있겠어요…… 다른 것은 몰라도 햇볕이나 확 쏟아졌으면 좋겠는데……."

오순연을 돌아보며 이필호가 통로 천장에 군데군데 매달린 전등 앞에서 말했다. 낮은 촉수의 조명은 아예 캄캄함보다 더 기분이 나쁘게끔 실내를 음험한 분위기로 만들고 있었다. 통로 양쪽 하수구 맨홀에서 물 흐르는 소리가 지나고 있었다.

"소대장님?"

"예에."

아무 말 없이 걸음을 내딛던 이필호는 다른 생각에서 깨어난 듯 급작스럽게 대답했다.

"이번 훈련 끝나시면 순찰소대로 원대 복귀하시나요?"

"하게 되겠지요. 지금 이곳에서처럼 답답한 것보다는 그 편이 훨씬 낫다 싶어."

이 초급장교에게는 뭔가 우울 같은 것이 깊이 잠재되어 있는 것 같다고 오순연은 생각했다. 깡기와 온갖 어거지 같은 위엄을 마른 듯한 체구에 도배한 가식도 한 겹을 벗겨 보면 순진성 같은 거였다. 아마 하루 몇 시간 정도의 근무만 하고 헤어졌다면, 이필호에게 감추어진 이런 순진무구 같은 허점을 볼 수 없었던 게 분명했다. 그런데 이상해. 자신이 왜 훈련기간조차 다 끝나 가는 이 마당에 자꾸 불필요한 감정을 이필호에게 느끼고 있는지 알 수 없었다. 상하간의 위계질서를 벗어나지 않는 평범함을 애써 다짐할수록 순연은 이상스럽게 자석처럼 조금씩 끌려가는 자신을 발견하곤 놀랐다.

통로가 또 한 번 왼쪽으로 꺾였다. 갑자기 맞은편에서 튀어나온 사람과 부딪칠 뻔한 이필호는 주춤거렸다. 통로가 직각으로 꺾일 때 반대편에서 오는 사람은 전혀 보이지 않았기 때문이다. 지하 요새의 통로는 꺾여 있는 부분이 많았다. 핵폭풍을 바로 받기보다는 몇 번씩 통로를 따라 꺾이다보면 후폭풍의 위력은 자연히 감소되어 줄어들기 때문이었다.

"겉으로 보면 말짱한데 땅 속이라 그런지 불안한 것 같지요?"

"그렇게 말씀하시니까. 그렇기도 해요."

"처음 들어왔을 때는 잘 몰랐는데 오래 있어보니까 꼭 안전한 곳만은 아닌 것 같아……."

열 십자로 뚫린 통로 천장에 전선주 굵기 만한 배관 파이프가 두 줄로 뻗어 있었다. 멀리서 기계의 소음이 가늘게 들려오고 있었다. 틀림없이 송풍기 돌아가는 소리였다. 소음이 거의 없었으며 그들의 발소리만이 공간을 깨고 있었다. 나란히 걷는 걸음의 보조가 어느새 맞춰져 있었다. 그러나 그것은 다정함과 함께 숙련된 줄서기 군율에 의하여 습관이 되어 버린 동작이기도 했다.

"지루해요."

"지루하기는 나도 마찬가진데…… 통로 자체가 워낙 단조로워서 가까운 곳도 괜히 먼 거리처럼 느껴지거든요."

이필호는 답변이라기보다는 푸념처럼 혼자 내뱉었다. 하긴 오순연이 말한 시간의 개념과 이필호가 거리라고 말한 동문서답도 따지고 보면 뭉뚱그려 지루함에서 오는 것이 분명했다.

"이렇게 두꺼운 문은 생전 첨예요."

통로 옆구리에 두 뼘 정도 툭 튀어나온 차단문의 은빛 철판문 가장자리를 만지고 지나면서 오순연이 말했다.

그들이 제2차단 문의 문턱을 넘고 나서 몇 걸음인가 떼어놓았을 때였다.

"삐ㄲㄲㄲ - 빽 끼끼끼 쿵 꽝."

철판과 쇳덩이가 부딪치는 날카로운 금속성끼리의 마찰음이 끝나기도 전에 동굴 속은 갑자기 와 버린 암흑과 공간을 던져 버릴 듯한 굉음으로 가득 차 버렸다. 도무지 정신을 차릴 수 없었다.

자신들도 모르게 껴안았던 그들이 깜깜한 어둠 속에서 정신을 차린 것은 한참 후였다. 아무것도 전혀 보이지 않는 암흑. 침묵. 이필호가 허리에 차고 있던 모토로라 무전기를 꺼내어 교신 스위치를 작동해 보았으나 먹통이었다. 분명 주파수는 먹히는데 응답이 없었다. 뭔가 송수신 전파가 엉켜 버렸든가 날아가지 않든지 간에 일단 고물 기계뭉치에 불과한 무전기를 다시 탄띠에 찔러 넣었다.

이필호는 막막함과 허탈감이 동시에 밀려왔다.

"우리 제1 차단문 쪽으로 천천히 가봐요, 소대장님."

오순연이 겁에 질린, 그러나 애써 침착하게 가라앉은 목소리로 먼저 입을 열었다.

"어디가 어딘지 알 수가 있어야지…… 아무튼 벽을 붙잡고 내려갑시다. 자, 이 쪽으로."

칠흑으로 덮인 공간에서 오직 그들은 옷깃 스치는 소리와 감각만으로 통로를 더듬어 내려갔다. 짐작으로 미루어 제2 차단문에서 초소가 맞보이는 프라스트 밸브 옆의 제1 차단문까지의 거리는 50미터 정도였다. 다만 직선거리가 아닌 직각으로 꺾어진 두 곳을 어림잡는다면 차단문의 위치는 측정할 수 있으리라 짐작했다.

이필호는 허리를 구부정하게 오그리며 더듬더듬 앞으로 나갔다. 빳빳하게 걸을 수 있음에도 불구하고 왠지 어둠의 중압과 공포감에 눌려 등을 펼 수 없었다. 무엇보다 우선 이곳을 빠져나가서 초소 쪽으로 가는 수밖에 도리가 없다는 생각만이 이필호를 지배했다.

"꽉 잡아요!"

허리에서 빠져나온 옷깃을 잡고 미적미적 따라오는 오순연에게 이필호가 높은 어조로 말했다. 몇 번인가 오순연의 조급한 발놀림이 이필호의 군화 목에 엉켜 걸리적거렸다.

첫번째 커브를 돌아 두 번째로 꺾어진 부분을 돌았다고 판단되었을 때 그들은 처음보다 어둠 속에 더 적응되었고, 조금은 자신감이 생겨났다.

"하 …… 이곳도 막혔군."

"어쩌지요?"

거친 동굴의 벽면을 쓸면서 내려온 그들의 손바닥에 차가운 철판의 감촉이 막아섰다. 가슴을 다시 한 번 철렁 떨구어버린 허탈감이 크게 밀려왔다. 텅텅. 퉁 이필호가 주먹과 발길질로 차단문을 두들겼으나 거의 죽은 소리가 그들의 귀에 들릴 뿐이었다. 탁탁탁. 오순연이 손바닥으로 친 소리도 마찬가지였다. 둔중한 철문은 꼼짝하지 않았다.

"야! 문 열어라! 문 열어!"

두 사람은 동시에 소리쳤다. 텅 텅 텅 텅. 울림의 여운이 짧은 마찰음뿐이었다.

"문 열어."

"문 열어요."

애원에 가까운 소리에 반응은 없었다.

철렁 내려앉은 가슴아픈 고요가 그들의 머릿속만 헤집을 뿐이었다. 그들은 차단문 앞에서 주저앉아 버렸다.

무전기를 꺼내들고 몇 번의 교신을 시도해보았지만, 고물 기계뭉치임에는 변함없었다. 편리함이 망가질 때에는 애초의 불편함보다 훨씬 곤혹스러울 뿐이었다.

"어떡하지요?"

울먹이는 오순연이 이필호에게 바짝 몸을 붙여왔다.

"어떻게 될까? 나도 알 수가 없소. 우리만 이런 꼴로 갇힌 건지 또 다른 곳도 이 지경인지…… 모르겠고."

이필호는 손목시계를 들여다보았다. 야광 시계바늘이 어슴푸레하게 빛났다. 다섯 시간이 더 돌아갔지만 모든 것이 다 정지되어 버린 순간, 그것은 아무런 의미도 없는 물건에 불과했다. 그저 암흑이라고 할 수밖에 없었다.

시간이 정지되어 있었음에도 그들은 조금씩 숨쉬기가 불편해졌다. 밀폐된 공간에서 산소는 질소에게 먹히고 있음이 분명했다. 이제 이

깜깜한 곳에서 그들이 서로를 확인하고 나서 자신을 의식할 수 있는 것은 살갗의 감각이 전부였다. 스스럼없이 다시 껴안은 그들에게 끝없는 침묵과 맥박만이 태곳적처럼 자연스러울 뿐이었다. (1995)

◆ 최성배 소설론

밀실의 메카니즘, 낯선 현실

김성달(비평가)

1.

90년대 들어 혼합 모방이니, 하루끼류의 소설이니 하는 작품들이 계속 나타나더니 이제는 가볍고 감각적인 상품으로 오늘의 우리 문학 속에 상당한 자리를 차지했다. 이런 현상은 그동안 30년 동안 지속 되어오던 군사 정권의 극복 후, 급격하게 달려가는 우리 사회 자체의 변화에서 기인한 것일 수도 있다. 군사 정권 시절 문학은 우리 사회가 안고 있는 모순과 부조리를 진지하게 이야기하고 탐구했다. 하지만 이젠 문학도 그 자체가 가지고 있던 무겁고 진지한 모습을 떨쳐 버릴 수밖에 없었는지 모른다. 그 시절 정치적으로 억압받고 사회적으로 소외된 많은 사람들은 세계에 대해 회의하고 질문을 던졌다. 그러나 이제 대부분의 사람들은 과거의 문제가 사라졌다고 생각하고 개인적이고 감각적이며 가벼운 삶을 살려고 한다.

억압과 공포 속에서만 상상력을 발휘하던 사람은 억압과 공포가 약화되었을 때 상상력의 빈곤마저 느끼는 것일까? 이른바 도시적 삶의 소비성과 경박함, 사소한 것과 감각적인 것의 중요성 같은 것들이 우리 문학을 장식품이나 소비재로 전락시키고 있다. 이러한 소설은 문제의 핵심을 영화에서의 가위질처럼 흐려놓을 염려가 있으며 인물들은 도시의 감각적이고 풍요로운 삶 이외의 다른 삶을 상상하지 못한다. 억압받고 소외된 사람들이 자신들의 삶과 사회에 대해 진지하게 질문하는 것을 견디지 못한다. 그들에게 문제가 되는 것은 일상의 사소한 불편이고, 감각적인 쾌락의 상실뿐이다. 최성배의 소설을 이야기하면서 왜 느닷없이 감각적인 요즘의 소설을 끄집어 낸 것일까? 그것은 우리 주위에서 억압과 소외의 문제가 사라진 것이 아니라는 것을 그의 소설이 끈질기게 환기시켜 주기 때문이다.

> "현실도 생각하기 나름이야. 매사 한쪽으로만 치우치면 다른 쪽이 어렵지 않겠어."
>
> "그렇기는 합니다만 …… 과장님, 우리들은 너나 할 것 없이 현실에만 너무 집착하고 깊이 빨려 버려서, 풀어야 할 정작 중요한 것을 잊어버리고 있습니다. 잊어야 할 것과 계속 풀어야 할 숙제를 혼동하다가 결국 망각의 늪에 허우적거리는 꼴입니다."
>
> —「1박 2일」

소설집 『물살』에 실린 일련의 작품들은 대략 1986부터 1997년까지 10여 년에 걸쳐 작가가 발표한 것이다. 이 10여 년 동안의 시기는 모든 것이 너무나 급격하게 변화하는 시기였고 문학 역시 마찬가지였다. 민중문학에서 포스터 모더니즘, 특히 싸구려 감정을 감각으로 포장한 소설들이 활개를 치는 시기였다. 나는 최성배 소설들을 읽으며 그런 시기에 시대의 한켠에 서서 묵묵히 자신의 문학 세계를 서서히, 그리고 조금씩 변화시켜 온 그의 고통스러운 몸짓을 보았고 가쁜 숨결을 들었다.

직업 군인으로 20년 동안 살아 온 최성배 개인의 예사롭지 않은 역사적 체험 축척과, 시대 상황에 대한 성실한 대응의 결과로 이루어진 이 소설들은, 값싼 감정 따위에 기대어 잘 팔리는 상품으로 전락한 90년대 소설에 대한 통절한 반성의 사유를 던진다. 그런 허접쓰레기 소설에 길들여진 독자를 사뭇 불편하게 한다.

그동안 최성배의 소설들을 드문드문 읽기는 했지만 지금처럼 한꺼번에 읽은 건 이번이 처음이었다. 작품을 통독하며 곤혹스러운 아픔을 경험했다. 그것은 최성배 소설 속의 인물들의 대부분이 처한 그 본질적인 폐쇄성의 한계 때문이었다. 최성배는 스스로가 군사정권 시절 어쩔 수 없는 가해자였다는 그 본질적 한계가 자신의 삶에 어떤 이유로든 편리한 면죄부로 적용되기를 거부한다. 그는 자신의 행동이 자의적으로 이루어진 것이 아니라 소속된 조직으로부터 강요된 것이기 때문에 스스로 책임질 필요가 없다는 변명 또한 받아들이기를 거부한다. 조직의 일원이었기에 조직의 이름으로 행해진 '가해'에 대해 책임이 없다는 것은 피해자 전부를 매도한다는 죄의식에 사로잡혀 있다.

> 그 현실에서 꿈의 어두운 그림자를 떼어내려고 안간힘을 썼으나, 그럴수록 꿈의 편린들은 자석처럼 붙어 있다.
>
> —「1박 2일」

여기에 그의 방황과 비극이 있다. 80년대의 군사적 폭력 체험과 경제성장의 체험을 동시에 겪은 사람들은 흔히 혼란에 빠지기 쉽다. 특히 경제적 성장의 혜택을 받은 사람들은 그 성장이 군사적 폭력 덕택이 아닌가 착각 할 수도 있다. 그렇게 해서 자신이 일부 지역의 시민들 희생 위에서 풍요를 누린다는 죄의식과 함께, 그 풍요를 인정하기 위해 군사 정권의 폭력 자체를 합리화시킨다. 또 그 지역의 피해자들을 희생의 제물로 삼고자 하는 심리를 갖게 된다. 그들에게는 군사적 폭력의 희생자들은 없다. 다만 공공 기물을 파괴하고 선량한 시민들을 선동한 '폭도'들만이 존재한다. 그래서 그들은 제도와 권력의 횡포에 대해 고민하고 괴로워할 필요가 없다. 소위 90년대 감각 소설의 대부분은 이런 사유에 기초한다. 그러나 최성배는 얼마든지 조직의 논리로 일반화시킬 수 있는 자신의 과거를 잊지 못한다. 그의 현실은 과거로부터 자유롭지 못하다. 그래서 그의 소설에는 회상 형식의 바로크적인 기법이 많이 나타난다.

우리는 최성배가 즐겨 사용하는 회상 형식에 주목해 볼 필요가 있다. 그의 소설의 회상 형식은 중요 기억소를 가진다는 점에서 추억의 형식과 유사하다. 그러나 그 회상의 범위가 단일한 사건에 국한되지 않는다는 점에서는 추억과 구분된다.

> 분명히 그것은 지나간 세월이고 과거였다. 그런데 나의 머리 속 어디에선가 영상들을 붙잡아 묶어두는 현상이 일어나고 있었다. 그러자 영상들은 오래 된 것이 아니고 엊그제의 일처럼 다가왔다.
>
> —「멀리서 부르는 소리」

최성배의 소설에는 보이지 않을 만큼 가느다랗게 얽혀 있는 기억이 마치 실패의 실처럼 감겨 있다. 기억은 기억을 낳고 회상은 회상을 낳는다. 그 운명의 실타래가 한없이 풀려가는 인상을 줄 때도 있다. 그것들은 거의 연상의 형식에 진배없을 정도로 그 기억 연관의 긴밀도가 뛰어난 것이다. 그것은 최성배의 소설에 시적 추동력, 즉 상상력의 추동력이 적절히 뒷받침되어 있기 때문인데, 그것은 시인이기도 한 그의 몽상적 본질의 힘이기도 하다.

최성배는 회상 형식을 통해 소설적 상황을 극명히 드러낸다. 그것은 단지 문체의 시적 추동력의 특질 양산으로만 드러나고 있는 것은 아니다. 그의 소설은 어떤 개별적인 경우를 막론하고 특정한 상황 속에 갇힌 모습이다. 서해 북단의 섬 교동도, 병원 입원실, 동작동 국립묘지, 고층 아파트 맨 꼭대기층, 땅 끝, 삼팔선 철책선, 동굴 등과 같이 그의 소설적 배경은 폐쇄된 상황이다. 이것은 흔히 사용하는 낯설게 하기의 방법론에 머무른 것이 아니라, 역으로 본원적인 일상의 삶으로부터의 초월, 즉

생의 의지의 표현이다. 그러나 마치 카프카의 갇힌 상황의 모티브가 그런 것처럼 그의 소설은 탈출 불가능성을 전제로 한다.

> 둔중한 철문은 꼼짝하지도 않았다.
> "야! 문 열어라. 문열어!"
> 두 사람은 동시에 소리쳤다. 텅텅텅텅 울림의 여운이 짧은 마찰음 뿐이었다.
> "문 열어."
> "문 열어요."
> 애원에 가까운 소리에 답은 없었다. 철렁 내려앉는 가슴 아픈 고요가 그들의 머릿속만 헤집을 뿐이었다. 그들은 차단문 앞에서 주저앉아 버렸다.
>
> —「단추」

하지만 이런 폐쇄 상황 설정만으로 최성배 소설의 의미가 완성되는 것은 아니다. 문제는 그 폐쇄의 상황이 얼마나 현실의 필연성 위에 구축된 것인가를 묻는 일이 중요하다. 그런 점에서라면 우리는 카프카류의 난해한 알레고리에 대한 이해 없이도 최성배의 소설을 읽어 낼 수 있다. 그는 사변적으로 자신의 내면적 심사를 고백하기에 주저하지 않는다. 그는 '나는 늘 아름다운 노래를 부르고 만다'고 했는데 그 아름다움 속에 얼마만한 부피의 내면적 고투가 깃들어 있는가를 알아차리기란 실상 그리 어려운 일이 아니다. 고통스럽게도 그는 자신의 존재의 무능, 즉 이 시대의 사회적 삶에 왜 동화하지 못하는가, 왜 적응하지 못 할 수밖에 없었는가, 그리하여 왜 패배의 구렁텅이에 갇혀 헤어나지 못하는가를 끝없이 묻고 고민한다.

> 가슴 아픈 것은 배고픈 일 보다 타인들에게 이방인이 되어야 하는

설움이었다.

—「1박 2일」

그는 어쩌면 자신에게서 빠져 나간 어둠이 아내를 오염 시켰고 심지어 이 집안의 모든 식구들의 우울함도 자신에게서 비롯된 것이라고 생각했다.

—「퇴직」

그러면서도 그는 도피하지 못한다. 그 주변의 모든 사람이 그 고통의 상황을 피해가지만 그는 지극한 고통의 현장에 머물러 있다. 무엇이 그를 그곳에 머무르게 하는가? 그가 머무르는 현장에서 우리는 이 사회 삶 전체에 대한 그의 전면적인 부정, 생리적인 거부의 표정을 볼 수 있다.

우리 눈에 영상으로 보인 모든 것들도, 우리는 서로 보조물이며 우리 모두는 이 지구를 뜯어 먹고 사는 기생충임이 분명하다.

—「도시의 불빛」

얼굴을 일그러뜨리며 그가 거부하고자 하는 것은 이 위선을 본질로 하는 세계인 것이다. 생은 사랑과 진실로 이루어져야 한다. 그런데 '목적적 이성'과 '위선'으로 이루어진 이 현실이 도대체 무엇을 줄 수 있느냐고 그는 고통스럽게 반복하며 묻는다.

밤이 찾아들었다. 이 순간을 살아 움직이는 모든 사람들이 모두 한 과정을 겪어가면서 막상 다 같지 않은 생각으로 살면서도 항상 자신들의 불찰은 혼자 콩 까먹어 버리고 타인들의 잘못을 꾸짖는 행태에서 세상이 모든 괴리와 모순을 덩어리째 궁그르며 헤맨다고 말하고 끝까지 자신은 소멸될지라도 잘못을 인정하지 않지만 그 양심이라는 묘한 전자파 같은 고차원의 화살은 끝까지 그들의 가슴을 파고

들어오면서 오그라들게 하고 섬짓하게도 하였는데도 갈수록 더 저항력이 강한 심장과 철면피한 얼굴 가죽까지 발명하여 붙이고 다니는 인간들의 발광에 대하여 내 자신 스스로 과연 가슴 저 깊은 곳 아래 끝까지 추적하여 발본색원 할 양심의 화살을 쏘아 볼 수 있는 의향을 가졌는가 하는 것이며, 모두가 갖기 싫어하는 그 아픔이라는 것을 조금치라도 나누어 가져 보겠다는 일말의 양심찌꺼기라 할지라도 생각조차 해보았느냐는 꼬리가 나를 괴롭게 했다.

—「황사현상」

2.

그러면 이와 같은 최성배의 현실 시각은 도대체 어디에서 연유한 것인가? 그는 왜 끊임없이 죄의식, 참회, 양심, 등에 집착하는가? 그것은 그가 20년 넘게 몸담았던 군대라는 '밀실의 메카니즘'으로부터 자유롭지 못하기 때문이다. 인간은 그가 겪은 강한 체험이 평생 그를 따라 다닌다. 특히 예술가들은 그런 강한 인상이 무의식과 의식 속에 받아들여져 작품의 인물로 묘사되어 나타난다. 바로 작가가 그 주인공의 마음 한가운데 앉아서 내부로부터 밖의 인물을 보기 때문이다. 즉 예술가의 자아는 보통 사람들의 자아와 달리 원초아에 압도당하지 않고 끝까지 그 인상을 기억하고 끊임없이 재생해낸다. 이런 면에서 최성배에게는 군대라는 어두운 밀실의 메카니즘이 마치 도스토에프스키 작품에 일관되게 따라 다니는 부친 살해 심리처럼 그를 따라 다닌다.

오로지 군바리라고 불리워진 이끼 낀 시간 속에서 또 한순간은 넘어야 할 입장인 것이다. 왼손에 쥐고 있는 총열의 딱딱함이 느껴졌다. 쇠파이프의 이질감. 오랫동안 만졌던 물건이라면 자연스럽게 살갗처럼 닿아야 할텐데도 이것은 언제나 그렇지 않았다. 쇠붙이와 친화력이 없다니, 직업 군인이, 말도 안 된다.

—「사격 개시」

최성배가 경험한 혹은 의식 속의 밀실은 다음과 같은 곳이다.

> 벙커안에 무공해 전기 차량과 사람 등이 통행할 수 있도록 사통팔달의 길이 나 있고 정부 각 부처가 사용 할 수 있게끔 사무실이 배치되어 있었다. 마치 큰도시의 축소판처럼 영화관, 식당, 휴게실, 목욕탕까지 있어 작지만 생활에는 전혀 큰 불편이 없도록 꾸며져 있었다. 더욱이 그 규모와 복잡함은 대단하여 처음 이곳을 방문한 사람들은 안내자가 없으면 길을 잃어버릴 정도였다. 그래서 아무리 머리 좋은 사람도 미로처럼 나 있는 길을 몇 번 좌우로 헤매다 보면 자신이 처음 출발한 지점을 찾지 못하였다.
>
> —「단추」

앞부분에서 잠깐 언급한 그의 소설 공간인, 서해 북단의 섬 교동도, 병원 입원실, 동작동 국립묘지, 고층 아파트 맨 꼭대기층, 땅 끝, 삼팔선 철책선, 동굴 등과 같은 것의 실상은 밀실인 것이다. 그 밀실은 <오랜시간 동굴 속의 기계 돌아가는 소리에다 음습하고 눅눅한 공기까지 감염되면 몸조차 그것들과 함께 섞여져서 여지없이 썩은 고기가 되고, 그러면 날아다니는 모기나 곤충들이 낮게 떠다니며 나의 피부를 툭툭 건드릴 것이고, 온갖 세균들과 미생물들조차 발악하며 즐거워할 것이고 몸뚱인 더 시들게 틀림없는 곳이고, 다만 이 손목에 감겨진 시계만이 전지가 다할 때까지 그냥 벽과 천장, 혹은 바닥에서 그냥 맴도는> 곳이다.

이런 밀실 속에서는 타인의 힘을 빌어, 타인의 의식으로 생각해야 한다. 타인의 결정을 그대로 따라야 한다. 그렇지 않으면 길을 잃거나 낙오한다. 밀실 속의 이런 의식의 존재 양태는 정상적인 모습이 아니다. 그것은 누군가 일방적으로 문을 열고 내 속에 들어와 길게 누워버린 것 같이 껄끄럽다. 그러나 그 속에서 오래 견디기 위해서는 우선 의식과 감정의 가장 밑바닥으로 내려가야 한다. 그러다 보면 <처음과 달리 송풍기 돌아가는 소음도 밖에서 안으로 들어오는 순간 일시적으로만 거부감을 느끼게 할 뿐, 오랫동안 들여다보면, 개의치 않게 되었다. 생활이란 처음 적에 어려운 것이지 일단 그 속에서 살다 보면 자연히 순응하게 되는 모양이었다.>는 지경까지 이르게 된다.

하지만 이런 지경이란 스스로 숨쉬는 법을 아예 잊어버리거나, 숨을 쉬고 안 쉬고의 선택은 자신이 결정할 수 있다는 사실까지 잊어버리게 되는 것이다. 그러나 인간이기에 문득문득 몸 한구석에서 통증이 느껴지곤 하는 것이다.

> 나의 모든 기능이 얇디얇은 도시 생활의 일반적 관성의 흐름으로 매일 그날로 판에 박혀 일정하게 흐르는 와중에도, 그 불규칙적으로 쿡쿡 와 닿는 치통의 자극은 어느새 기묘한, 그리고 조금 생소한 크기만큼 끝내는 일상의 한 부분이 되어 있었다.
>
> —「황사 현상」

최성배에게 불규칙적으로 쿡쿡 와 닿는 그 통증은 치유 불가능하다. 설혹 치료되었다 해도 밀실의 메카니즘이 워낙 깊숙이 각인되어 있기에 <그러나 그럴까, 진짜 개운할 것일까> 하고 끝없이 의심한다.

> 아하, 저 가족들에게는 내가 조그만 점으로 보이겠지. 나는 또 갑자기 뒤통수가 가려움을 느낀다. 동시에 누군가가 또 노려보고 있을지도 모른다는 생각이 엄습했다. 저 많은 창문들 중에서
>
> —「도시의 불빛」

자기 자신에 대해서까지 느껴지는 이 낯설음. 그것은 아마도 사르트

르의 '구토'속에 나오는 로캉텡이 자기 존재성에 대해 느끼는 구역질과 같은 것이리라. 밀실 안의 인간이 어느 날 갑자기 밖으로 나올 때, 늘상 앉던 자신의 소파마저도 이질감, 이물감, 낯설음으로 바뀌어버리는 곤혹스러움을 우리는 최성배의 소설 속 인물들을 통해 확인한다.

최성배 소설 속에 묘사된 모습과 행위 자체는 우리에게 낯선 장면을 본 듯하고, 낯선 경험을 하게 한다. 그것은 극도의 객관성과 정밀성으로 구성된 밀실의 상황 설정 때문이다. 또한 소설 속 인물은 묘사된 대상간의 공감대 형성을 완강히 거부한다. 독자적으로 버티고 있음으로써 대상과 묘사, 묘사물과 우리의 감각과의 견고한 거리를 형성한다. 다시 말하면 대상과의 단절감을, 현실과 유대를 맺을 수 없는 밀실의 메카니즘을 체험하게 한다. 최성배의 이런 밀실의 메카니즘이 자아와 현실의 단절성을 구축하고 있는 것이다.

낯설음의 또 다른 표현인 이 단절감은 자아에 있어서는 자의식이며, 외부에 대항하는 의식의 무게이다. 그것은 최성배 소설 속 인물들이 스스로를 끊임없이 낯설음의 존재성으로 만들어 병원에 입원하게 하던가, 안절부절하며 하루에도 수십 번도 넘게 별일 없는가를 묻게 만들어 마침내 권총으로 자살하게 만든다. 이 낯설음과 단절이 가 닿는 막다른 골목은 다름 아닌 죽음이다.

> "틈만 나면 바로 사살 해."
> 그런 헌병 대장의 명령이 내려진 후 핸드마이크가 울렸다.
> "너는 포위 되었다. 지금 즉시 총을 버리고 나오면 살려 준다."
> 마치 바퀴벌레 한 마리가 빵 부스러기 속에 있으나 이미 갈 곳은 전부 차단 되었다. 약속은 허접쓰레기에 불과 했다. 약속은 강자의 마음대로 파기 되었다. 심부름꾼의 수고는 원점으로 돌아갔다.
>
> —「사격 개시」

이 섬칫한 예감은 실제로 최성배의 인물의 의식 곳곳에서 불쑥 고개를 내민다. 그리고 앞뒤의 직접적인 연결이나 해명 없이 문득 거리를 향하여 <이쌔에끼들아! 아니야! 아니란 말이야!>라고 외치는 돌연성으로 나타나기도 한다. 최성배의 인물들은 자신이 마비되어 가고 있고 죽음을 향해 서서히 해체되어 가고 있음을 고통스럽게 인식하고 있다. 밀실의 메카니즘에 익숙해 있던 그들은 현실의 낯설음에 의하여 해체되어 가고 있다. 현재 진행형으로 서서히 죽어가고 있는 것이다.

> 이미 시체는 물에서 올려진 거대한 고래나 무기력한 상어의 모습처럼 썩어가는 고깃덩어리에 불과 할 뿐이었다. 햇덩어리가 하늘 한가운데로 올라 갈수록 그 냄새는 오히려 모여 있는 사람들에게 까지 천천히 배어 들었다. 쨍쨍 내리쬐는 햇볕 조차도 냄새를 사그리 태워 버리지 못 하였다. 그 냄새는 마치 음흉한 웃음을 짓고 있는 시체의 그림자이기도 한 것처럼 살덩어리의 주위를 맴돌고 있었다.
>
> —「물살」

이처럼 최성배의 소설은 우리에게 조직과 명분이라는 밀실속에서 바짝 말라 박제된 형태로 존재하던 밀실의 인간이 결국 현실의 낯설음을 견디지 못하고 서서히 해체 되어가는 것을 밀도 있게 보여 주고 있다. 그는 서사적 이야기를 담지 않고, 때론 이야기 자체를 해체시켜 가며 밀실의 메카니즘에 갇힌 인간의 내면을 현미경적으로 투시하고 있다.

우리들은 낯설고 해체된 세계 속에 살면서 마비되고 죽어 가는 사실을 모르고 있다. 점점 거대한 밀실로 내몰리고 있다는 것도 알지 못하고 편리하고 가볍고 감각적으로 살려고만 한다. 이런 우리 앞에 최성배는 밀실의 메카니즘 속에서 겪었던 체험과 사유를 송두리째 내보인다. 그의 소설 속 주인공들이 한결같이 폐쇄적인 밀실의 공간에 갇혀 있고, 현실에 제대로 적응하지 못하는 것은 최성배 개인의 밀실의 메카니즘 체험에서 비롯된 것이다. 그러나 그 체험이 체험에서 머무르지 않고 인간의 근원적 근거를 향하고 있으며 그 결과 인간과 인간의 근원적 관계마저 점점 메말라가고 있음을 끄집어내어 우리에게 보여 준다.

> 느끼지 못했던 오한이 갑자기 몸 속으로 쑥 들어 왔다. 아주 미세한 어뜩함이 머릿속을 지나갔다. 그것은 외로움이었다. 사지에 버려져 버린 듯한 허탈감이었다. 인간들은 이렇게 배신을 시작할 것이다.
>
> —「사격 개시」

우리는 그의 이러한 부정적 세계 인식, 인간 고찰을 더욱 주목해 보아야 한다. 왜냐하면 앞으로 우리는 점증하는 도시화와 기계의 밀실 속에서 사물화하는 자아와, 소외되어 가는 인간 경험을 더욱 크게 가질 것이기 때문이다. 그리하여 <서로가 남남이 되어 버리며 관심은 소멸할 수밖에 없고 하나하나의 개성이 차츰 망가지며 조직 속의 야무진 부속품이 되어야> 하는 운명 앞에 놓여 있기 때문이다.

3.

최성배의 소설은 긍정적이고 낙관적인 전망이란 없다. 그렇다면 이 폐쇄된 세계에서 우리는 어떻게 할 것인가. 어떻게 살아야 할 것인가. 이 세상에서 긍정할 것이라고는 발견하지 못하기에 <독백 하는 불나방>일 수밖에 없다. 이런 절망감에 침잠해 본 사람이라면 회오로 가득찬 최성배의 소설 세계가 절망스러운 '틈'의 공간임을 느낄 수 있다. 그의 소설속에 빈번하게 발견하는 회오와 부정의 변증법은 현실 체험 이상의 차원을 스스로 거부하는 것이기에 현실적 효용성의 물음 자체를 무화 시킨다.

> 그림자가 실상과 똑 같은 형태 그것은 웃기는 일이다.

—「도시의 불빛」

최성배는 밀실과 현실 사이의 올바른 조화가 쉽게 이루어지는 것이 아니라는 것을 누구보다도 잘 알고 있다. 그래서 그는 밀실과 현실 사이의 대립을 소설적 주제로 선택한다. 밀실과 현실의 어느 한 쪽을 선택하지 않고 그 대립을 작품의 주제로 선택하기 때문에 소설 소재의 다양성으로 나타난다. 또한 그의 이 같은 대립적 인식은 과거와 일상의 여러 현상을 잘라서 재조정하는 조작적 인식이다.

> 그러나 조각난 영상들은 앞뒤가 잘 맞지 않더라도 활동 사진처럼 그의 의도와 상관없이 재생된다.
> 또 다시 머릿속에 입력되어 있는 영상의 조각들이 얼기설기 작용하여 움직인다.
>
> —「독백」

그렇기 때문에 그의 소설은 우리에게 익숙한 원인/결과의 인식론적 소설 구조와 매우 다르다. 그의 소설 속 인물들의 행위를 결정론적으로 해석 할 수 없다. 아니, 할 수 없음이 아니라 오히려 그런 해석을 거부한다. 소설 속 인물들의 행위는 행위이되, 그 행위는 갇힘/벗어남의 대립 관계만 극명히 보여 준다.

> 그는 오른 손으로 턱을 받치고 바깥 동굴 천장을 쳐다보았다. 밤과 낮이 없는 막막함과 시간의 굴절을 느끼지 못하는 이런 상태가 지속되면 어떻게 될까. 아무래도 햇볕을 거부하고 오랜 시간을 동물로 지내다 보면 인간도 어쩔 수 없이 야광충처럼 길들여 질 것이라는 생각이 자꾸 들었다.
>
> —「단추」

그래서 그의 소설 속 인물들의 행위는 납득 할 수 없는 행위들이다. 행위를 납득 할 수 없다는 것은 그 행위의 원인/결과를 모른다는 것과 다름없다. 이것은 고전적 소설 문법에서는 일종의 금기이다. 그래서 최성배의 소설은 항상 난해하다, 의식의 흐름이다, 하는 수식어가 따라 다닌다. 그러나 원인/결과가 분명한 행위는 역으로 자신이 갇혀 있음을 모르는 일상적 사유의 한계를 보여 주는 것이다. 최성배는 그런 갇힌 사유의 한계를 갑갑해하고 깨뜨리려 한다. 육체는 밀실에 갇혀 있지만 사유는 푸른 창공을 날고 싶은 것이다. 그는 현실 인식의 단순성을 비판하기 위해 작품 곳곳에 일상의 현상을 재구성하는 조작적 인식을 드러낸다.

> 이번만은 꼭 내가 먼저 제안하기로 마음먹고 나는 가빠오르는 숨을 억제하며 무겁게 입을 열었다.
>
> "…… 해약을 정식으로 통보합니다."
>
> 그리고 장지갑속에 깊이 들어 있던 얇다란 계약서를 꺼내들고 라이터의 불을 붙였다.
>
> —「도시의 불빛」

원인/결과적 인식 세계는 어떤 원인이 있으면 결과는 반드시 연출된다는 단순한 인식이다. 그 인식은 그 인식을 가능케 한 패러다임 안에서만 가능하다. 그러나 인간의 행위는 그렇게 단순한 것이 아니다. 특히 밀실 속의 인간 행위란 복잡 미묘하다. 그런데 일반적인 현실의 진실이란 그 패러다임 안에서만 진실이 된다. 그것이 밀실 인간의 비극이다.

최성배에게는 이 사회 현실의 진실이 실체로서 존재하지 않는다는 점이 문제다. 어떤 사회의 진실은 그 사회 내에서만 진실이다. 그 진실을 밖에서 그냥 흘낏 보면 일종의 바람, 황사현상, 독백, 잡소리 같은 것이다. 그것은 보편적인 우리 사회의 잣대라는 것이 진실이 되기 위해서는 그 진실에 포함되지 않는 것은 배척하기 때문이다.

인간의 행위에 대한 어떤 형태의 인식은 가능하지만 그것이 반드시 올바른 인식은 아니다. 거기에서 최성배의 조작적 인식이 시작된 것이다. 그는 진실은 있어야 한다고 생각한다. 그러나 있는 것은 구체적이지 않는 <멀리서 부르는 소리> 뿐이다. 그의 소설 속에서 진실이 무엇인지 계속 회의하고 반성하는 대목이 많이 나오는 것은 이런 관점에서 이해되어야 한다.

진실과 현실 원칙의 대립은 고정적인 것이 아니라 진행중인 것이다. 그것이 진행중이지 않을 때 그 대립은 제도화라는 현실 원칙의 우위를 확인시켜 주는 것으로 끝나 버린다.

> 녀석은 그렇게 충성을 하다가 죽어 버린 것이었다. 제 부하한테. 모든 사람들이 요구하는 정의와 희생 정신을 맨몸에다 무장을 하고서 하긴 녀석은 제 죽음을 미리 다 알고 있었는지도 모른다. 그러나 알고, 모르는 것이 무슨 소용이겠는가. 비단 녀석 뿐 만 아닐 것이다. 한줌의 재로 남아서 열병식에 참여하는 많은 비석들도 마찬가지 일 것이며 역사의 이름으로 장렬하게 죽었다는 모든 인간들의 생명도 그러했겠지. 인간을 위하여 인간에게 죽었다고, 불쌍한 노릇 이었다. 죽음은 우리가 알아차릴 때까지도 온갖 허위와 위선으로 그렇게 만들어지고 있었다. 순직, 전사, 사망, 어디에서 어떻게 죽었든지 죽은 것은 죽은 것이었다. 다만 계급장은 여전히 이름과 함께 붙어 있었고, 계급에 따라 묘역과 묘지의 모양은 다르게 만들어져 있었다. 아마 살아 있는 사람들에게는 이러한 표상들이 장엄한 역사의 산물로만 각인 되어 영원히 보증 수표처럼 인식 될 것이며 계속 희생을 요구하리라.
>
> —「멀리서 부르는 소리」

그 속에서 개인은, 개인적 욕망의 충족을 바라는 개개인의 욕망을 최소한도로 축소시켜 사회를 이루어나가야 하는 현실 원칙에 의해 언제나 교정된다. 그 교정된 원칙은 개인에게 금기로 작용한다. 금기는 제도화되고 그것은 학교에서, 군대에서, 사회에서 각각 훈육되고 강화된다. 이것이 폐쇄된 밀실의 메카니즘이다.

> 우리들의 개성은 차츰 망가지며 조직 속의 야무진 부품이 되었다.
>
> —「멀리서 부르는 소리」

진실은 진실화 과정 속에 있다. 이 진실화 과정를 최성배는 자기 개인의 욕망을 정직하게 드러내고 그것의 의미를 반성해야 한다는 전제위에 세웠다.

> 더 이상 멈출 수 없어 지금까지 오십 년을 달려 온 속도만큼 갈 수 없다면, 대령은 진홍빛 커텐을 마주보고 앉아서 허리춤에 찔러 둔 권총 자루를 만지작거렸다. 내 자신을 위해서 무엇을 하였던가. 아니 남들을 위해서 한 일은 과연 있었던가 하는 회한 같은 것이 스쳐 지났다.
>
> —「불나방」

정직하지 않을 때 (여기서 정직은 보편적인 도덕적 정직이 아니라 개인의 욕망에 관한 정직이다.) 진실 추구는 허위에 지나지 않는다. 그것은 자기 기만의 소산이다. 그 정직성은 이중성이다. 그 이중성을 최성배는 아프게 자꾸 찔러대는 것이다.

> 모든 원인중의 하나는 너의 이중 인격이었어.
>
> —「독백」

군사 정권 시절, 밀실 메카니즘의 가해자이면서 동시에 피해자의 얼굴을 가진 작가 최성배는 그래서 더욱 고통스럽다. <카악 악이라도 써대고 싶다. 그러나 나의 울대는 늘 아름다운 노래를 부르고 만다. 베짱이처럼 고운 노래에 너무 익숙히 훈련되어 있었던 탓일까> 라고 자조하며 그는 늘 어두운 밀실 속을 방황한다.

최성배는 진실 추구자의 기본 여건으로 정직성을 들고 있다. 그에게 자기의 개인적인 욕망에 정직하게 관여하지 않은 진실 추구란 타기 할 만한 악덕이며 파괴적인 악덕이다. 정직성이 결여 된 진실 추구란 개개인들의 삶의 뿌리, 결국은 사회의 뿌리를 의도적으로 제거하기 때문이다. 그 진실은 작가가 극도로 혐오하는 명분과 편견에 지나지 않는다.

> "너 한테도 언젠가 잠깐 비쳤지? …… 나도 그때 총들고 중앙청까지 왔었다고. 그게 자꾸 마음에 걸려. 그땐 상관이 시키는 일이 바로 국민이 시키는 것 인줄 알았지. 지금도 그래 명령이 법이고 법대로 움직이고 있다고 생각해 …… "
>
> —「멀리서 부르는 소리」

명분과 편견에 따르는 사람은 자기의 삶에 뿌리를 박지 못하기 때문에 그의 사유는 타인의 삶까지를 그 뿌리에서 떼어 내 관념화 시켜 상대방에 대한 파괴적 배타성을 갖게 한다. 이처럼 최성배 작품의 꼭지점은 허위의 진실과 명분으로 둘러싸인 캄캄한 밀실이고 도시의 콘크리트 벽에 갇힌 동굴이다.

> 현대식으로 만든 지하 건축물임이 분명 한데도 햇빛과 차단된 지하 특유의 음습한 분위기는 처음 이곳에 들어 온 사람에게 색소를 잃고 퇴화된 박쥐나 곤충이 금방이라도 나타날 것 같았다. 더구나 환한 바깥 날씨와 실내의 어둠이 갑자기 뒤바뀌진 상태이니 까닭 없이 기분 나빠지는 것이었다.

—「단추」

4.

그의 소설의 모든 공간은 밀실이고 동굴이다. 그 속에서 그는 이상과 현실이라는 대립을 동시에 고통스럽게 안고 있다. 그래서 그는 지난 10여 년 동안 또 앞으로도 계속 일생을 걸고 밀실과 현실 사이를 언어로써 채우거나 다리를 놓아보자는 노력을 추구 할 것이다.

최성배는 그가 지향하는 밀실과 현실의 의사소통이 상상력을 구체화한 언어로써 이루어 질 수 있다고 생각한다. 그래서 그의 소설은 다분히 사변적이다. 그에게 인간이 갇혀 있던 밀실로부터 현실로 나아가는 과정은 인간의 자아, 즉 인간의 실체를 발견하려는 편력이다. 앞으로도 그는 계속 <미로처럼 나 있는 길을 몇 번 좌우로 헤매다보면 자신이 처음 출발 한 지점을 찾지 못>하는 밀실에서 현실로 나아가려는 노력을 계속 할 것이다. 그는 <길을 따라 걷지 않으면 더 이상 앞으로 더 나아갈 수 없다>는 것을 누구보다도 잘 안다. 특히 그곳이 <철조망이 이중 삼중으로 둘러처지>고 <빳빳하게 걸을 수 있음에도 불구하고 왠지 어둠의 중압과 공포감에 눌려 있는> 밀실 안이라서 더욱 그렇다.

밖을 향해 열려 진 문을 알 수 없기에 최성배의 소설은 쉽게 읽히지 않는다. 그 자신도 이야기꾼임을 노골적으로 거부한다. 그의 소설 가운데 이야기꾼의 의도를 드러낸 두어 작품은 긴장이 약화되어 밀도가 떨어진다. 밀실 메카니즘에 기인한 그의 현실 접근방법은 전통적 창작방법에 대한 거부의 몸짓으로 나타난다.

최성배는 우리의 가장 어두운 부분, 가려져 있는 부분, 밖으로 드러나기를 완강히 거부하는 부분을 탐색하고 있다. 그의 소설 전반을 통해 우리가 느낄 수 있듯이 우리 사회의 폐쇄성은 무서우리만큼 더욱 더 팽창되었고, 그것은 우리의 삶을 구속하는 압도적인 규정으로 작용한다. 특히 그가 오랫동안 몸담았던 군대, 더 나아가 회사, 관료, 학교 같은 곳의 폐쇄성은 더욱 심하다.

보이지 않는 부분을 보이게끔 한다는 것은 범상한 방법으로는 가능하지 않다. 그것은 밀실과 현실, 곧 무의식과 의식의 대면 혹은 공존이라는 독특한 상태에서 이루어 질 수 있다. 그래서 그의 소설 속 인물들은 남이 밥을 떠 먹여 주기를 바라지도 않고, 또 그저 막연하게 느껴지는 삶의 틀에 그때그때 유연하게 적응하지도 못한다. 현실적 고통의 양상이 소설 속 인물을 몽환의 눈으로 바라보게 한다. 그런 눈으로 바라볼 때 실재의 세계는 낯설게 보인다. 혹은 무의식으로 의식의 세계를 보거나 의식으로 무의식의 세계를 볼 때 그것들은 낯설게 느껴진다. 우리에게 친숙하다는 것은 의식으로 의식의 세계를 볼 때의 느낌일 뿐이다. 최성배 또는 그 소설속 주인공들처럼 보는 쪽과 보이는 쪽의 의식의 위상을 조금이라도 엇갈려 교차시키면, 이제까지 낯익고 친숙하게 보이고 느껴 왔던 것들이 돌연 낯설게 변한다. 실제로 최성배의 소설 도처에 그런 낯설음의 어휘가 나타나고, 그의 문학의 동기가 여기에 기초하고 있다는 것을 알 수 있다.

최성배는 이 사회적 현실 속에서 소설가가 어떤 위치에 있든 괴롭다는 것을 안다. 전달자적 태도를 유지하면서 우려의 시선을 감당하든지, 초월적인 태도를 견지하든지, 혐오의 감정으로 대하든지, 한가지 분명한 것은 이러한 사회 변화 추세의 관성, 가속도를 도저히 누구도 제어할 수 없다는 것의 심각성을 그는 절실히 느낀다. 또한 어떤 입장을 취하더라도 그것이 이 현실 속에서의 타당한 합리적 대안으로 승인되기 어렵기 때문에 그의 고민은 더욱 깊어질 수밖에 없다. 그래서 그의 소설 속 인물들은 밀실 속에 속수무책으로 주저앉는다. 이것은 진실을 찾는 노력과는 별개의 것이다. 이처럼 그의 인물들이 아무런 대안도 제시하지 못하고 있다는 점에서 우리의 갈증은 고조된다.

물론 소설, 예술이 반드시 현실 문제에 대한 대안을 제시하라는 것은 아니다. 어느 누가 오늘 날 작가들에게 현실 문제에 대한 대안을 기대하겠는가. 그렇지만 누구도 그 책임에서 면제 될 수 없다. 특히 21세기에 접어든 우리 사회 도처에서 밀실의 메카니즘이 더욱 기승을 부리고 파국을 향해 줄달음 칠 때, 그 파국으로부터 면제 될 자는 아무도 없다. 그러므로 그 모순의 완화를 위한 책임도 우리 모두에게 있다. 특히 현실을 증언하고자 했던 사람들에게 그 책임의 몫은 크게 돌아간다. 현실에서 소외되면 소외되어 갈수록 증언의 목소리가 더욱 커져야 할 이유가 여기에 있다.

그래서 작금의 우리 사회에는 최성배와 같이 '밀실의 메카니즘'을 온몸으로 살아 온 작가의 고백이 그 어느 때보다 중요하고 절실하다. 그것만이 이 가벼운 시대의 허구와 공백을 메꾸어 줄 수 있는 대안이기 때문이다. 그래서 우리는 어느 때 보다 최성배의 소설집 「물살」을 꼼꼼이 곱씹어 읽어보아야 할 것이다.

물 살

인쇄일 초판 1쇄 2000년 11월 15일
2쇄 2015년 02월 05일
발행일 초판 1쇄 2000년 11월 20일
2쇄 2015년 02월 15일

지은이 최 성 배
발행인 정 진 이
발행처 새미
등록일 1987.12.21. 제17-270호

서울시 강동구 성내동 447-11 현영빌딩 2층
Tel : 442-4623,4,6 Fax : 442-4625
www. kookhak.co.kr
kookhak2001@hanmail.net

ISBN 978-89-5628-446-0 *03810
가 격 8,000원

* 새미는 국학자료원 의 자매회사입니다.